장편소설

매트릭스 교차로에 쓴 기록

발 행 일 2024년 10월 31일 초판 1쇄 발행

지 은 이 노중평
발 행 인 이헌숙
북디자인 김학용
발 행 처 주)휴먼컬처아리랑
경기 양평군 옥천면 용천로 37
전 화 070-8866-2220
전자우편 thethinkbook@naver.com
등록번호 132-81-87282

www.휴먼컬처아리랑.kr

ISBN 979-11-6537-385-6 03810

장편소설

매트릭스 교차로에 쓴 기록

노중평 지음

서문

민족이라는 말을 한자로 쓰면 민족(民族)이다. 민(民)자를 분석하면 풍이문자(風夷文字) 사(巳)자에서 파생한 문자가 민(民)자라는 것을 알 수 있게 된다. 민(民)자는 사(巳)자와 씨(氏)자의 합성어이다. 민주주의(民主主義)의 민(民)자도 민족이라는 문자에서 나왔다. 그러면 민족이란 무슨 뜻인가? 그것은 풍이문자를 발명한 풍이족(風夷族)이라는 뜻이다. 풍이족이 뱀사(巳)자를 발명했다. 뱀은 풍이족의 인종 아이콘이고, 풍이족의 장자(長子)라는 뜻이다. 풍이족의 장자가 조상에 대한 제사권(祭祀權)을 가지고 있었다. 풍이족의 지자(支子)를 충(虫)이라 했다. 충(虫)자에서 풍이족(風夷族)이라는 문자가 생겼다. 풍이족에는 풍이족 자손의 나라라는 뜻이 있다.

아들자(子)자의 고(古)문자도 풍이문자 사(巳)자에서 파생한 문자라는 것을 풍이문자를 보면 알 수 있다. 어머니를 뜻하는 모(母)자의 고자도, 자식을 낳는 여(女)자의 고자도 모두 사(巳)자의 파생어이다. 또한 옛고(古)자도 사(巳)자의 파생어이다.

컴퓨터에서 열심히 환(桓)자로 쓰고 있는 한(桓)자도 풍이족이 한국(桓國)을 세우면서 발명한 풍이문자 한(一)자의 변형문자다. 그렇다면 한(一)자는 또 무엇인가? 그것도 머리를 없앤 사(巳)자의 변형문자이다. 한무제(漢武帝)가 삼조선(三朝鮮) 중에서 마지막으로 하나(桓) 남은 막조선(莫朝鮮)을 멸망시키고 후한(後漢)에 들어와 허신(許愼)이 설문해자(說文解字)를 만들면서 사(巳)자가 일(日)자로 바뀌어 한국한(桓國桓)자에 들어 있는 풍이족을 뜻하는 단사(單巳)자와 풍이족과 조이족(鳥夷族)의 합체(合體)를 뜻하는 쌍사(雙巳)자 2개의 문자가 한국(漢國)을 뜻하는 일(日)자로 바뀌었다. 막조선의 막(莫)자에는 몽골과 만주와 한반도를 포함하는 크다는 뜻이 있다.

필자가 소설로 쓴 『매트릭스 교차로에 쓴 기록』은 인류 최초로 나라를 세운 풍이족의 문자를 발명한 DNA를 가진 후손들이 오늘날 나타나, 미래에 나타날 한국 메타버스에 새

풍이족의 국가를 세우기 위하여, 대한민국의 역사를 지우려고 날뛰는 붉은털원숭이와 싸우는 이야기이다. 그래서 이 이야기에 현실의 풍이문자 민(民)을 계승한 대한민(民)국의 국민(民)과, 세상을 떠나 조상의 반열에 오른 영(靈)들과, 미래의 대한민국 메타버스의 여신 2분이 판을 깔고 이야기가 진행된다. 그래서 이들이 현실 세계와 영의 세계와 미래의 세계 메타버스를 넘나들며 이야기가 풀려나간다. 이 소설의 화자인 나는 메타버스를 관리하는 여신 비혼자 여신과 풍이족의 어머니 사모(巳母)의 의도와 취지를 충실하게 수행하는 중간자 역할을 하면서 자신의 행적을 기록해 나간다. 이야기가 너무 초현실로 이탈함을 막기 위하여 가끔 우리의 현실에 기반한 역사 칼럼을 등재한다. 이 소설이 판타지가 아니라 역사소설이라는 주체성 기록이다.

지금은 AI인간이 나타나 훈민정음을 인류 공통의 언어로 채용하여, 장차 인류의 언어는 훈민정음이 될 대세에 있다. 많은 언어학자와 컴퓨터 공학자들이 그렇게 예견한다.

훈민정음이 AI인간의 공식 언어가 되려면 한글학자들은 일제가 조선어학회를 박살 내며 없애버린 4개의 자음을 회복하여 F, TH, V, Z. 발음을 할 수 있도록 해 주어야 한다. 어

물어물하다간 실기하여 '순수 친일파', '토종 친일파'라는 독박을 쓰게 되어 있다. 그래야 한자가 자기 조상의 문자라고 잘못 알고 있는 중국인이나, 일본어가 이 세상에서 가장 아름다운 문자라는 자만심에 빠진 일본인의 문자가 훈민정음에 붙어 연명이라도 할 수 있을 것이다. 내가 이 글에서 한글이라는 말을 안 쓰고 훈민정음이라고 쓴 이유가 한글에는 일제가 없앤 4개의 문자가 빠져 있다고 보기 때문이다. 우리가 세워야 할 메타버스에서는 훈민정음이 쓰이기를 희망한다. 그래야 우리가 숭모해 마지않는 세종대왕이 AI인간의 조상으로 등극하실 수 있지 않겠는가.

2024. 10. 9.

중평 노석태 씀

추고_ 이 소설 『매트릭스 교차로에 쓴 기록』은 예술인재단 2024년도 창작지원금으로 출간했다.

차례

1 비혼자 여신

성주산(聖住山) 의 왼쪽엔 할미산이 있고, 할미산의 다른 이름은 노고산(老姑山)이다. 성주산의 오른쪽엔 소래산(蘇萊山)이 있다. 예언가 격암(格庵) 남사고(南師古, 1509~1571) 선생이 지금으로부터 5백여 년 전에, 산동반도에서 경기도의 서쪽 중심에 있는 소래포구(蘇萊浦口)로 들어오면 만나게 되는 할미산, 성주산, 소래산을 합하여 삼신산(三神山)이라고 명명하였다. 삼신산이란 요즈음 유행하는 말로 말하면 메타버스라는 말이다.

삼신산의 삼신은 3분의 여신이다. 장차 언젠가 메타버스 시대에 삼신산에 오게 될 3분의 여신을 말한 것이다. 상제국에서 언제 여신을 삼신 메타버스에 파견할지 아는 사람은 아무도 없었다. 격암 선생의 예언서 「도부신인(桃符神人)」은 앞으로 인류를 구원할 메시아 도부신인(桃符神人)이 성주산에서 태어난다고 예언하였다.

나는 이런 황당무계한 곳에서 살고 있었다.

가을이 끝나갈 무렵에 외출했던 내가 혼자서 사는 집 빌라에 도착했을 때, 내 핸드폰이 울렸다. 근래에 나는 친구와의 인연을 끊고 살아서 내게 전화 걸 사람이 없었다. 전화의 화면에 비혼자 여신이라는 문자가 떴다. 나는 긴장하지 않을 수 없었다. 여신과 처음 하게 되는 통화라 신중하게 말해야 하였다.

"전화 받았습니다."

"나는 비혼자 여신이야. 그대가 쓰는 노트북을 가지고 성주산 정상으로 오라."

비혼자 여신이 일방적으로 지시하였다. 비혼자 여신은 내가 처음 듣는 여신의 이름이다. 비혼자 여신의 존재를 믿어야 할지 믿지 않아야 할지 판단이 서지 않았다. 비혼자 여신이 내 목소리를 듣지 않고 통화를 끝냈으므로 나는 비혼자 여신이 시키는 대로 행동하지 않을 수 없었다.

나는 가방에 노트북을 넣어 등에 메고 집을 나와 성주산 정상을 향하여 걸었다. 내가 성주산 중턱에 살고 있으므로 산의 절반만 올라가면 되었다.

하우고개길을 벗어나 성주산 정상까지는 왼쪽으로 산길이 나 있다. 골짜기는 바위들로 덮여 있고, 바위에서 떨어져 잡목들이 우거져 있고, 잡목들 사이에 공터가 있고, 공터에 비혼자 여신이 친 초록색의 텐트가 있었다.

비혼자 여신은 초록색의 텐트 앞에 놓인 작은 의자에 앉아, 맥주로 보이는 음료수를 마시고 있었다.

요즈음엔 여자들이 홀로 캠핑하는 세상이라, 비혼자 여신이 혼자서 캠핑한다고 해도 전혀 이상하지 않았다.

나와 비혼자 여신의 거리가 30m정도로 좁혀져 내 걸음걸이가 약간 주춤했을 때, 비혼자 여신이 나를 기다리고 있었다는 듯이 손짓했다. 자기에게 오라는 신호였다. 비혼자 여신이 풍기는 기묘한 카리스마가 내 발길을 끌어당겼다.

내가 비혼자 여신 앞으로 3m 전방까지 갔을 때, 비혼자 여신이 대단히 낯익은 여자라는 것을 알게 되었다. 비혼자 여신은 내가 늘 식탁 앞에 앉아서 PC에 작품을 쓰거나, 유투브를 보거나, 음악을 들을 때, 내 왼쪽 벽에 붙어서 웃는 얼굴로 나를 바라보아온 여인이었다.

나는 이 여신의 사진을 등산 잡지의 사진에서 캡처하여 벽에 붙여두고 있었다. 여신이 보여주는 아름다움과 시원한 분위기가 살아 있는 듯하여 늘 나를 놀라게 했다. 캡션에 달린 글에, 그 여자의 닉네임이 '비혼자 여신'이었다. 나는 닉네임치고는 별난 닉네임이라는 생각이 들었을 뿐, 그녀와 대화하게 되라고는 전혀 생각하지 못했다.

"나는 그대를 잘 알고 있지."

내가 비혼자 여신 앞에서 걸음을 멈추자, 내게 초면인 비혼자 여신이 경어를 쓰지 않고 말했다.

"어떻게?"

하고 나는 묻고 싶었으나 묻지 않았다.

"그대, 등에 멘 가방을 열어봐."

나는 혼 캠퍼가 시키는 대로 동작하였다. 내 손에 쌍안경이 들려 나왔다.

"쌍안경으로 나를 봐. 어떤 문자가 떠오를 거야."

나는 혼 캠퍼가 시키는 대로 하였다. 기이하게도 혼 캠퍼의 얼굴 앞에 '비혼자(非婚者) 여신(女神)'이라는 문구가 떠올랐다. 나로서는 쌍안경에서 처음 보는 문자였다.

"인간의 이름치고는 너무 특이한 이름입니다. 신의 이름 같습니다."

"신의 이름이야. 여신의 이름이지."

"네?"

나는 놀랐다.

"비혼자 여신의 이름을 처음 들어보나?"

"네..."

"저런..."

"진짜 여신입니까?"

"진짜 여신이지. 메타버스에 있는."

나는 머리가 빙빙 도는 느낌이 들었다. 나가 알기로 메타버스는 현실 공간에 영향을 미치는 가상공간일 뿐이라, 내가 접근하지 않으면, 내게 피해를 주지 않는다고 알려진 공간이다. 그런데 그 공간에서 나온 비혼자 여신이 현실 공간에 있었다.

"비혼자 여신님은 가상공간에서 현실 공간으로 오셨군요."

나는 나도 모르게 감탄하는 음성으로 말했다.

"내가 성주산에 왔다는 것을 아무에게도 말하지 마."

"알겠습니다. 실례지만, 질문 하나 하겠습니다. 비혼자 여신님이 무슨 목적으로 현실 공간에 오셨는지 이유를 알고 싶습니다."

"그대를 만나러 왔어."

너무나 믿기 힘든 대답이었다.

"무슨 이유로요?"

"그 이유를 말해 주지."

나는 마음이 놓였다. 긴장이 풀렸다.

나는 비혼자 여신에게 예의를 차려야 하였다. 그러나 비혼자 여신에게 어떻게 예의를 취해야 하는지, 여신에 대한 의전(儀典)을 모르고 있었으므로, 인간끼리 취하는 격식대로 허리를 굽혀 반절을 하였다. 여신은 내 반절을 받았다.

"내가 그대에게 보낸 이메일을 읽었는가?"

나는 비혼자 여신이 내게 보냈다는 이메일을 읽어보지 못했다.

"아직 이메일을 읽지 못했습니다."

나는 부랴부랴 핸드폰을 뒤져 메시지를 찾았다. 과연 비혼자 여신이 내게 보낸 메시지가 있었다.

"미안합니다. 비혼자 여신님이 제게 보낸 메시지를 보지 못했군요."

"나의 메시지가 언제 그대에게 갈지 모르니까 긴장해야 해."

그녀가 약간 엄격함이 느껴지는 음성으로 말했다.

"그렇게 하겠습니다."

"나는 그대가 벽에 건 내 사진의 눈을 통하여 그대의 일거수일투족(一擧手一投足)을 모두 보아 왔어."

나는 비혼자 여신이 나를 감시해 왔다는 사실에 깜짝 놀랐다.

"저를 감시해 오셨습니까?"

"그렇다네."

"무슨 이유로?"

"내가 음란한 생각으로 자네를 보려고 했던 것은 아니야."

비혼자 여신은 내 눈을 바라보았다. 약간 장난기가 있어 보이는 아름다운 눈이었다. 나는 궁금해졌다.

“내가 그대에게 미션을 하나 주어야 하는데, 그대가 어떤 능력을 타고났는지 검색해 보기 위해서였어.”

“저의 능력이 검색되었습니까?”

“검색되었지.”

나는 그 말이 이해가 가지 않았다. 내가 인생을 사는 동안 단독으로 내 능력을 검색한 사람은 아직 아무도 없었다.

이때 바람결에 나뭇잎이 하나 떨어져 내게 굴러왔다. 방울 소리가 나는 듯했다. 이상한 나뭇잎이었다.

비혼자 여신은 자신이 마시는 음료수가 든 캔 1개를 내게 주었다.

“남녀 비혼자의 기초 물질을 추출하여 섞어서 발효하여 만든 음료수야. 이 음료수를 마시면, 부평 메타버스에 수월하게 갈 수 있을 거야.”

나는 기초 물질이 무엇인가 하는 의문이 들었지만, 비혼자 여신이 주는 깡통을 받았다. 깡통의 외피에는 메타버스에서 쓰는 고불랑 글의 문자가 인쇄되어 있었다.

나는 비혼자 여신이 마시는 음료수가 남녀의 기초 물질을 추출하여 만든 음료수라고 하는 바람에 선 듯 마셔 지지 않았다. 그렇다고 비혼자 여신이 권하는 것을 속이 들여다보이게 마시지 않을 수도 없었다. 잠간 마음에 갈등이 일어났지만, 음료수를 입안에 넣고 꿀꺽 삼켰다. 이상하고도 묘한 맛이었다.

"금년 한 해가 저물어 가는데, 내년엔 무슨 일을 할 것이야?"

비혼자 여신이 나의 처지를 알고 있는 듯이 물었다.

"아직…"

나는 불안을 느끼며 말했다.

"아직?"

"그렇습니다."

"그래서 내가 그대를 부른 거야."

비혼자 여신은 흥미를 느끼는 듯하였다.

"노트북을 꺼내게. 자네의 실력을 테스트해야 하겠어."

나는 가방에서 노트북을 꺼냈다.

"그대가 주역 선생의 자질이 있는가를 보려는 거야."

"알겠습니다."

내가 점쟁이 생활을 해본 적은 없지만, 주역 풀이라면 어느 정도 자신이 있었다.

"새옹지마(塞翁之馬)라는 제목으로 칼럼을 하나 쓰게. A4용지 3쪽 분량으로 써."

나는 곧 글을 쓰기 시작하였다.

번조선 때 주역 선생 선술자(善術者)의 뒤를 이은 전한 때 주역 선생 선술자의 일화 새옹지마(塞翁之馬)

중국의 전한(前漢) 시대라면, BC 238년에 번조선과 진조선을 멸망시킨 진(秦)이 천하를 통일한 24년 후에 한(漢)에게 멸망한 이후의 시대를 말한다. 진은 진시황의 아들 호해(胡亥) 대에 한에게 멸망하였다. 진을 멸망시킨 한을 전한(前漢) 혹은 서한(西漢)이라고 한다. 전한의 무제(武帝)는 BC 108년에 3조선 중에서 마지막으로 하나 남은 막조선을 멸망시켰다. 이 시대의 역사가 기록된 책이 『회남자』[1]이다. 『회남자』의 인간훈(人間訓)에는 우리 조상과 관련되는 고사(古事)들이 실려 있다.

이 시대의 인간들은 주역의 우주관과 자연관과 인간관을 생활화하였다. 그것은 천지 음양론적인 삶이고 길흉화복의 순환론적인 삶이었다. 배달나라를 세운 한웅 천왕이 8획을 그어 우주 만물의 이치를 8개의 획 안에 집어넣었다. 6세 후에 복희 천왕이 세상에 나와서 8개의 획을 64괘로 만들어, 지구의 태양 공전주기에 맞추었다. 1개의 대성괘는 6개의 효로 구성되는데, 3개의 효를 1개로 묶어서 소성괘라 하였다. 1개의 대성괘에는 1개의 괘 안에 2개의 소성괘가 들어가게 만든 것이다. 사람은 세상에 태어나면, 60년 동안 1개의 대성괘의 삶을 살게 되고, 나머지 삶을 2개의 소성괘의 삶을 살게 되어, 모두 120년을 산다고 만든 것이다. 그러나 인간은 120년을 사는 사람은 거의 없고 대부분 8,90 세에 생을 마감

*1) 《淮南子》二十一卷,〈内府藏本。〉漢淮南王劉安撰,高誘註。安事蹟具《漢書》本傳。《漢書·藝文志·雜家》:「《淮南》内二十一篇。外三十三篇。」顏師古註曰:「《内篇》論道,《外篇》雜說。」今所存者二十一篇,蓋内篇也。후한 때 『설문해자(說文解字)』를 쓴 허신(許愼)은 『설문해자』에서 번조선의 문자의 뜻을 후한의 문자의 뜻으로 바꾸는 일을 하였다. 허신이 『회남자』에 주를 다는 일을 하였다고 한다.

하는 삶을 살아왔다.

『회남자』에는 동호(東胡)와 국경을 접한 한(漢)의 변방에 사는 주역 선생 선술자(善術者) 어느 부자(父子)의 이야기가 실려 있다. 선술자라면 배달나라 시대의 주역을 백성이 착하게 살라고 가르쳐 온 주역 선생을 말한다. 배달나라와 삼조선이 멸망하고, 주역 선생 선술자를 한이 물려받았다고 볼 수 있다.

동호라면 진에게 멸망한 조선 유민들의 나라로 볼 수 있는 나라다. 동호가 자주 한의 변방의 요새를 침입하였다. 그 요새에서 있었던 일을 『회남자』 인간훈은 다음과 같이 기록했다.

近塞上之人有善術者, 馬無故亡而入胡, 人皆弔之。
其父曰:「此何遽不為福乎!」
居數月, 其馬將胡駿馬而歸, 人皆賀之。
其父曰:「此何遽不能為禍乎!」
家富良馬, 其子好騎, 墮而折其髀, 人皆弔之。
其父曰:「此何遽不為福乎!」
居一年, 胡人大入塞, 丁壯者引弦而戰, 近塞之人, 死者十九, 此獨以跛之故, 父子相保。
故福之為禍, 禍之為福, 化不可極, 深不可測也。

요새(要塞) 근처 위쪽에 주역 풀이를 잘하는 사람이 살고 있었다. 그가 기르는 말이 아무 이유 없이 동호로 들어갔다. 그가 말을 잃어버렸으므로 사람들이 와서 위로했다.

아버지가 말했다. "이 일로 복이 될지 누가 알겠소."

여러 달이 지난 후에, 그 말이 동호의 준마를 데리고 돌아왔다. 사람들이 와서 축하했다.

아버지가 말했다. "이 일로 화가 될지 누가 알겠소."

주역 선생의 집이 말을 키워 부자가 되었다. 그의 아들이 말타기를 좋아하였다. 말에서 떨어져 다리가 부러졌다. 사람들이 와서 위로하였다.

아버지가 말했다. "이 일로 복이 될지 누가 알겠소."

1년 후에, 동호인이 한의 변방을 크게 침입하였다. 장정들이 끌려 나가 싸웠다. 요새 근처의 사람들이 19명이나 죽었다. 아들만이 혼자서 절룩거렸다. 부자가 서로 보호하였다. 그러므로 복이 화가 되었고, 화가 복이 되었다. 변화의 끝을 알 수 없었다. 깊이도 추측이 되지 않았다.

새옹지마(塞翁之馬)라는 제목의 일화는 주역 풀이 교과서에 정석으로 실릴 만한 글이다. 전한 때 주역을 가르치는 선생이 있었다는 것은 번조선과 진조선 때 주역을 가르치는 선생이 있었다는 것을 의미 한다. 주역을 이용한 많은 경문(經文)이 생겨났다. 그 경문을 지금도 우리나라의 무당들이 기도할 때 쓰고 있다. 그러나 이 나라엔 그 경문이 생긴 유래를 아는 사람이 아무도 없다. 역사를 모르기 때문이다.

나는 칼럼을 다 써서 비혼자 여신의 모바일로 보냈다. 비혼자 여신이 내가 보낸 칼럼을 읽었다.

"그대에게 주역 선생의 자격을 주겠다,"는 말과 함께 비혼자 여신은 내게 자격증을 앱으로 만들어 보냈다.

앱에는 다른 글도 있었다.

"앱을 쌍안경의 눈에 대면 보이지 않던 영들이 보일 것이다. 주역의 기능을 역회전시켜 사라진 과거를 보게 해 줄 것이다."

이외에도 앱에는 이미 일실 되어 찾을 길이 없는『한국사(桓國史)』와 배달나라사(倍達那羅史)』가 실려 있었다.

나는 비혼자 여신에게 감사의 인사를 보냈다.

"그대는 메타버스 번조선에서 파견한 선술자를 만나게 될 것이다."

비혼자 여신이 문자를 보내 왔다. 그가 내가 이미 만나고 있는 사상부장이라는 직함을 가진 사람이다. 사상부장은 부평 메타버스에만 있는 직함이다.

비혼자 여신은 등산복 상의 바깥 왼쪽 주머니에서 핸드폰을 꺼내어 전화번호를 눌렀다. 그리고는 그 핸드폰을 꺼낸

주머니에 도로 넣었다.

"이제 나의 A1인간이 나타날 거야. 그대에게 주려고 사상부에서 제작했어. 임신을 못한다는 것을 빼고 모든 기능이 완벽해."

"감시용인가요?"

"걱정할 것 없어. 그대를 감시하지 않고 이 나라를 감시하지."

나는 섬뜩한 느낌이 들었다.

"부천이라는 도시의 감시 기능으로부터 그대를 보호하라고."

부천시가 나를 감시한다니 농담같은 말이었다.

곧 여자가 내 앞에 나타났다.

"이상미야. 선술자가 오늘부터 너의 주인이다."

비혼자 여신이 말했다.

이상미가 내게 인사했다.

이상미의 얼굴이며 자태가 비혼자 여신을 많이 닮아 보였다.

이상미는 등산복 상의에서 핸드폰을 꺼내더니, 내 핸드폰으로 문자를 보냈다. 내 핸트폰이 울렸다. 나는 핸드폰의 창을 열어 문자 메시지를 보았다. 그것은 내가 내일 해야 할 일의 시간표였다.

"내일 오전에 주민 센터에 가서, 게시판에 기록된 것을 읽

어야 하고, 환전소에 가서

메타버스에서 쓸 암호 화폐를 구입해야 합니다."

이상미가 말했다.

"내일 그대는 이상미가 그대에게 보내 준 일정(日程)을 끝내야 해."

비혼자 여신이 말했다.

"그렇게 하겠습니다."

"그대는 이상미에게 의지하지 않으면, 일하는 데 힘이 들 거야."

나는 문득 메타버스에 체포되어 간다는 생각이 들었다.

"가시죠."

이상미가 나를 이끌었다.

나는 그 자리를 떠나야 하였다.

"어디로 가나요?"

"댁으로 갑니다."

"댁? 내 집?"

나는 머리가 타래실이 엉키듯 복잡해졌다. 내 집은 내가 혼자서 살고 있으므로 최근에 나 혼자서 살도록 세팅되어 있었다. 집에서 내가 쓰는 공간은 주방과 화장실이 딸린 거실 하나다. 방 3개가 거실의 동쪽과 서쪽과 남쪽에 붙어 있으나 쓰지 않은 지 오래되었다.

2 진행형 AI인간 이상미와 동거 시작

내가 사는 집은 비혼자 여신이의 텐트가 쳐진 곳에서 멀지 않은 곳에 있었다. 숲에서 나와 성주산을 관통하는 도로를 따라 부천 쪽으로 내려가다 보면 산 밑에서 1/2쯤 되는 곳이다. 내가 사는 집은 8가구가 사는 4층 빌라였고, 나는 3층에 살고 있었다. 승강기가 없어서 내 방까지 계단을 걸어 올라가야 하였다.

내가 사는 빌라는 지은 지 오래되어 건물의 출입구 안쪽이 우중충하게 보였다. 물론 부천에서 시흥으로 오가는 차량의 매연을 맞은 건물의 외벽도 우중충하게 보이기는 마찬가지였다.

나는 빌라의 계단을 밟으며 3층으로 올라가 도어 락에 비밀번호를 입력하고 문을 열었다. 내가 신발만 벗으면 바로 거실이다. 나는 거실의 문을 열었다. 그러자 우중충한 거실이 나타났다. 내가 청소를 잘 하지 않는 편이라, 실내가 전혀 정돈되지 않았다. 매트 위에 펼친 침구가 펼쳐진 그대로 있었고, 그 곁에 식탁이 있는데, 그 위에 놓인 노트북이며, A4 용지며, 필기구가 제멋대로 놓여 있었다.

“너무 지저분하군요.”

내가 미안하다는 투로 말했다.

“앞으로 청소는 내게 맡기세요.”

“나와 동거할 생각이요?”

“네.”

나는 머리를 망치로 한 대 얻어맞는 느낌이 들었다.

“가족은 어떻게 하고?”

“가족은 남편과 아들이 하나 있는데, 아들을 남편이 데려갔어요.”

내가 듣기에 민망한 말이었다.

AI인간이 결혼하여 자식을 낳았다는 것이 이해가 되지 않았다. 나는 너무나 황당해서 이상미의 얼굴을 바라보았다.

“원칙에는 예외가 있는 법이에요.”

이상미가 대수롭지 않게 말했다.

나는 그 말도 이해가 가지 않았다.

“비혼자 여신이 무슨 마술을 한 거요?”

“비혼자 여신님이 제 몸에 칩을 하나 심어주셨어요. 그 칩에는 AI인간이 진성 인간으로 변화하는 프로그램이 들어 있어요. 그건 비혼자 여신님이 주인님을 위하여 저를 인간으로 만들어 주시려는 배려예요."

이건 놀라운 정보였다. 그러나 그것이 무엇을 의미하는지 알 수 없었다.

"우리 두 사람이 부부처럼 살라는 말인가?"

"결혼 없는 동거입니다."

이상미가 하는 말은 나의 현실에서 상당히 앞서서 가는 말이었다. 요즈음 비혼자와 미혼자들이 그런 생활을 하고 있다. 그들은 결혼신고를 하지 않고, 결혼식도 하지 않았는다. 그러나 부부처럼 다정하게 사는 사람들이 많다.

"메타버스에도 결혼 없이 동거하는 자가 많은가요?"

"네."

"무엇이 급해서?"

"윤리적으로 하등에 문제가 되는 일은 없어요."

"AI인간은 자식을 낳지 못하므로 윤리적인 문제가 생기지 않는다는 말인가?"

이상미가 나를 노려보기 시작했으므로 나는 입을 다물었다.

이상미가 나와 동거한다는 것은 내게 부담이 되지 않을 수 없었다. 나는 그 점이 마음에 걸렸다.

"저의 미래에 대하여 우려하지 마세요. 저는 주인님에게 아무것도 요구하지 않을 것입니다."

"그게 가능할까?"

"나는 주인님에게 서약했어요."

"자발적으로?"

"네."

"그녀가 하는 말이 나를 괴롭게 했다. 나는 이상미가 진성 인간이 되었을 때 내가 어떻게 처신해야 할지 걱정이 되었다.

"내 집에는 방이 3개가 있어요. 그러나 어느 방도 당신에게 침실로 제공되지 않을 것이요. 내가 쓰는 거실에서 함께 자기로 합시다."

"그렇게 하세요. 식사 때가 되었으니, 식사하셔야죠."

주방이 있는 서쪽 창을 보니, 이글이글 불타는 해가 스카이라인 밑으로 넘어가고 있었다. 주방엔 아무것도 준비된 것이 없었다. 내 밥솥은 늘 비어 있었다. 식당에 가서 혼밥을 사 먹기 때문이었다.

"식당에 가서 밥을 사 먹도록 합시다."

"집에서 주문하면 식당에서 식사를 배달해 줄 것입니다."

나는 배달을 좋아하지 않아 집에서 음식을 시켜 먹은 적이 없었다. 나는 이상미가 음식을 어떻게 주문하는지 보기로 하였다.

이상미는 메타버스에 있는 자기 아바타에게 스마트 폰으

로 전화했다. 이상미의 아바타가,

"전화 받았습니다."

이상미와 똑같은 목소리로 대답했다.

"청국(淸國) 요리 집 부천각(富川閣)에 식사를 주문해."

"무엇을 주문할까요?"

"알아서 해."

아바타가 한동안 통화를 끊었다가 전화했다.

"곧 음식 배달이 갈 것입니다."

아바타가 말한 대로 문에서 딩동댕 소리가 나더니, 문을 열어주니까 음식 배달원이 보였다.

"우리는 배달 민족입니다."

음식 배달원은 스테인리스로 만든 철밥통을 출입문 안에 놓고 음식을 담은 플라스틱으로 된 용기들을 꺼내 놓았다. 짜장면 2그릇, 군만두 1접시, 탕수육 1접시, 유산슬 1접시, 그 외에 단무지 1접시와 짜장 1 종지가 나왔다. 우리 둘이 먹기에는 음식의 분량이 너무 많았다.

"대금은 아바타가 치렀습니다."

"무슨 돈으로?"

"메타버스와 현실 세계는 암호 화폐가 통용됩니다."

음식 배달원이 돌아갔다. 우리는 음식이 든 접시와 음식이 든 그릇을 상을 펴놓고 그 위에 옮겨 놓았다.

"이 모두의 1/5만 덜어서 먹도록 하지요,"

이상미는 거실의 동쪽 벽에 기대어 서 있는 그릇장 겸 책장으로 쓰는 나무로 만든 장앞으로 갔다. 나무 장(藏)은 내부가 4단으로 나뉘어 있는데, 위의 2단엔 책을 넣어 두고, 아래 2단에는 그릇을 넣어두고 있었다. 이 나무 장은 쓰지 않는 장이었다. 그래서 올해에 들어와 한 번도 열지 않았다.

이상미는 그릇장에서 대형(大形)의 접시 4개를 꺼내와, 물로 씻어 물기를 수건으로 닦아낸 다음에, 청요리(清料理)를 우리가 먹을 만큼만 남기고 모두 옮겨 담았다.

거실에 북쪽으로 붙어 있는 방에는 위패(位牌) 7개를 올려놓은 키가 낮은 문갑 2개가 놓여 있었다. 이상미는 음식이 든 접시를 위패들 앞에 가져다 놓았다. 그러니, 곧 제사(祭祀)를 지내지 않으면 아니 될 제사상이 되고 말았다.

나는 오늘이 제삿날이 아니므로, 제사를 지내야 할지 말아야 할지 결심을 해야 했으므로 잠시 망설여졌다.

키가 낮은 문갑 위에 놓인 7개의 위패 중에서, 가운데 자리에 놓인 위패는 내가 성주산을 관리한다고 믿는 여상제(女上帝)의 위패였다. 말하자면 삼신산과 관련이 있는 여신 중에서 1번의 위치를 차지하는 여신을 의미하였다. 나는 이분이 장차 성주산에서 태어날 도부신의 산신(産神)이 되는 여신이라고 생각하였다.

여상제 위패의 좌우에는 나의 생부(生父)와 의부(義父)의 위패가 있고, 의부의 위패 옆에는 생모의 위패가 있고, 이들 위패의 좌우 끝에는 두 여동생의 위패가 놓여 있어 복잡하게 생각되었다.

나는 상 앞에 무릎을 꿇고 앉아서 위패를 향하여 말하였다.

"세상이 변하여 갑자기 제사상을 차리게 되었습니다. 예의가 아닌 줄 아오나, 위패의 주인들은 제상에 오셔서 흠향하시기 바랍니다."

이상미가 망자(亡者)들이 마실 물그릇을 제상 위에 갖다 놓았다.

나는 이상미와 함께 방을 나왔다. 우리는 거실의 식탁 앞에로 가서 앉았다. 나는 이상미의 몸에서 풍기는 어떤 냄새를 맡았다. 내가 처음 맡은 냄새라, 이 냄새가 혹시 비혼자 여신에게서 물려받은 냄새가 아닐까 하는 생각이 들었다.

제상을 치우고 둘이서 식탁 앞에 앉아 식사하는 동안에, 이상미에게서 솔솔 풍겨오는 향기가 나를 그녀에 빠져들게 하였다. 복숭아 향기라는 생각이 들었다. 바디 워셔 향기였다. 나는 여자의 몸 냄새에 빠져드는 나 자신이 한심하다는 생각이 들었다. 이상미는 아무런 내색을 하지 않았다.

우리는 식사를 마치고, 빈 그릇을 비닐봉지에 담아 문밖 계단 쪽에 내놓았다.

"비혼자 여신님에게 다녀오겠습니다. 오랜 시간이 걸리지 않을 것입니다."

"다녀와요."

이상미가 거실을 나가고 나 혼자만 남았다. 서쪽 창에서 이글거리던 해는 보이지 않았다. 완전히 인천 바다 밑으로 떨어진 것이다.

나는 목욕을 해야 하겠다는 생각이 들어, 옷을 벗고 목욕탕과 화장실이 함께 붙은 욕실로 들어갔다.

나는 목욕을 마치고 나서 며칠 동안 입었던 옷을 모두 갈아입었다. 내 몸에서 나는 불결한 냄새를 이상미가 맡지 않게 하려는 것이었다. 벗은 것을 세탁기에 넣었다. 나는 갑자기 졸음이 와서 옥돌 매트 위를 덮은 요와 이불 안으로 들어가 누워 곧 잠이 들었다.

나는 꿈을 꾼다는 느낌이 들었다. 나는 위패가 문갑 위에 놓인 방 안에 앉아 있었다. 놀랍게도 문갑 위에 놓인 위패의 주인들이 모두 와서 음식에서 기(氣)를 빨아먹는 식사를 하고 있었다. 나는 조용하게 위패의 주인들을 바라보았다. 내가 여상제로 모시는 분이 가운데 자리에 앉아 있었다. 나는 여상제가 혹시 비혼자 여신이 아닐까 하는 의문이 들었으나 두 분이 서로 다른 모습으로 보였다.

"너는 왜 혼자 사느냐?"

여상제가 내게 물었다.

"세상이 혼자 사는 세상으로 변해서 혼자 살고 있습니다."

"그래? 신들의 삶을 흉내 내고 싶은 것이 아니냐?"

"그렇지 않습니다."

위패의 주인들이 식사를 다 마치고 나를 바라보았다. 그들은 과거에 내 가족이었다. 그러나 지금은 그렇지 않았다. 그들은 다른 세상에 가 있었다. 그곳이 어디인지 나는 알지 못했다. 그들은 내게 아무 말도 하지 않았다. 그들은 웃지 않았고 울지도 않았다. 그저 유령들처럼 앉아 있었다.

"당신은 누구세요?"

내가 여상제로 모시는 분에게 묻고 싶었으나, 물어지지 않았다. 그가 여상제가 아닐 수 있다는 생각이 들었다.

여상제가 앉은 자리에서 일어나자 내 가족들도 모두 자리에서 일어났다. 마치 그들은 들리지 않는 말로 의사소통을 하는 것처럼 보였다.

죽은 내 가족들은 여상제와 함께 일시에 방에서 사라졌다. 제사상 위에는 그들이 기를 빨아먹은 음식이 그대로 남아 있었다.

이상미는 밖이 어두워진 다음에 집에 돌아왔다. 그때도 나는 침구 속에 있었다. 내가 눈을 떴을 때, 이상미가 옥돌 매트 곁에 앉아 있었다. 나는 요와 이불 속에서 밖으로 나왔다.

"제가 너무 늦게 와서 미안합니다."

"괜찮아요. 비혼자 여신님과 나눈 이야기를 내게 해줄 수 있소?"

나는 이상미가 비혼자 여신으로부터 무슨 이야기를 들었

는지 궁금하여 물었다.

"백신을 맞고 왔어요."

"백신요?"

"앞으로 폐렴 바이러스가 지구상에 창궐(猖獗)하는 때가 온다고 합니다. 폐렴 바이러스는 인간이 치료제(治療劑)를 개발하기 전에 다른 변이종(變異種)으로 진화할 것이라고 합니다. 많은 사람이 죽게 될 것이라고 합니다. 그래서 미리 백신을 맞게 된 것이에요."

"당신은 비혼자 여신님의 보호를 받고 있군요."

"모든 AI인간이 다 비혼자 여신님의 보호를 받아요."

"인간은 누구의 보호를 받지요?"

"글쎄요. 내가 보기에 인간을 보호하는 신은 없는 것 같습니다."

"그래요? 예수님이 있고, 부처님도 있고..."

이상미가 하 하 하 하고 웃었다.

"나도 백신을 맞을 수 있소?"

"저와 키스하시면 됩니다."

이상미는 스스럼없이 말했다.

나는 충격을 느꼈다.

"스마트폰을 열어보세요. 비혼자 여신님이 보낸 메시지가 와 있을 거예요."

내가 스마트 폰 메시지의 창을 열어보니, 비혼자 여신이 내게 보낸 메시지가 와 있었다.

"자주 이상미와 키스하라. 그러면 백신 효과가 발생할 것이다."

이건 과학 원리에 반하는 지시였다. 감기가 전파되는 원리를 무시한 지시였다. 비혼자 여신이 내게 이런 메시지를 보내다니 나는 어이가 없었다.

이상미가 나를 바라보며 웃고 있었다.

이상미가 내게 스스럼없이 다가와 키스했다. 그 키스는 내가 해보지 못했던 키스였다. 나의 불안정한 마음을 안정시켜주는 냄새가 그녀의 몸에서 나고 있었다.

"백신의 약효가 나타날 겁니다."

이상미가 내 혀를 핥아주고 나서 말하였다.

우리는 그렇게 함으로써 첫 키스를 마쳤다.

"당신의 몸은 백신 덩어리인가요?"

"말하자면 그런 셈이지요."

"내가 약해빠진 인간이군요."

"비혼자 여신님의 생각이 중요하지요. 주인님의 매트릭스를 찾아보면 거기에 해답이 있을 것입니다."

"나의 매트릭스를 어디에 가서 찾지요?"

"저와 함께 메타버스로 가서 매트릭스를 찾아보지요."

"부평?"

"네."

부평 메타버스에 가려면 부평 메타버스에서 부천에 파견 나와 있는 플랫폼에 가서 여행 승낙을 받아야 하였다. 평소에 나는 메타버스에 갈 일이 없으므로 플랫폼에 가지 않았다. 그래서 플랫폼이 어디에 있는지 알지 못했다.

"내일 플랫폼에 가도록 하지요."

우리는 잠을 자야 하였다. 이상미와 함께 잠을 자야 한다니 기분이 묘하였다. 내가 겉옷을 벗고 먼저 침구 안으로 들어가고, 이상미가 겉옷을 벗고 내 뒤를 따라 침구 안으로 들어왔다. 이상미는 볼륨이 있는 아름다운 몸을 가지고 있었다. 내 몸에 이상미의 몸이 닿았다. 놀랍게도 이 인공지능 인간에 내 몸이 닿자 전율이 일어나는 느낌이 들었다. 매트릭스 본부에서 이상미의 몸을 조종하는 것 같다는 생각이 들었다. 나는 당황하지 않을 수 없었다. 나는 눈을 감았으나 소용이 없었다.

"내가 여자로 보이지 않나요?"

이상미가 어색한 내 분위기를 눈치챈 듯 질문했다.

"그렇지 않아요."

"그렇다면 되었어요."

이상미가 내 눈을 들여다보았다. 이상미의 눈동자 속에 내가 있었다.

"내 몸을 만져보아요."

나는 드디어 올 것이 왔다는 생각이 들었다. 나는 진정 여자의 몸을 만지는 것이 아니라 AI여자의 몸을 만진다는 생각을 떨쳐 버릴 수 없었다. 나는 첼로를 연주하는 여자의 선이 고운 팔을 보는 느낌이 들었다. AI여자의 영혼에서 몸 밖으로 뻗어 나온 팔에 내가 손을 대고 있었다. 나는 그녀의 다리에도 손을 얹었다. 이상미는 내가 자기를 애무해 주기를 기대하였다. 나는 이상미가 하라는 대로 해주었다.

내가 눈을 떠보니 날이 밝았다. 내 곁에 이상미는 없었다. 나는 몸이 가볍다는 느낌이 들었다. 이상미는 외출할 준비를 끝내고 단 한 개뿐인 소파에 앉아 있었다. 나는 몸을 씻고 외출 준비를 마쳤다.

식탁에는 이상미의 아바타가 우리에게 보낸 아침 식사가 차려져 있었다. 그것은 2인분의 가벼운 식사였다. 빵과 채소와 영국식 차가 전부였다.

우리는 아무 말 없이 식사를 마치고 나서, 음식을 비운 플라스틱 용기를 비닐봉지에 싸서 계단 한쪽에 놓았다. 우리는 빌라 밖으로 나왔다. 아침 해가 하늘에 떠 있었고, 중국에서 넘어온 미세먼지가 끼지 않아 공기가 맑아 보여 다행이라 싶었다.

"상제궁(上帝宮)에서 메타버스에 하달한 공고문(公告文)이 주민센터 게시판에 붙어 있을 거예요. 우리가 가서 공고문을 읽으면 간밤에 세상이 많이 변했다는 것을 알게 될 것입니다."

"그래?"

나는 세상이 어떻게 변했는지 궁금하였다.

주민센터는 내가 사는 곳에서 멀지 않은 곳에 있었다. 우린 주민센터를 향하여 걸어가기 시작하였다. 주민센터로 가는 길에는 간체 문자로 쓴 붉은 간판들이 집집에 줄줄이 붙어 있었다. 주사파 정부가 들어선 후 5년 동안에 부천역 앞은 완전히 중국인의 거리로 변했다. 그들은 식당과 환전상과 여행사와 장기방과 중국 식자재 가게를 열어놓고 있었다. 손님들은 없어 보였다. 그러나 자유시장을 점령한 중국인들은 장사가 잘되는 듯 보였다. 중국인 사내들이 길거리에서 담배를 들고 다니거나 상점 앞에서 담배를 피웠고 거리에 침을 뱉었다. 나는 그들을 보면 울화가 치밀었다.

사방에서 주민센터로 이어지는 이면도로에 주민센터를 향해 오는 몇 사람이 보였다. 주민센터 정문 앞 한쪽에 게시판이 서 있는데, 게시판 앞에서 3사람이 게시물을 읽고 있었다. 주민이 하나둘 모여들었다.

상제국에서 메타버스에 보낸 포고문

상제(上帝)님의 명령이니라. 각 메타버스의 플랫폼은 상제님의 명령을 받는 즉시 이를 시행하라.

메타버스의 질서를 어지럽히는 붉은털원숭이가 무차별

적으로 메타버스의 높고 낮은 곳 좁고 넓은 곳 어디든지 횡행하고 있다. 붉은털원숭이는 교활하고 사악한 자들이다. 그들과 조우(遭遇)했을 때 속아 넘어가는 일이 없도록 조심하라. 붉은털원숭이에게 속아 넘어가는 자들이 생길 때에 이들도 처벌을 면치 못할 것이다.

그들을 단속할 때 도망하는 자, 체포 중에 난동을 부리는 자를 실수로 사망시킨다고 해도 면책한다. 사망한 자가 살아나는 일이 없도록 마무리를 철저히 할 것.

명령자 메타버스 비혼자 여신

상제국에서 이 나라가 어떻게 멸망해 가고 있는지 절망적인 상황을 파악한 것처럼 보였다.

"비혼자 여신님으로부터 문자가 왔습니다."

메시지 난에는 비혼자 여신이 이상미에게 보낸 메시지가 입력되어 있었다.

"여기저기 돌아다니지 말고 메타버스로 가라."

"플랫폼에서 메타버스 입국 준비를 마치는 대로 출발하겠습니다."

이상미가 답신을 보냈다.

내게도 문자가 왔다. 나는 메시지 창을 열었다. 그것은 상제국에서 비혼자 여신에게 보낸 나의 보직 임명장이었다. 나는 신생국 메타버스의 방어 책임자로 임명되어 있었다. 그 보직의 이름이 거기장군(車騎將軍)이었다. 황당무계하기 짝이 없는 일이다. 별도로 나의 전생 이력이 기재된 문서가 첨부되어 있었다. 나의 전생 기록은 보직 임명보다 더 황당무계했다. 너무 놀라 기절할 일이다. 상상 불가능의 일이 내게 벌어지기 시작했다. 나는 갑자기 머리가 멍해졌다.

나의 이력은 1만 년 이상의 역사를 기록한 역사의 요약문(要約文)과 같았다. 나의 이력은 어느 할머니에게서 시작되었다. 그 할머니의 이름이 사모(巳母)였다.

3명의 여자가 성주산에서 내려와 주민 센타를 향하여 다가오고 있었다. 가운데 여자는 나이가 들어 보이고, 좌우의 여자는 나이가 젊어 보였다. 세 여자가 내 곁에 와 섰다. 나이가 들어 보이는 여자는 누구인지 알 수 없으나 어디에선가 본 느낌이 드는 여자였다. 나와 인연이 있는 여자일 것이라는 생각 들어 인사하였다.

게시판에서 상제국에서 보낸 포고문이 사라지고 다른 공고문이 나타났다. 문자국(文字國)에서 문자군대(文字軍隊)를 장차 메타버스에 파견하겠다는 공고문이다. 문자군대를 파견하는 날짜가 오늘이다. 병력은 3개 사단 규모의 인원이다. 너무나 환상적인 군대로 생각되었다. 문득 『매트릭스 교차로』에 무엇인가 기록이 있을 것이라는 생각이 났다. 나는 가방에서 『매트릭스 교차로』를 꺼내어 펼쳐 여신(女神)의 항목을 보았다. 여신의 항목에 3분의 여신이 있는데, 마고(麻姑) 여신을 모신 신당(神堂)의 주소가 나와 있었다. 놀랍게도 마고 신당의 주소가 내가 사는 빌라의 주소와 같았다. 나는 몸에 전율을 느꼈다. 팔에 소름이 돋았다. 내가 알기로 마고는 풍이족의 어머니 사모(巳母)였다. 나는 풍이족의 후손으로서 풍이족의 어머니 사모를 알아보지 못하여 민망하기 짝이 없었다. 그는 내가 여상제(女上帝)라고 써서 위판(位版)에 붙이고 제사를 지내온 분이다.

"사모를 알아보지 못하여 송구합니다."

나는 당황함을 숨기지 못하고 인사 하였다.

"사모가 무슨 뜻인지 아느냐?"

"풍이족의 어머니라는 뜻입니다."

"마고와 사모에 대하여 설명하라."

"마고에도 풍이족의 어머니라는 뜻이 있습니다."

"마고와 사모는 같은 뜻이냐?"

"같은 뜻입니다."

"왜 같은 뜻인가를 설명해 보라."

나는 설명에 들어갔다.

"마고(麻姑)라는 문자의 앞 글자 마(麻)자는 집엄(广,广)자 안에 2그루의 나무가 서 있는 형상의 문자입니다. 엄자는 집이

나 굴을 뜻합니다. 집안에 서있는 2그루의 나무, 즉 임(林)자는 풍이족의 장자(長子)와 차자(次子)를 뜻합니다.

나무의 어원은 나모(螺毛)입니다. 뱀 새끼를 뜻하는 충(虫)자가 나자의 부수(部首)이고, 본문자(本文字)는 누(累)자 입니다. 누자는 '암컷의 새끼'라는 뜻을 가진 문자입니다. 이 2개의 문자를 합치면 뱀 새끼라는 뜻을 가진 나(螺)자가 됩니다. 나자는 뱀사(巳, 虫)자의 파생 문자입니다. 이 파생 문자를 가차(假借)문자로 만들어 쓴 사람들이 풍이족입니다. 뱀사(巳)자는 풍이족을 나타내기 위하여 풍이족이 처음 만든 문자로 볼 수 있는 문자입니다. 모(毛)는 풍이족에 난 털이므로 풍이족의 자손이라는 의미가 있다고 볼 수 있습니다."

나는 설명하는데 어려움을 느껴 등에 땀이 흘렀다.

나의 설명을 들은 사모가 잠깐 미소를 띠었다.

"다음에 고(姑)자도 설명해 보라."

나는 고자도 설명했다.

고(姑)자에는 우리 민족의 이동과 정착의 역사가 들어있는 놀라운 문자다. 부수 여(女)자는 어머니를 뜻하는 문자인데, 그 옆에 있는 옛고(古)자에 인류 시원의 역사가 들어 있다. 열십(十)자에는 하늘을 열었다는 뜻의 북방의 역사가 들어 있고, 구(口)자에는 토기를 굽고, 농사지어 밥을 해서 치성드린 남방의 역사가 들어 있다. 이런 이유로 북방의 역사와 남망의 역사가 풍이족 시대에 와서 만났다고 볼 수 있다.

2명의 시녀 중에서 왼쪽의 시녀가 목걸이에 매달린 열쇠를 사모에게 주었다.

"이 열쇄는 나의 선조 나라야나가 뮤 대륙이 침몰할 때 내게 준 만능열쇠다. 잘 간수하였다가 필요할 때 쓰도록 하라."

사모는 내 목에 열쇠 목걸이를 걸어주었다.

"이 열쇠에는 풍이족의 군대라는 뜻이 있다. 내가 특별히 문자국에 교섭해서 얻어 온 군대를 그대에게 위임한다는 의미가 있는 열쇠야. 나를 욕되게 하는 자들을 척결하라."

사모는 내 목에 열쇠 목걸이를 걸어 주었다.

사모는 그가 있는 성주산으로 시녀와 함께 돌아갔다. 나는 메타버스에 가서 사모가 내게 위임한 문자군대를 인수해야 하였다.

3 사상부장(思想部長)

사상부장이 내게 최신형의 스마트 폰으로 전화를 걸어왔다. 나도 막 새로 스마트 폰을 사고 난 후였다. 착 가라앉은 쉰 목소리가 비화기에서 나오는 기계음처럼 직직거렸다. 늙은이의 목소리였다. 기계 속에 들어 있는 인공지능이 장난친다는 생각이 들었다.

“나는 사상부장이야.”

“웬일입니까?”

“상제님께서 내게 미션을 하나 주셔서 그걸 자네와 함께 수행해 보려고 전화 건 것이야.”

상제님은 실제의 세계와 메타버스의 세계를 초월한 곳에 계신 분이다. 그가 계신 곳은 천추성(天樞星-북극성)인데, 요즈음은 은퇴한 천추성들이 모여 있는 구진성(句陳星)으로 가서, 천추성에 상제님이 부재중(不在中)일 때가 자주 있었다. 주역의 건괘(乾卦)를 풀어보면 그가 부재중임을 알 수 있다.

"요즈음 자네를 괴롭히는 영은 떠나갔는가?"

사상부장이 나의 근황을 잘 알고 있다는 듯이 질문하였다.

"어떤 영을 말하는 겁니까?"

나는 웃으며 물었다.

"요즈음 자네를 괴롭히는 것은 안중근의 영이지. 그런데 안중근의 영은 왜 자주 자네에게 나타나는 거야?"

"부천시에서 자기를 위하여 하얼빈역 앞에 있던 동상을 가져와 공원을 만들어 세워 준 것까지는 고마운데, 자기의 영이 아직 좌정이 안 되어서 좌정시켜 달라고 나타나는 것입니다."

"그렇다면 무당에게 가야지, 왜 자네를 괴롭혀?"

"그분을 대접할 제사가 필요합니다. 구경꾼들은 공원을 찾아 오는데, 제사 지내 주러 오는 사람이 없거든요."

"그럼 자네가 제사 지내 주면 되겠군."

"집사람이 안중근 의사 식사 챙겨주겠다고 먼저 저세상으로 간 후로 혼자 사느라고 그분을 돌봐드릴 겨를이 없습니다."

"하긴 그렇겠군. 하여간 조만간 그 문제를 해결해야 하겠군."

"그렇습니다. 제 처가 소설이나 하나 써서 헌정해 드리라고 해서, 지금 소설을 쓰고 있습니다.”

“잘했네. 그런데 요즈음 자네 앞에 어른어른 나타나는 사람들은 또 무엇인가?”

“정조(正祖) 대왕과 김만덕(金萬德)이라는 여인입니다.”

“정조대왕이라... 어떻게 할 생각인가?”

“고민 중입니다.”

“비혼자 여신에게 도움을 요청해 보게. 묘수가 나올 거야.”

“알겠습니다.”

“김만덕 여인의 청원 심의가 곧 시작되니, 청원 심의 법정에 참석하여 추이를 살펴보게. 자네와 인연이 있는 분들이야.”

“그렇게 하겠습니다. 어디에서 청원을 심의 합니까?”

“메타버스의 역사 법원 청원심의위원회.”

“그런 법원도 있습니까?”

“역사를 왜곡하거나 말살하거나, 삭제하려는 자들이 많아서 메타버스 헌법에 따라 설치한 기관이야.”

“김만덕 여인이 무엇을 청원했습니까?”

“정조대왕이 무단으로 사용하는 자기의 호를 돌려 달라는 청원이야.”

“그래요? 그런 일이 있었군요. 놀랍군요.”

“사상부에서 조사가 다 끝났어. 김만덕 여인은 자기의 호를 정조대왕으로부터 돌려받게 될 거야."

나는 김만덕 호 반환 청원에 대하여 묘한 흥미를 느끼기 시작했다.

캠프 마켓은 내가 사는 성주산(聖住山)에서 인천 쪽으로 전철로 5개 역 거리에 떨어져 있다. 내가 비혼자 여신을 만나기 1주일 전인 금요일에, 나는 집을 나와 부천역(富川驛)에서 전철을 타고 5개 역을 지나가서 백운역(白雲驛)에서 내렸다. 백운역에서 캠프 마켓은 멀지 않았다. 캠프 마켓이 부평공원 건너편에 있었다. 원래 부평공원과 캠프 마켓은 6.25사변 때 같은 영내(營內)에 있었는데, 인천시에서 남쪽 지역을 절반을 잘라 부평공원을 만들었다. 역사 유적으로 보존의 가치가 차고 넘침에도 불구하고, 빨갱이 사상을 가진 자들이 이 자유 수호 역사 유적을 인천 시민에게 휴식 공간으로 돌려주어야 한다는 구실로, 대단치 않은 공원을 만들어, 역사를 파괴하였다. 공산주의자의 전형적인 역사 파괴 행위였다. 캠프 마켓 앞 북쪽엔 6.25사변 때, 미군들이 썼던 군용열차 선로가 그냥 깔려있는데, 지금은 폐쇄되어 오고 가는 화차들은 없었다. 인천과 서울을 잇는 옛 도로인 경인국도(京仁國道) 북쪽엔 철조망과 창고와 막사가 그대로 남아 있다. 6.25사변 중에 군수물자(軍需物資) 보급을 담당하다가 역사의 소명을 다한 곳이 이곳이다.

이곳은 러일전쟁(露日戰爭) 때, 제물포(濟物浦)로 상륙한 일본군이 주둔(駐屯)했던 곳으로, 부대 앞에 신포교(新浦橋)의 난간이 남아 있다. 지금은 부평공원과 캠프 마켓 앞으로 경인 전철 위를 지나다니는 전차들이 오가고 있다 .

청일전쟁 때 일본군이 놓았을 것으로 추측되는 다리 일부가 남아 있는 동네 이름이 신포동(新浦洞)이다. 신포동은 새로운 포구기 들어선 동네라는 뜻이다. 신포동을 지나는 길 건너에 있는 부대 이름이 캠프 마켓이다.

세월이 많이 가서, 군인들이 사라졌고, 부산의 제3 부두에서 군용물자를 실어다 전방으로 보내던 보급 열차가 나타나지 않게 된 지 오래되었다. 그러나 내가 그곳에 갔을 때, 그 고즈넉한 곳에서 참기 힘든 살기가 느껴져 이상한 생각이 들었다.

이곳은 미군들과 한국 여인들이 섞여 살던 곳이고, 6.25 사변 땐 그들이 이 나라 경제의 한 부분을 지탱해 주었다는 마음 아픈 추억이 남아 있다. 세월이 가서 이제 그들은 모두 사라졌고, 이곳에 다시 오지 않는다. 역사의 시간이 그렇게 만든 것이다.

내가 캠프 마켓에 대하여 가진 지식은, 미군이 자신들이 주둔했던 부지를 한국 정부에 돌려주고, 모두 그곳을 떠났다는 것이다. 그래서 그곳에 사람이 없고 군대의 막사만 남아 있다.

내가 허름하게 서있는 게이트를 보니, 한국인 가드가 1명

씩 교대로 이곳에 와서 게이트를 지키고 있었다. 이상하게도 게이트에 바람이 불어오고, 영내에 높이 서 있는 나무들이 낙엽을 날려 보내는데, 낙엽에서 달랑달랑 방울 소리가 나는 것 같았다. 이게 무슨 일이지? 하는 생각이 들었다.

내 핸드폰이 울렸다. 나를 이곳을 답사하라고 보낸 사상부장에게서 온 전화였다.

“앞으로 많은 이상한 일들이 일어날 거야.”

“네?”

“이곳을 지키는 여러 명의 가드 중에는 벤츠를 타고 와서 지키는 40대 사내가 있어. 그의 직책은 게이트 가드인데, 내 명령을 수행하는 요원이야. 그러니 그를 믿고 그가 하라는 대로 따라 해.”

“그렇게 하겠습니다.”

내가 신포교를 건너서 막 캠프 마켓의 게이트 가까이에 다가갔을 때, 문지기를 하러 온 40대 초반으로 보이는 남자가 까만색 벤츠 승용차에서 내리고, 그가 타고 온 차를 돌려보내고 있었다.

그가 나를 보더니, 싱긋 웃었다. 지금까지 용케 감추어 온 비밀을 엉뚱하게 내게 들키고 말았다는 그런 얼굴이었다.

“사상부장님이 보내신 분인가요?”

그가 인사하였다.

“사상부장을 잘 아십니까?”

"나야 잘 알지요."

그는 원서(原書)로 보이는 책 1권을 안내소의 창구 앞에 있는 책상 위에 놓아두고 있었다. 책은 아무나 볼 수 있는 책이 아니었다. 영문 표지로 된 책인데, 『매트릭스 교차로(Matrix Intersection)』라는 제목의 책이었다. 나의 시선이 이 제목에 꽂혔다.

"이 책은 사상부장님이 내게 준 책인데, 그냥 소설책이에요. 이 소설에 선생의 이름이 나옵니다. 오늘 선생이 나를 찾아온다고 기록되어 있습니다."

나는 내 등에 차가운 벌레가 기어가는 느낌이 들었다. 일종의 공포였다. 그가 책을 펼쳤다.

"읽어요."

그가 한 곳을 짚었다.

책에는 다음과 같은 문장이 기록되어 있었다.

"경인국도에 묻혀 난간만 북쪽에 남은 신포교(新浦橋)를 건너와 캠프 마켓의 남쪽 문으로 들어오는 사람이 캠프 마켓에서 매트릭스 교차로와 인연이 있는 사람이다."

무슨 책인데, 이런 기록이 있다니, 귀신이 곡(哭)할 노릇이다.

"오늘 이 미군 보급창 안에 매트릭스 교차로가 있다는 것을 알게 된 사람은 선생 한 사람이요. 이 책 『매트릭스 교차로』에 그렇게 기록되어 있소. 아, 선생이 이곳에서 숙명적으로 만나야 할 여자가 또 한 사람이 있지. 아주 젊고 예쁜 여자요. 애초부터 선생과 짝으로 만났어야 할 여자인데, 선생이 세상에 너무 일찍 태어났거나, 그 여자가 세상에 너무 늦게 태어났거나, 둘 중의 하나요. 그러나 조심하시오. 그 여자의 신분이 지금은 AI인간으로 되어 있다는 것을."

"어떻게 그런 인간이 있을 수 있소?"

"요즈음 일본에서는 생명은 없지만 살아 있는 여자와 똑같은 여자가 만들어져 비혼자 사내들에게 공급되고 있소."

"변태로군."

"그런데 말이요. 선생이 만나게 되는 여자는 생명 획득 진행형으로 만들어진 AI인간 여자라는 것을 잊지 마시오. 이 여자의 인지 능력은 아마 선생의 100배는 더 될 거요. 그러니 이 여자에게는 인간의 자존심 따위는 내세우지 마시오. 오히려 이 여자에게 속내를 들키면 되치기당할 가능성이 있으니까."

나는 약간 골치가 아파졌다.

"이 여자를 내가 언제 만나게 됩니까?"

"오늘."

"그래요?"

"절세의 미인이 카메라를 가지고 나타나면 당신의 파트너로 알고 도덕군자(道德君子)처럼 이것저것 따지지 마시오. 그 여자가 선생을 만나게 되는 건 단순히 카메라 때문이니까. 그러니 신중하게 처신하라는 말입니다. 이건 사상부장이 나를 통해서 선생에게 하는 당부요."

"사상부장이?"

"그렇소. 사상부장에 대하여 잘 아시오? 사실 나는 사상부장에 대하여 아는 것이 거의 없소."

"나도 그렇소. 어느 날 나를 찾아와서 이상한 쌍안경을 주기 전엔 그런 사람이 세상에 있다는 것을 알지 못했소. 그가 메타버스가 이 미군부대 안에 있다고 말하는 바람에 메타버스가 있다는 것도 알게 되었소."

"지금 쌍안경을 가지고 있소?"

나는 머리를 끄덕거렸다.

"그 쌍안경을 꺼내시오. 내가 쌍안경을 확인해야 당신을 믿을 수 있소."

나는 등에 멘 가방을 내려 쌍안경을 꺼냈다. 쌍안경은 손안에 들어갈 수 있을 만큼 작은 것이다.

"이것은 사상부장의 발명품이요."

"알고 있소."

"길 건너 부평공원을 쌍안경으로 보시오. 무엇인가 보이는 것이 있을 것이요. 그곳은 캠프 마켓의 절반에 해당하는 곳이요. 인천시를 붉은털원숭이가 점령했을 때, 캠프 마켓을 절반을 잘라 공원을 만들었지. 그래서 생겨서는 안 될 수상하기 짝이 없는 공원이요. 이상한 자들이 정체를 숨기고 수시로 출몰하고 있소."

나는 쌍안경을 눈에 대고 부평공원을 넘겨다 보았다.

벤치에 앉은 몇 명의 늙은이, 유모차 몇 대, 젊은 엄마 4명, 돌아다니는 개 몇 마리가 있을 뿐이었다.

"동네 사람들이 있을 뿐이요."

내가 쌍안경을 들여다보며 말했다.

"중요한 것은 부평공원의 이면을 보아야 한다는 것이요. 저곳의 이면을 보시오."

나는 부평공원의 이면을 보았다. 이상하게도 움막 같은 것이 하나 있고, 그 안에 김일성과 모택동과 스탈린이 있었다. 물론 환상이라는 생각이 들었다.

"저기가 붉은 메타버스요. 우리가 만든 푸른 메타버스를 짝퉁으로 만든 것 같소."

나는 갑자기 숨이 멎는 것 같았다.

"내가 당신에게 특급 비밀을 하나 알려 주겠소, 푸른 메타버스는 상제님 직속이요. 푸른 메타버스의 총책임자는 비혼자 여신이요. 비혼자 여신 밑에 사상부장이 있지."

나는 메타버스가 상제님 직속이라는 데 안심이 되었다.

"혹시 사모에 대하여 알고 있소?"

나는 내가 위판에 여상제라고 써서 모시고 있는 사모의 입지가 묘한 것 같아서 물어보지 않을 수 없었다.

"그분은 풍이문자(風夷文字)의 여신이요. 풍이문자를 만들어 풍이족에게 전수한 분이지. 풍이문자로 만든 군대를 거느리고 있는 힘이 막강한 권력자요"

나는, 풍이문자로 만든 군대라니, 호기심이 생겼다.

"문자로 군대를 만들다니!"

"그렇소. 문자에 대하여 공부해 보셨소?"

사실 나는 문자에 대하여 전문적으로 공부한 적이 없었다. 그러나 한자를 공부하면서 문자에 관심이 생겨 독학으로 공부한 것이 전부였다.

"풍이문자라면 갑골문(甲骨文)과 금문(金文)을 말하는 것이요?"

갑골문은 거북이 등껍질에 새긴 풍이문자이고, 금문은 청동기에 새긴 풍이문자다. 같은 문자를 어디에 새겼느냐에 따라서 갑골문과 금문으로 구분되었다.

"그렇소. 지나인이 갑골문은 상(商)나라 문자라도 하고 금문은 주(周)나라 문자라고 거짓말을 하지. 풍이문자 군대가 출동하면 사악한 자들이 천벌을 받을 때가 된 거요."

나는 게이트 가드가 고대 문자에 능통하다는 것을 알고 놀라지 않을 수 없었다.

"사모가 문자군대를 가지고 있다는 것은 동서고금(東西古今)의 역사에 없는 일이요."

"그렇소."

"내가 풍이문자의 역사를 간단하게 말해 주겠소, 풍이시대에 풍이족이 사(巳)자를 만들었소. 그러므로 사자는 풍이문자의 어머니 문자가 되지. 다음에 한국시대에는 풍이족이 한(桓)자를 발명했소. 배달나라시대엔 풍이족이 풍(風)자를 발명했소. 단국시대엔 풍이족이 선(鮮)자를 발명했소. 조선시대에는 풍이족이 조(朝)자를 발명했소."

나는 그가 하는 말에 감탄하지 않을 수 없었다.

게이트 가드가 손목시계를 보았다.

"당신의 짝이 나타날 때가 되었소."

그가 일부 난간이 남아 있는 신포교 넘어를 넘겨다보며 말했다.

"당신의 젊고 아름다운 짝이 드디어 나타났소. 저 여자의 미색을 경계하시오."

나는 신포교를 건너 내게 다가오는 한 여자를 보았다. 보통키에 아담하게 생긴 여자였다. 자신을 위장하느라고 갈색의 색안경으로 눈을 가리고 있었다. 반듯하게 생긴 이마가 나를 향해 다가오고 있었다. 그가 약간 철 지난 갈색의 가을 코트를 입고, 가을꽃 무늬가 있는 스카프도 하고, 스카프 밖으로 나온 머리에 러시아 여자처럼 갈색 물이 들어 있었다. 그 여자는 내가 오늘 만나게 될 것을 예상한 대로 이상미였다.

"저 여자는 비혼자 여신이 내게 보낸 AI여자요."

"그러나 오늘부터는 그렇지 않소. 진짜 여자요. 진짜 여자

되는 수습 기간을 졸업했거든."

"그걸 어떻게 알고 있소?"

"『매트릭스 교차로』에 기록이 있소."

이상미가 내게 살짝 미소를 보냈다. 나도 미소를 보냈다.

"두 분은 이 책 『매트릭스 교차로』에서 자신들의 이름을 찾아보시오."

게이트 가드가 말했다.

나의 이름 안중근과 그녀의 이름 이상미가 책에 기록되어 있었다.

"자, 이제부터 『매트릭스 교차로』를 찾으시오. 이제 이 책은 내게 필요 없으니, 당신들이 가져가시오."

게이트 가드가 『매트릭스 교차로』를 내게 넘겨줬다.

내가 시계를 보니, 하번 근무자와 근무교대를 할 시간이고, 퇴근하기엔 너무 이른 시간이다.

나는 오른손에 책을 들고, 왼손을 흔들어, 게이트 가드에게 고마움을 표시했다.

나와 이상미는 캠프 마겟의 게이트 안으로 들어갔다. 영내도로에 낙엽이 쌓여 있었고, 1층짜리 군대 막사를 둘러싼 녹지대(綠地帶) 위에서 키가 큰 나무들이 나뭇가지를 흔들며 우리를 맞았다. 건물에서는 몰탈 벽을 둘러싼 담쟁이덩굴이 뻗어가다가 멈추어 있었다. 70년의 세월이 이 막사에 묻어 있었다. 그러나 막사들은 무심하게 서 있을 뿐이었다.

이상미가 백을 열어 카메라를 꺼냈다.

"당신은 그 카메라를 누가 만들었는지 알아요?"

"몰라요. 카메라를 내게 보낸 사람의 주소와 이름이 포장 상자에 기록되지 않았어요. 그분이 누구인지 아세요?"

"알아요. 그분은 조선의 태종과 세종 년 간에 사셨던 분이에요."

"네? 정말요? 도저히 안 믿어져요. 그렇다면 시대를 초월하는 이야기가 되는데..."

"맞아요."

"너무 황당하군요."

"우리는 지금 믿지 못할 황당함 속에 있어요. 윤회는 믿나요?"

"믿어요."

"그렇다면, 세종 시대에 살았던 장영실이라는 분이 이 시대에 태어나서 세상에 단 하나뿐인 카메라를 만들어서 이상미 씨에게 보냈다고 믿어야 할 거예요."

"믿기로 하지요."

이상미가 천진난만하게 웃었다.

"그분은 어떻게 만났어요?"

"어느 날 비혼자 여신이 저를 호출했어요. 비혼자 여신이 그분을 기다리라고 해서 기다렸어요."

"어디에서요?"

"성주산에서요."

"상미 씨는 어디에 사는데요?"

"켐프 마켓에서 멀지 않은 곳이에요."

"부평(富平)?"

"네."

"그분이 저를 보더니 말했어요. 남편과 이혼하고 싶지? 그래서 그렇다고 대답했습니다. 네가 남편에게서 벗어나려면, 내가 주는 카메라로 죽은 사람의 영을 100개만 찾아서 찍어라. 그러면 남편에게서 벗어나게 될 것이다. 저는 그렇게 하겠다고 약속했습니다."

"그래서 몇 명이나 찍었나요?"

"이제 마지막으로 찍어야 할 분들이 남았어요."

"흥미롭군요. 그분들이 누구인가요?"

"남자는 정조 대왕이고, 여자는 김만덕이라는 분입니다."

"그분들을 어디에 가서 찍으려고 그래요?"

"메타버스에요."

"메타버스!"

나는 메타버스에 대한 지식이 없었으므로 이상미가 하는 말이 이해가 가지 않았다.

"메타버스엔 어떻게 가나요?"

"그곳에 가려면 대체(代替) 불가능(不可能)의 토큰이 있어야 해요."

"돈?"

"네. 그 돈은 돈은 돈인데, 한 번 쓰면 두 번 다시 쓸 수 없는 돈이에요. 우리가 지갑에 넣고 다니는 현찰(現札)과 다른 성질의 돈입니다. 현찰은 또 쓰고 또 쓰기가 가능한 돈이지만, 이 돈은 그렇게 하지 못해요. 그 돈은 통용이 자유롭지 않아요. 등기(登記)한 자만이 쓸 수 있어요."

"그 돈은 은행에 가면 구할 수 있나요?"

"은행에는 없어요. 토큰 판매소에서 구입(購入)할 수 있어요. 메타버스 출입국관리사무소에 가면 토큰 판매소가 있어요."

"아주 복잡해진 세상이로군요."

"우리는 그 돈으로 김만덕 할머니가 제주도민들을 먹여 살리기 위하여 거래(去來)한 물목(物目)들을 구입할 수 있을 거예요."

"다 없어진 그런 것들을 사다가 무엇에 쓸려고요?"

"김만덕 기념관에 기증하려고요."

"불가능한 일을 하려는군요."

"그렇습니다. 그때 없어진 물품들을 제가 가지고 있는 카메라가 찍어 줄 거예요."

"하!"

나는 감탄하고 말았다.

캠프 마켓 안에는 잘 설계된 영내 도로 위에 나무에서 떨어진 낙엽들이 쌓여 있었으므로, 어디를 가나 나와 이상미 두 사람이 낙엽 밟는 소리가 사각사각 울렸다. 내 귀에는 방울 소리가 들렸다.

'방울 소리가 들리나요?"

"아뇨. 낙엽 밟는 소리만 들려요."

나는 머리를 끄덕했다.

이상미가 도로가 각지게 굽어지는 방향을 향하여 카메라를 들이대었다. 이어서 찰칵! 카메라가 피사체를 촬영하는 소리가 났다.

"무얼 찍은 거예요?"

"영(靈)을요."

이상미가 영을 찍었다고 말했지만, 내 눈에는 영이 보이지 않았다.

나는 막사 주변을 돌며 막사 안엘 들여다보았다. 막사 안의 벽과 바닥에는 먼지들이 솜처럼 덮여 있었다. 비품들이 없는 공간이 있었다. 너무나 쓸쓸하고 적막한 공간에 소리 없는 시간이 겹치고 있었다.

이상미는 한동안 혼자서 돌아다니다 내 곁으로 돌아왔다. 이상미는 만족한 얼굴이었다.

"장영실 그분이 이 시대에 이 나라에 다시 오셔서 카메라를 만들어서 내게 보내신 이유를 알아냈어요."

나는 상미에게는 남들이 갖지 못한 무엇인가를 타고난 것이 있다는 생각이 들었다.

“그분의 선조들은 송나라 사람들이었어요. 송나라는 원나라에 멸망했어요. 송과 원이 마지막으로 싸운 전투를 애산전투(崖山戰鬪)라고 하는데, 1279년 2월에 있었던 전투예요. 애산전투를 세계 4대 해전 중의 하나라고 하지요. 23일 동안 송원(宋元) 쌍방이 50여만 명과 전선 2천 척이 서로 싸워, 송군이 전멸했고, 전선 1천 척 이상이 침몰했어요. 이 싸움에서 원나라가 이기고 송나라가 멸망했어요.

장영실 선생의 부친은 몽골의 침략으로 망해가는 송나라의 충신이었어요. 송나라의 마지막 황제는 장군의 등에 업힌 어린 아기였는데, 장군이 아기 황제를 등에 업고 물에 뛰어들었고. 아기 황제의 모후도 물에 뛰어들었어요.

이때, 나라가 망하자, 장 선생의 아버지는 배를 타고 고리(高麗)에 와서 귀화하여 울주(蔚州) 관아에서 노비로 살다가, 관아의 기생을 만나 부부가 되어 장 선생을 낳았어요. 장 선생이 어렸을 때 장 선생이 관아의 노비로 살면서 재주가 좋아 손으로 만드는 것은 못 만드는 것이 없었다고 해요. 어느 해인가 크게 가뭄이 들어서 논밭 작물이 다 타는 데, 나무껍질로 관을 만들어 강물을 끌어들여 가뭄을 해갈시켰다고 해요. 관아의 사또가 이 사실을 태왕인 태종 임금에게 장계를 올렸고, 태종이, 세종이 남산 밑 잠저(潛邸)에 사실 때, 지금의 충무로에 있는 주자소(鑄字所)에 보내 살게 했어요. 세종

임금은 그때 나이 12살의 연상으로, 그곳에서 장 선생을 만났다고 해요. 장 선생은 그곳에서 갑인자(甲寅字)라는 활자를 발명했지요. 노래 잘하는 기생의 몸에서 태어난 장 선생은 절대음감(絶對音感)을 가지고 음악을 사랑한 세종이 시키는 대로 편경(編磬)이라는 악기를 개량했어요. 이번에 장 선생이 메타버스의 사상부장으로 세상에 오셔서 영을 찍는 카메라를 만드셨어요."

이상미가 청산유수(靑山流水)로 말하는 것으로 보아서, 특별한 재능을 타고난 여자가 아닐까 하는 생각이 들었다.

"아무래도 사상부장이 이상미 씨를 만나려고 이 세상에 오신 것 같아요."

"장 선생이 제게 카메라를 만들어 주려고...요?"

"그렇다고 볼 수밖에 없지 않아요. 장 선생이 세종 때 귀로 소리를 듣는 편경을 만들었으니까 이번에는 눈으로 보는 카메라를 만들었을 거예요. 아마 이상미 씨는 세종대왕의 따님과 관련이 있을 거예요. 나는 이상미 씨를 무엇엔가 써먹으려고 장 선생이 동원한 들러리일 거예요."

"안 선생님은 세종대왕의 따님과 제가 무슨 관련이 있을 것이라고 보는 거예요?"

"세종대왕이 한글을 만드실 때, 학자라는 자들의 반대를 막기 위하여 공주 한 분을 몰래 동원해서 발음하도록 시켰어요."

"훈민정음을 발음하라고 시켰다고요?"

"그렇죠. 이상미 씨가 노래를 잘 부른다면 그걸 증명할 수 있어요."

"어떻게요?"

"훈민정음은 목구멍에서부터 입술까지 나오는 소리로 만들었어요. 입술에서 나는 소리, 이빨에서 나는 소리, 혀에서 나는 소리, 목구멍에서 나는 소리로 한글을 만들 때, 그 소리를 공주님이 내도록 한 것이에요. 노래 잘하려면 발음이 정확해야 하니까. 아마 노래 잘하는 공주님에게 발음하라고 시켰을 거예요."

"선생님은 그렇게 생각하시네요."

"자, 한번 발음해 봐요. 내가 시키는 대로. 입술소리를 내봐요. 무슨 소리가 나나. ㄱ에서 시작하여 ㅎ까지 가봐요. 이들 중에서 입술에서 나는 소리가 감이 잡힐 것이에요."

이상미는 내가 시키는 대로 하였다.

"아! ㅁ이 잡히네요. 마음, 말, 마거릿 공주, 마을, 입술소리는 ㅁ(미음)이에요."

"그렇지요. 그런 식으로 한글의 발음을 다 찾아낼 수 있어요. 틀림없이 이상미 씨는 노래를 잘할 거에요."

"사람들이 저보고 끼가 있고 노래도 잘한다고 그래요."

"역시 내가 짐작한 대로 군. 자, 이제 우리가 사상부장이 장영실 선생의 화신이라는 것과 그가 카메라를 만든 의도를 알아냈으니, 이제 카메라에 무엇이 찍혔는지 보기로 합시다."

이상미가 카메라 필름을 돌아가게 하였다. 필름이 한 커트 한 커트 눈앞에 나타났다가 지나갔다.

"내가 찍은 사진에 찍힌 영들이 들어 있군요!"

이상미가 비명을 지르듯이 말하였다.

"어디 화면을 다시 돌려 봐요."

이상미가 지나간 화면을 다시 한 장 한 장 리와인드 시켜 보여주었다. 영들이 찍힌 것이 틀림이 없었다. 그들은 6.25 사변 때 전장에서 죽은 군인들이었다. 6.25사변이 일어난 지 70년이 넘었는데도, 그들이 자기가 떠나온 나라에 돌아가지 못하고 캠프 마켓의 영내를 떠나지 못하고 있었다.

"이들이 찍힌 곳으로 가봅시다."

이상미가 나를 그곳으로 데리고 갔다. 그곳은 캠프 마켓의 영내 도로가 서로 만나는 교차로였다. 그 교차로에 눈에 보이지 않는 가로등이 서 있는데. 가로등에 영문으로 쓴 표찰이 붙어 있었다. 그 표찰의 이름이 '1번 매트릭스 교차로 캠프 마켓(No. 1 Matrix Intersection Camp Market)이었다.

캠프 마켓의 영내 교차로는 영내로 들어오는 문들과 연결되어 있었고, 영문에서 빠져나간 도로는 경인국도와 연결되어 있었다. 영외에서 영내로 들어오는 기찻길이 연결되어 있는데, 이 기찻길에 운행되는 기차는 없었다.

"아무래도 이 기찻길이 이상해요."

상미가 선로에 카메라를 들이대어 기찻길을 찬찬히 보고 나서 말하였다.

"무엇이 이상한데?"

"이 기찻길은 폐기된 기찻길이 아니에요. 지금도 쓰는 기찻길이에요."

"그게 무슨 말이야. 전쟁을 쉰 지 얼마나 오래되었는데."

"아무래도 유령기차(幽靈汽車)가 아직도 운행되고 있는 것 같아요."

상미가 너무나 엉뚱한 소리를 하고 있었다. 유령기차가 있다니 말이 되지 않는 소리였다.

"유령기차? 나는 글쟁이라 글 재료 취재에 이골이 난 사람인데, 대한민국 땅에서 그런 말을 들어본 적이 없어."

"유령기차가 오는지 안 오는지 확인해 보아야 해요."

"어떻게 확인하지?"

"사상부장이 제게 카메라를 만들어 보낸 이유가 영을 찍으라는 것이었어요."

"영을 언제 찍을 건데?"

"지금부터요."

그 말은 밤에 영을 찍겠다는 것이었다.

"당신이 영을 찍는 동안 나는 무얼 하지?"

"제 곁에 껌딱지처럼 붙어있으면 돼요."

"집엔 안 갈 거야?"

"안 가요."

이상미가 단호하게 나왔다.

"그러면 남편이 쫓아낼 거야."

"그래 주기를 바라고 있어요."

"나는 이상미 씨의 스캔들에 노출되어 그나마 알량하게 지켜온 명예와 자존심은 바닥을 드러낼 것이고."

"두려우셔요?"

"음."

"그럼 혼자 집에 가셔요."

"이 인적이 없는 부대 안에 혼자 있을 거야?"

"그럴 리가 요. 나는 유령기차가 부평 보급창에 온다는 단서를 찾을 때까지 캠프 마켓 주변에 있을 거예요."

무명의 사진작가인 이상미가 기성작가인 나보다 작가의 기질을 더 많이 타고난 것 같아 보였다. 나는 이상미를 따라갈 것인가 말 것인가를 결정해야 하였다.

"이상미를 따라가기로 하지."

"밤에 밖에 오래 있으면 건강이 버텨주지 못할 거예요. 영내로 출입하는 철로를 관망할 수 있는 방을 하나 구해야 하겠어요."

이상미는 무의식중에 주변을 둘러보았다. 그녀가 늘 해 온 습관적인 동작인 것 같았다.

"캠프 마켓을 조망할 수 있는 방을 찾으러 가요."

이상미가 스스럼없이 내게 팔짱을 걸었다. 나는 그녀의 과감한 행동에 놀랐다. 그렇다고 그녀가 낀 팔짱을 해제할 수는 없었다.

"아마 이 부대 안에는 엄청난 비밀이 숨겨져 있을 거예요. 영들을 촬영하다 보면, 그런 것들이 잡힐 거예요."

"상미씨는 상상력이 엄지 척이야."

"그게 나와 관련이 있을 것 같아요."

"?"

"어디 가서 먼저 식사합시다."

우리는 신포 시장으로 건너갔다. 불고기 식당이 있어서 그리로 들어갔다. 우리는 한쪽 벽 가까이 자리 잡고 앉았다.

"무얼 먹을까?"

"불고기로요."

"우리가 만난 것을 축하하기 위해서 축하주도 1병 마시도록 합시다."

"좋아요."

나는 남자 직원이 테이블에 오자, 불고기 2인분과 포도주 1병을 주문하였다. 남자 직원이 불판에 가스 불을 켜고, 저민 고기 조각들을 불판 위에 올려놓았다. 고기 조각들이 익기 시작하였다.

나는 포도주 병마개를 따고 붉은 포도주를 잔에 따랐다.

"우리의 만남을 축하합시다. 사상부장의 말에 따르면, 우리의 만남은 예사로운 만남이 아니래."

"세월이 지나가 보아야 알겠지요."

우리는 잔을 살짝 대었다가 띠었다. 그러나 짱! 소리가 났다. 우리는 함께 마시는 첫술을 마셨다.

4 촬영

우리는 저녁 식사를 마치고 그곳을 나왔다. 날은 완전히 저물었다. 창문에 불빛이 보였다. 부대 앞길 건너편에 장급 여관이 있어서 그리로 들어갔다.

키가 높지 않은 건물인데, 보급창을 적당한 높이에서 조망할 수 있었다. '마켓 장'이라고 쓴 네온 간판이 출입구 위에 붙어 있었다.

출입문을 열고 안으로 들어가니 수부(受付)가 출입문을 바라보고 있었다. 창구가 열리고 안에서 한 사내가 내 얼굴을 올려다보았다.

"3만 원입니다."

나는 그가 요구하는 숙박료를 내주었다. 그가 내가 요구하는 방문을 열 수 있는 키 카드를 내주었다.

"룸 번호는 404호실입니다."

나는 키 카드를 받았다.

복도가 어두컴컴하고 흐릿한 붉은 전등을 켜 복도를 비추고 있었다. 나는 건물의 끝에 붙은 방 앞으로 가서 키 카드를 도어락에 꽂고 돌렸다. 방문이 열렸다. 내가 먼저 방에 들어가고 이상미가 뒤따라 들어왔다.

지은 지 오래된 건물이라 방은 낡았고 인테리어가 구식이었다. 그러나 방의 면적이 넓은 편이었고, 2인용 침대가 놓여 있었고. 의자가 2개 테이블 곁에 놓여 있었다.

우리는 창문 앞에 가서 나란히 섰다. 창밖으로 기차의 선로가 내려다 보였다. 나는 앞으로 진행되어 갈 일이 이상미가 바라는 대로 되기를 희망하였다.

이상미는 가방에서 삼각대를 꺼내어, 그 위에 카메라를 기차선로를 향하여 설치하여 고정하고, 전기 스위치를 온(ON)에 놓았다.

"그냥 있으면 심심할 것 같아서 먹을 것 좀 사 와야 하겠어."

나는 이상미에게 말하고 마켓 장을 나왔다. 편의점이 멀리 떨어져 있어서 그곳까지 갔다. 편의점은 중년 여자가 지키고 있었다. 나는 상품 진열대(陳列臺)에 가서, 맥주 2깡통과 새우깡과 초콜릿과 오징어포와 소주 1병을 골라 들고, 중년 여자가 지키고 있는 계산 대에 놓았다.

"영업을 몇 시까지 하나요?"

나는 과자와 맥주를 더 사러 나오게 되지 않을까 싶어서 물었다.

"24시간 영업입니다."

그렇다면 다행이었다.

"혹시 기적 소리가 울리는 때가 있나요?"

중년 여자는 내가 이상한 말을 하는가 싶었는지 미심쩍어하는 눈으로 내 눈을 바라보았다.

"손님처럼 질문하는 분을 오늘 처음 봅니다."

"기차선로가 자동차가 다니는 도로에 가로질러 깔려 있어서 물어보는 것입니다."

"저는 기적 소리를 들을 때가 있습니다."

나는 깜짝 놀랐다. 편의점 여자가 그런 말을 한다는 것이 이상하게 생각되었다.

"기차를 본 적이 있나요?"

"제가 가게를 지켜야 하니까, 아직 이곳을 통과하는 기차를 보지 못했어요. 기차를 보려면 밖으로 나가야 해요."

"그렇군요. 오늘은 이곳에 오는 기차를 볼 수 있을까요?"

"기차는... 한 번 기적 소리를 들었는데, 그 소리에 몹시 놀랐어요. 일어나서는 아니 되는 일이 일어나는 것 같아서 불길한 생각이 들었어요. 비 오는 날 밤에 기차가 왔어요. 밖이 어두웠고, 몸에 한기가 어슬어슬 스며들었던 날이었어요. 오늘이 그런 날 같군요."

중년 여자가 꾸며서 말하는 듯하였다.

"그 말을 믿어도 될까요?"

"믿어도 될 거예요. 지금도 그때의 생각이 떠오르면, 등에 한기가 느껴져요."

나는 편의점 여자가 내게 하는 말을 믿었다.

"밤늦게 맥주가 더 필요하면 사러 올게요."

"그러세요."

나는 체크카드로 간식값을 치르고, 편의점 여자가 하얀 비닐봉지에 담아 주는 간식을 들고 편의점을 나왔다.

묘하게도 날이 흐려졌고, 하늘엔 어디에선가 검은 구름이 몰려와 캠프 마켓의 하늘 위를 두껍게 덮기 시작하였다. 나는 나도 모르게 쾌재(快哉)를 불렀다.

내가 캠프 장의 404호실 방으로 들어오니, 이상미는 카메라를 버텨 놓은 채로 창가에 의자를 놓고 앉아 있었다.

"왜 이렇게 늦었어요?"

"편의점이 멀리 떨어져 있어서 찾아다니느라고 늦었어."

"신포시장 근처까지 갔군요."

"아니."

이상미가 고개를 갸우뚱했다. 그러나 별말은 하지 않았다.

"맥주나 1잔 합시다."

나는 작은 테이블을 카메라 곁에 끌어다 놓고 의자에 앉았다. 그리고 맥주 깡통을 들어 이상미에게 주었다.

"기차를 너무 기다리지 말아요. 기차가 오면 내가 알려 줄게."

이상미가 말했다.

"기차가 올 걸 어떻게 알아요?"

"당신이 나를 도와주는 정성에 사상부장이 감복해서 기차가 올 시간을 알려 주기로 했어요."

"사상부장과 통화했어?"

"네. 사상부장은 자기는 다른 행성으로 떠나니까 선생님을 잘 도와주라고 부탁하셨어요. 아마 지금은 다른 행성으로 떠나셨을 거예요. 거기에도 메타버스가 있으니까."

"짝퉁?"

"네."

나는 맥주 깡통에 든 맥주를 다 마시자, 술에 대한 갈증을 풀기 위하여 소주병 마개를 땄다. 술에 취해 보고 싶다는 생각이 들었다. 이상미의 얼굴을 보니, 이상미도 나와 같은 생각을 하고 있다는 생각이 들었다.

"안주가 부실하군. 안주를 더 시키지. 무얼 시킬까?"

"군만두 하나와 양장피 하나."

"소주 하나 더."

소형 냉장고의 문 위에 중국반점 전화번호가 인쇄된 스티커가 붙어 있어서, 핸드폰을 주머니에서 꺼내어 요리를 주문하였다. 요리가 늦지 않은 적당한 시간에 도착하였다. 나는 요리 값을 치렀다. 이상미가 요리가 든 접시를 테이블 위에 올려놓았다.

“내가 오늘 기적을 놓치면 그다음은 선생님이 알아서 하세요.”

“당연한 말이지.”

이상하게도 나는 평소에 하지 않던 만용을 부리고 있었다. 평소에 나는 한 달에 한 번 친구를 만날 때 이외에는 술을 마시지 않았다. 그것도 두세 잔을 마시는 것이 고작이었다. 그러함에도 이상미를 만나고 나서 예의상 절제해야 하는데도 불구하고 소주가 2병에다 맥주가 한 깡통으로 오버하고 있었다.

“오늘은 술에 취하고 싶군요.”

이상미가 내가 할 말을 대신해 주고 있었다.

우리는 소주를 마시며 양장피를 먹었다. 기적이 들려오기를 기다리고 있어서 그런지 취기가 오지 않았다. 기적을 기다리면서 우리는 술을 다 마셔 병과 깡통을 모두 비웠다. 양장피와 군만두가 절반 이상이 남았다.

“졸리면 주무세요. 저는 기적이 울리기를 기다리고 있을게요.”

“나 혼자 어떻게 자겠어. 내가 잠자겠다고 이 방에 들어온 것이 아니지 않아.”

"나는 선생님의 건강을 생각해서 말하는 것이에요."

사실 나는 아직 졸리지 않았다. 나는 일어서서 창가로 다가갔다. 완전히 어두워진 창밖을 바라보았다. 비가 오기를 기다리는 심정이 절실했다.

"오늘 비가 올까?"

"올지도 몰라요. 아까 검은 구름이 사방에서 몰려들었으니까요. 그런데 왜 비를 기다려요?"

"비가 기적을 몰고 올 수 있으니까."

이상미가 창문을 열고 밖으로 손을 내밀었다. 비를 받으려는 듯 손바닥을 폈다.

"비가 오고 있어요."

이상미가 충격받은 듯이 탄성을 질렀다. 나는 손을 창밖으로 내밀어 빗방울을 만져보았다. 하늘에서 떨어지는 비가 내 손을 적셨다.

"가만히 들어보아요. 기적이 다가오고 있어요."

이상미가 귀를 쫑긋했다. 내 귀에는 아무 소리도 들리지 않았다. 카메라에 초록 불이 켜져 무엇인가 동영상으로 녹화되고 있다는 신호가 나타났다.

"내겐 아무 소리도 들리지 않는데."

나는 낙심하는 마음이 들어 중얼거렸다. 나는 사상부장이 왜 내게 이상미를 붙여 주었는지 그 이유를 알 수 없었는데, 이제 그 의문이 풀렸다. 이상미가 나보다 훨씬 예민한 청각을 가지고 있기 때문이다. 나는 청각으로 기적 잡는 것을 실패했지만, 시각으로 영상을 잡는 것은 실패하지 않아야 한다는 생각으로 창밖에 시선을 집중시켰다.

"유령열차가 보급창 안으로 들어가고 있어요."

이상미가 억눌린 음성으로 중얼거리듯 말했다.

"유령 열차라고?"

"네!"

이상미는 감격한 얼굴이었다.

카메라 프레임에 열차의 출발지와 도착지 문자가 나타났다. 출발지는 장진호였고, 도착지는 부평의 캠프 마켓이었다.

"장진호(長津湖)에서 오는 열차예요. 많은 미군이 타고 있어요. 저 군인들이 나를 알아보나 봐요. 내게 모자를 휘두르며 인사를 보내고 있어요."

내 눈에는 아무런 영상이 잡히지 않았다. 나는 눈물을 펑펑 쏟으며 울고 싶었다. 사람이 타고나는 능력에 이렇게 큰 차이가 있다니 그저 놀라울 뿐이다.

"선생님의 눈엔 아무것도 보이지 않아요?"

"음. 장진호에서 온 열차가 앞으로 어디로 갈까?"

"아마 임무를 끝내고 자기가 떠나온 곳으로 돌아가겠지요. 내일 보급창이 관람객을 받아들일 시간에 가서 보아야 하겠어요. 미군이 어디에 있는지 궁금해요."

나는 내가 앞으로 무슨 일을 하게 될지 감이 잡히지 않아서 답답했다. 이상미는 홀가분해진 얼굴을 하고 있었다. 반대로 나는 의기소침해졌다. 이상미는 그런 나의 심리상태를 파악한 것 같았다. 이상미가 팔을 내게 뻗어 내 목을 감았다.

"선생님, 고마워요. 내게 삶의 의미를 주어서. 사실 나는 카메라를 받기 전까지는 내 인생에 의미가 없는 것 같아서 자살할 생각이었어요."

이상미가 정상 인간처럼 말했다.

나는 놀랐다. 그녀가 정상 인간임을 인정하지 않을 수 없었다.

이상미가 내게 키스해 왔다. 그녀에게는 오직 나만이 보이는 것 같았다. 나는 그녀가 내게 다가오는 것을 받아들였다. 나도 그녀와 유사한 생각을 해 온 때문이다. 우리는 편안하게 술을 마시며 우리가 앞으로 접하게 될 일을 전망해 보았다. 무슨 일이 우리 앞에서 일어나게 될지 궁금하기도 하고 걱정이 되기도 하였다.

갑자기 거치된 카메라에서 초록 불이 깜박거렸다. 무엇인가 영상이 잡힌다는 신호였다. 이상미가 카메라의 방향을 반대편 창으로 돌려놓았다. 그 방향은 부평공원 정문이었다.

나는 쌍안경을 꺼내어 부평공원을 살펴보았다. 특별하게 눈에 띄는 것은 없었다. 빗발이 세차진 것 같았다. 알 수 없는 전파의 흐름이 쌍안경에 잡혔다. 나는 긴장하지 않을 수 없었다. 경인국도에 이상한 마차 행렬이 나타나기 시작하였다. 지금은 마차가 역사에서 사라진지 70년도 더 된 시대이다. 마차 위에는 영으로 보이는 자들이 앉아 있었다. 그들은 붉은털원숭이들이었다. 마차는 부평 공원 정문을 통과하여 공원 안으로 들어가자 형체가 없어졌다.

날이 밝자 우리는 몸을 씻고 캠프장 밖으로 나왔다. 캠프 마켓이 아직 문을 열지 않았을 시간이라 신포국제시장 쪽으로 걸어갔다. 지나(支那)의 산동반도 쪽에서 미세먼지가 날아오지 않아 아침 공기가 신선했다. 아마 간밤에 비가 온 때문이 아닌가 싶었다. 시장 밖에 미디어 보드가 있어서 아침에 문을 열었음 직한 식당을 찾아 확인하고, 그 식당을 찾아 들어갔다. 이곳은 19세기 말에 산동반도 쪽에서 한국 땅으로 건너온 화농(華農)이 진출하여, 채소 농사를 지어 채소 가게를 열면서 시장이 시작되었다는 곳이다. 지금 화상들은 인천역 앞에 있는 차이나타운으로 집단화되었고, 이곳에 청요리집이 두 집이 남아 있다. 우리는 시원한 민어탕을 시켜 먹었다. 속이 풀어지는 느낌이 들었다.

우리가 민어탕 집을 나와서 캠프 마켓에 오니, 게이트 가드가 체크 포인트 안에 앉아서 캠프 마켓의 문을 지키고 있었다.

"안녕하시오?"

하고 내가 먼저 인사했다.

"집에 가지 않고 왜 캠프 마켓 주변에서 서성거리는 거요?"

"어제 어마어마한 것을 발견해서 그 일을 처리하기 전엔 집에 갈 수 없게 생겼소."

"그게 뭐요?"

"유령열차가 보급창 안으로 들어가는 장면을 카메라가 캡처했단 말이요."

"아, 그거."

"알고 있었소?"

"알고 있었지. 실종자들을 찾고 있었는데, 아마 그들이 마지막으로 온 것 같소."

"붉은털원숭이들이 시신 찾는 작업을 호락호락 협조해 주지 않았을 텐데."

"다 무슨 방법이 있었겠지. 시신은 찾지 못하고 아마 영만 찾아 실려왔을 거요."

"영들이 무슨 사고 같은 것은 치지 않았소?"

"그들이 본국으로 가지 않겠다고 떼를 써서 상제님이 골치 썩고 있지."

"그래요? 별일이로군."

"그래서 내가 메타버스 법원에 진정서를 냈지."

"허, 믿기 힘든 말이군."

"별별 요구사항이 다 있어요. 그게 해결이 되지 않으면 안 가겠다는 게야."

"도대체 별별 요구사항이란 건 무어요?"

"말도 마쇼. 그 요구사항이라는 것이 이루기 쉽지 않은 것들이요."

"그게 뭐냔 말이요."

"총각들은 한국인 처녀들을 달라고 하고, 몸이 만신창이가 된 자들은 몸을 회복시켜 달라고 하고, 새 옷을 달라고 하기도 하고, 임금님에게 올리는 제사와 같은 제사를 지내 달라는 것이요."

나는 깊은 신음을 하지 않을 수 없었다.

"장 선생의 진정 내용은 무엇이요?"

"저들이 요구하는 대로 다 해 주라는 것이지."

쌍안경으로 영내를 보니, 매트릭스가 보였다. 그것은 크기가 무한대의 그물처럼 보였다. 이 그물은 정교한 매듭으로 이어져 있었다. 캠프 마켓 안에 우주적 크기의 매트릭스가 있다니 도저히 믿어지지 않았다. 무수한 인간들이 매트릭스의 매듭에 목이 묶여 있었다. 매듭에는 그들의 생년월일이 새겨져 있었다.

어제 유령열차를 타고 온 자들은 자기의 매트릭스를 찾아가지 못하고 있었다. 열차도 한쪽에 정지되어 있었다. 일부의 영들은 아우성을 치고 있었고, 난동을 부리고 있었다. 난

장판이었다. 쌍안경을 눈에서 떼니, 아무것도 눈에 들어오지 않았고, 아무 소리도 들려오지 않았었다.

"사상부장이 선생에게 쌍안경을 만들어 주신 데엔 무언가 합당한 이유가 있을 거요."

"그렇게 생각하오?"

"그렇소."

그때 방울 소리를 내는 낙엽이 내 앞에 굴러왔다. 사상부장의 메시지였다.

"혹시 하늘 영창에 들어간 적이 있었소?"

내가 불쑥 물었다.

그가 깜짝 놀랐다.

"아니, 선생도 하늘 영창에 갔다 왔소?"

"갔다 왔지."

"나와 하늘 영창 동기생이군. 그래 무슨 이유로 그 이상한 곳엘 갔다 온 것이요?"

"내 이름이 안중근이요. 그 고명하신 안중근 의사와 이름이 똑같단 말이요. 내 아버지가 그렇게 지어준 거지. 그런데 어느 날 마두나찰(馬頭羅刹)과 우두나찰(牛頭羅刹)이 나를 잡으러 왔지 않았겠소. 잡혀가서 재판받았는데, 안가문중(安家門中)의 조상들이 내가 안중근의 이름을 도용했다고 민원을 넣었답니다. 그래서 유죄판결을 받고 하늘 영창에 들어가게 되었던 것이요."

"나하고 사정이 비슷하군."

"그래 장 선생은 무슨 이유로 하늘 영창엘 갔다 온 것이요?"

"아, 나도 그 고명하신 장영실 선생의 함자를 도용했다는 죄명으로 마두나찰과 우두나찰이 와서 잡아갔던 것이오."

"그럼 누가 선생을 고소한 것이요? 장영실 선생이 고소한 것이요?"

"그분이 증인으로 나와서 나를 풀어주어야 하는데 재판정에 나올 수 없었소."

"왜, 무슨 이유로?"

"그분이 세종대왕이 타는 수레를 부실하게 만들어 수레가 바퀴가 빠지는 바람에 수레가 넘어져 세종대왕이 다치셨대요. 그래서 하옥되었고, 재판받았으나 대왕의 옥체를 훼손한 죄가 사약(死藥)을 받거나 능지처참(凌遲處斬)을 당해야 하는 죄인데, 이 사건에 장영실 선생의 고의가 전혀 없었고, 수레를 만든 관헌은 장열실 선생이 아니라 그의 수하들이므로, 세종대왕께서 너그러이 봐주어서 사형을 면하고 귀양을 보냈답니다. 그런데 문제가 그다음에 생겼어요."

"문제가 생겼다... 무슨 문제가?"

"명나라에서 장영실 선생을 탐을 내어 잡아서 압송하라고 명령했답니다. 세종대왕은 머뭇거리며 장영실 선생을 잡아서 압송하지 않았지요. 그래서 명나라에서 암살조를 은밀하게 보내어 장영실 선생을 살해했다는 소문이 돌았지요. 또 한 가지는 사대부들이 천민 출신인 장영실 선생이 호군(護軍)으로 출세한 것을 매우 못마땅하게 생각했는데, 사대부들이 죽였다는 소문도 있습니다."

"혹시... 불경스런 말이긴 하지만, 세종대왕의 관련은 없습니까?"

"그거야 알 수 없지요."

"그런데 왜 장영실 선생이 동명이인(同名異人)인 선생의 재판에는 나오지 못하게 된 것입니까?"

"'장영실 살해 사건'이 아직 상제국(上帝國)에서 해결하지 못한 미제사건(未濟事件)으로 남아 있기 때문이랍니다."

"참 한심한 일이군."

나와 게이트 가드가 동명이인의 명의도용사건(名義盜用事件)을 가지고 설왕설래(說往說來)하는 동안에, 이상미는 무엇인가를 열심히 촬영하고 있었다.

"무얼 촬영하는 거요?"

내가 물었다.

"유령들이 입은 군복이 남루해서 그들에게 입힐 옷을 만들려고 그들의 외양을 촬영하고 있어요."

"군복을 만들어서 그들에게 어떻게 입히려고?"

"무당을 불러다 조상거리를 하면서 내가 만든 옷을 공중에 던져주면 그들이 알아서 받아 입을 거예요."

"그렇다면 그거 근사한 생각인데."

나는 감탄하지 않을 수 없었다.

"지금 보급창 안으로 들어가면 영(靈)들이 난동을 부려 안 선생이 봉변당하게 될지 모르니까 매트릭스 교차로 안으로 들어가지 말아요. 이럴 때는 몸조심해야 해."

게이트 가드가 우정어린 충고를 주었다.

나는 다음에 어디로 가서 무슨 일을 해야 할지 몰라서 머리를 짜내야 하였다.

"무얼 그렇게 골돌히 생각하는 것이요?"

"영들이 날뛰니 무슨 일을 해야 좋을지 몰라서 생각 중이요."

나는 한숨이 절로 나왔다.

"내가 준 책을 펼쳐 봐요. 그 안에 답이 있을 거요."

"알았어요."

나는 책을 펼쳤다. 내게 필요한 문장이 있는 곳을 게이트 가드가 짚어 주었다. 거기엔 다음과 같은 문장이 있었다.

"너는 비밀 공방에 가서 여러 종류의 아바타를 제작하라.(You go to the secret workshop and create different types of avatars.)"

"이제 해답이 나왔군."

게이트 가드가 말했다.

우리는 영내로 깊숙이 들어갔다. 게이트 가드의 운전자가 나와 이상미의 뒤를 따라왔다.

“식사는 하셨어요?”

이상미가 운전자에게 물었다.

“저는 식사를 하지 않습니다.”

“잠은 자나요?”

“잠도 자지 않습니다.”

“그렇군요. 월급은 얼마나 받나요?”

“무보수입니다.”

“상제님이 진정(眞正) AI인간을 만들어 메타버스에 배치한 이유가 무엇인가요?”

“인간이 타락하여 붉은털원숭이가 되어 세상을 어지럽히는데, 이들을 박별 하자는 데에 뜻이 있습니다.”

“실예를 들 수 있나요?”

“베네수엘라가 있지요. 붉은털원숭이들이 베네수엘라를 거지 나라로 만들었습니다. 요즈음은 태국이 거지나라로 가고 있습니다. 이 나라도 예외가 아니예요. 붉은털원숭이들이 정부와 상가와 사회단체 곳곳에 박혀 있어요.”

나는 앞으로 AI인간과 붉은털원숭이 사이에 전쟁이 일어날 것이라는 생각이 들었다. 이미 내게는 문자군 3개 사단의 병력이 들어와 있었다. 지금 그들이 어디에 있는지 내가 모를 뿐이다.

쌍안경으로 부평 매트릭스 안을 살펴보니, 토끼굴이 여러

군데 뚫려 있었다. 이 토끼굴을 아바타 토끼들이 지키고 있었다.

"토끼굴이 있군요."

"매트릭스에서 메타버스로 들어가는 문입니다."

나는 문득 어린 시절에 여자 아이들과 토끼굴을 파고 드나들며 놀았던 서울의 남산이 떠올랐다.

"캠프마켓 건너편 부평 공원에 붉은 메타버스의 전초기지가 있습니다. 그들의 플랫폼으로 출입하는 문이 동서남북 사방에 있습니다."

그곳은 늙은이와 유모차와 개가 있는 공원인데, 붉은털원숭이가 점령했다는 말이다.

나는 가슴을 쓸어내렸다.

"상제국에서 메타버스에 파견된 조사관들이 지금 붉은 아바타가 기생(寄生)할만한 곳을 조사하고 있습니다."

"그들이 어디에 있나요?"

이상미가 물었다.

"메타버스입니다."

"당신은 해박한 정보를 가지고 있는 것 같은데, 당신에게 데이터의 밥을 먹여주는 주인은 누구요?"

"우주 터미널에서 저에게 데이터 송신이 옵니다. 저의 주인은 우주 터미널에서 플랫폼을 운영하는 분입니다."

"그가 누구요?"

“사상부장입니다.”

앱에 들어 있는 내 이력을 보면, 내 이력은 풍이족이 나라를 세운 한국 시대부터 기록되어 있었다. 그때 나는 한인천제의 신하 9명 중 1명이었고, 그들은 사도(司徒)로 불렸다. 사도의 우두머리는 사모무(司母戊)였다. 그들 중에서 나는 풍백(風伯)이라는 직책에 있었다. 배달나라 시대에도 나는 풍성(風姓)으로 태어나 풍백을 계승하였다. 조선시대엔 번조선에서 태어나 역시 풍백을 계승하였다. 삼한시대엔 마한의 우체모탁국에 태어나 천제단을 만들고 천제를 주관하였다. 삼국시대엔 백제에 속했다. 고리시대 나의 이력이 거기장군(車騎將軍)이었다. 거기장군이란 고리시대의 역사에 나오는 왕의 호위대장(護衛大將)을 뜻하는 말이다. 나는 검은 말인 려(驪)에 타고 고리국(高麗國)의 황제의 행차를 호위하였다. 나는 려 위에 높이 앉아 몸을 등 뒤로 돌려 활을 쏘아 침입자의 얼굴을 백발백중으로 맞추었고, 현란한 창무(槍舞)로 침입자의 심장에 창을 꽂았고, 칼날이 번뜩이는 검무(劍舞)를 추다가 일거에 적의 머리를 베어 땅에 떨어뜨렸다. 그뿐만이 아니라, 도부수(刀斧手)가 되어, 도끼로 적군의 머리를 수박 쪼개듯이 쪼갰다는 이력의 소유자였다. 지금의 나의 처지로서는 하나도 믿을 수 없는 이력이다.

나는 벤츠의 운전자 AI인간에게 전생이 있는지 없는지 궁금하였다.

"운전자에게도 전생이 있소?"

"있습니다. 저의 몸에 전생 칩이 내장되어 있습니다."

나는 깜짝 놀랐다.

"AI인간은 전자인간이 아니요?"

"그러나 진정 인간과 AI인간의 벽이 허물어졌습니다."

"AI인간이 혁명을 한 것이요?"

"그렇지 않습니다. 비혼자 여신이 그렇게 하신 것입니다. 타락한 인간의 멸종을 막기 위해서라고 합니다."

나는 한숨이 나왔다.

"그대의 전생은 무엇이요?"

"거기장군이 타던 검은 말입니다."

"당신이 거기장군의 말이라고?"

"그렇습니다."

"하!"

나는 그가 하는 말을 듣고 웃었지만, 이상하게도 그럴 수도 있겠다는 생각이 들었다.

"잠깐!"

내가 걸음을 멈추었다. 내가 간밤에 술을 사러 갔던 편의점이 있을 자리에 보이지 않았다.

"아! 편의점을 찾는군요."

"그렇소."

"메타버스 플랫폼에서 인간의 눈을 가리기 위하여 운영하는 이동 편의점입니다."

"이동 편의점이라…"

"주인님에게 특별한 약물을 공급하기 위하여 이동 편의점을 이곳에 이동했을 것입니다."

"약물?"

"그렇습니다."

나는 메타버스 플랫폼에서 내 몸에 무슨 약물을 주입했는지 걱정이 되었다. 그렇다면 평소에 술을 잘 마시지 않는 내게 과하게 술을 많이 마시게 한 것은 메타버스 플랫폼이 내게 행한 약물 주입일 수 있었다.

우리는 캠프 마켓을 한 바퀴 돌고 나서, 부평공원으로 넘어왔다. 나는 토끼굴을 찾아보았다. 이곳의 토끼굴은 풀밭의 형상으로 잘 위장되어 있었다.

우리가 켐프 마켓의 게이트로 돌아왔을 때, 게이트 가드가 말했다.

"방금 비혼자 여신으로부터 내가 타는 벤츠를 선생에게 인계하라는 지시가 떨어졌소."

"그 낡은 차를 나보고 타라고?"

"그렇소. 그 벤츠는 무엇으로든 변형이 가능한 트랜스포머요.. UFO이기도 하지."

그 말은 놀라운 말이었다.

"장 선생은 무얼 타고?"

"메타버스에서 운행하는 버스가 오므로 그 버스를 타면 됩니다. 다음엔 성주산에서 만납시다."

"집이 성주산에 있소?"

"거기도 내 근무처요. 매일 골판지 박스를 손수레에 싣고 하우고개를 오르내리는 자가 나요."

나는 깜짝 놀랐다.

"그래요? 왜 무슨 이유로 그런 일을?"

"그대가 여상제로 모시는 사모님을 경호하기 위해서요."

나는 또 놀라야 하였다.

"사모님을 근접 경호하고 있군."

"그렇소. 몇 사람이 근접 경호원으로서 그 길을 오르내리고 있소."

"나이 먹은 여자도 있던데."

"나와 같은 팀이요."

"그런데 무슨 이유로 평화로운 그곳을 경호하는 것이요?"

"다 이유가 있지."

나는 그가 무슨 말을 하려는지 궁금했다.

"선생이 모시는 사모님이 계신 곳이 옛날에 삼신산으로 불리던 곳이요. 산동반도와 마주보고 있소. 산동반도에 봉래, 영주, 방산으로 불린 삼신산이 있었소. 번조선이 진에게 멸망하면서 번조선에 있던 삼신산이 소래포구에서 바라보이는 소래, 성주, 할미산으로 옮겨왔고, 여기를 새로이 삼신산이라 하였소. 진나라 이전에 삼신산이 있었던 발해만 지역은 지금 중공이 아주 중요시하는 곳이요. 중공군 베이징군구(北京軍區)가 중부군구에 속해 있고, 지난(济南)군구가 북부군구에 편입되어 있소. 여기에 중국에서 제일 강한 군대로 볼 수 있는 군대가 배치되어 있소. 육해공군과 로켓군 4군이 다 배치되어 있다는 말이요. 육군은 제1대집단군으로, 제78집단군(第78集團軍)/81021부대 - 지린성 창춘시(구 선양 군구 제16집단군)이 있소. 이들 집단군엔 12개의 여단이 속해 있소. 또 육군은 제2대집단군으로, 제79집단군(第79集團軍)/81043부대 - 랴오닝성 랴오양(구 선양 군구 제39집단군)이 있소. 이들 집단군엔 8개의 여단과 6개의 연대가 속해 있소. 제3대집단군으로, 제80집단군(第80集團軍) 71146부대 사령부=山東省 濰坊 산둥성 웨이팡시(구 지난 군구 제26집단군)이 있소. 이들 집단군엔 12개의 여단이 속해 있소. 이들 3개의 대집단군은 북한이 멸망하면, 신속하게 북한지역을 접수하기 위하여 존재하는 육군이요. 이들 중에서 북한에 변고가 있을 때, 제1대집단군은 소래에 상륙하여 서울을 공격하려 할 것이요. 로켓군은 요녕성 심양시에 제51기지(제96101부대) 외 5개의 기지가 북한을 향하여 배치되어 있고, 랴오닝성 선양시에 65기지를 비롯하여 4개 기지가 남한을 향하여 배치되어 있소."

"중공은 대비가 철저한데 우리는 대비를 제대로 하고 있는 거요?"

"내가 보기에 대비가 부실한 것 같소."

"그렇다면 큰일이 아니요?"

"그래서 사모님께서 상제님에게 건의하여 사모군 3개 사단을 준비해 두었소. 그 이름이 사모군이요. 풍이문자로 조직한 군대라 풍이문자군이라고도 하지. 이 군대는 인간이라면 어느 누구의 눈에도 띄지 않는 스텔스 부대요. 만약에 그들이 싸우다 전사한다면 다만 길 위에 떨어진 한 개의 문자로 보일 뿐이요."

"그 사단은 어디에 있소?"

"삼신산을 3중 방어로 감싸고 있지."

"완전 판타지군."

"그렇소."

"중공군의 육군 말고 타군은 얼마나 막강하오?"

"북부전구 해군은 북해함대사령부가 칭다오에 있는데, 항공모함 1척, 상륙함 2척, 방공구축함 15척, 미사일호위함 35척, 재래식 잠수함 9척 총 50만톤이 있소."

"공군은?"

"공군은 J-11이 150(3)대, j-10이 60(2)대, j-16이 50(2)대, JH-7이 25대, Su-27이 50(1)대요."

나는 저자들이 언제 순망치한(脣亡齒寒)을 외치며 장진호 남침 때처럼 한반도로 넘어올지 모르므로 한숨이 나왔다.

5 비밀공방

어느덧 비밀 공방이 우리 앞에 나타났다. 거대한 건물의 문 위에는 영문 간판이 붙어 있는데, 간판에는 만국 공용어로 대한민국 비밀 공방(Korea Secret Workshop)이라는 현판이 걸려 있었다. 건물은 2층 건물이었다. 출입문은 지키는 사람이 없었고, 주변에도 오가는 사람이 없었다. 분위기가 적막한 느낌이 들었다. 소음 시설이 되어 있는지 아무 소리도 들리지 않았다.

비밀 공방에는 여러 차단 장치가 설치되어 있었다. 우리는 그 장치를 통과해야 하였다. 운전자가 그 장치들을 열고 안으로 들어갔다. 건물 안으로 들어가니, 우리 앞에 지하로 내려가는 엘리베이터가 나타났다. 닫힌 문이 열리고 우리는 지하로 내려갔다. 우리가 내린 곳에서 지하도시가 시작되는 것 같았다. 우리는 한참을 걸어가야 하였다. 벽에 조명시설이 되어 있어서 눈앞이 밝았다. 문이 하나 나타났다. 설명문(說明文)이 입간판으로 서있는데, 상평통보(常平通寶)와 어음 판매소였다.

"조선시대로 가시려면 여기에서 상평통보와 어음을 사야 합니다. 여비를 지불해야 바다 건너서 '김만덕의 시장'에 갈 수 있습니다. 그곳이 서문시장입니다. 서문시장에서 김만덕 시대에 거래했던 물품들이 상평통보와 어음으로 구매됩니다. 그것은 무역이 가능한 물품들입니다."

"서문시장이 특별한 시장 같군."

"그렇습니다. 일부 구간에 시대를 초월하여 거래가 이루어지는 메타버스 기능이 있습니다."

"옛날의 물목이 거래된다면 놀라운 일이요. 그것들은 이미 다 형체와 성질이 없어진 것이 아니요?"

"그러나 그것을 복원할 수 있는 전문가들이 비밀 공방에 있습니다."

"그들은 어떤 인간이요?"

"전생에 그들이 가지고 있던 기능을 가진 신형 AI인간입니다."

그렇다면 그들이 하는 일과 능력을 믿어도 좋을 것 같았다.

"그것들은 내가 사는 공간으로 반출이 가능한 것이요?"

"반출이 가능합니다."

"거래도 가능한 것이요?"

"물론 육지로 나오면 상품으로서의 거래가 가능합니다. 그 물품에는 소유자의 이력서(履歷書)가 붙어 다닙니다. 그러므로 범죄의 대상물이 될 수 없게 되어 있습니다. 설사 그것을 빼앗거나 훔친다고 해도 자신의 소유로 만들지 못합니다."

"그거 훌륭한 제도로 구만."

"그렇습니다. 부평 메타버스에서만 적응이 가능한 제도입니다. 붉은털원숭이의 협잡이 끼어들 여지가 없습니다."

출입구에는 환전상(換錢商)이 앉아 있었다. 그 사람은 여자였다. 나는 그도 운전자처럼 AI인간이 아닌가 하는 의문이 들었다.

"상평통보와 어음을 사려고 합니다."

내가 환전상에게 말했다.

"상평통보와 어음을 어디에서 쓰실 것입니까?"

"메타버스에서 물품들을 사는 데 쓰려고 합니다."

"그 물품들을 사서 어디에 쓰시려고요?"

"김만덕 기념관에 선물로 기증하려고 합니다."

"재미있는 생각이군요. 신분증을 주세요."

나는 패스 포드에서 내 주민등록증을 꺼내어 환전상에게 주었다.

"저금통장을 주세요."

나는 저금통장을 내주었다.

"고객님 앞에 있는 아이패드에 제가 부르는 대로 쓰세요."

나는 "은행이 많이 변했군" 하는 생각이 들었다. 내가 수기(手記)로 기록해야 하는 종이로 된 청구서(請求書)가 없어진 것이다.

"먼저 이름을 쓰세요."

나는 환전상이 하라는 대로 하였다.

"구입 화폐 난에 '상평통보'라고 쓰고, 또 '어음'이라고 쓰세요. 오늘 두 화폐의 시세는 어제보다 10배가 올랐습니다. 발행되는 화폐는 액수가 일정한데, 수요자가 많아서 가격이 상승하고 있습니다. 내일은 오늘보다 화폐 가격이 더 올라갈 것입니다."

"그래요?"

"고객님의 통장 잔고(殘高)를 보니, 상평통보 10개와 어음 10장의 구매가 가능합니다. 드릴까요?"

"그런데, 그것을 어떻게 사용합니까?"

"제가 상평통보와 어음의 거래 내역(內譯)을 기록할 수 있는 앱을 아이패드에 깔아드릴 것이니까, 아이패드 통장에 거래 명세를 기록하세요. 그러면 이 거래 명세가 모든 아이패드에 뜨게 될 것입니다. 그러면 정조 대왕 시대의 물품 거래는 고객님의 거래 순위가 1번이 될 것입니다. 그다음부터 거래 수요(需要)가 발생하게 될 것입니다."

"메타버스의 상거래가 그렇게 이루어지는군요."

"그렇습니다. 제가 상평통보 10개와 어음 10장을 고객님의 아이패드에 입금해 드리겠습니다. 거래 금액에는 제한이 없습니다. 화폐의 단위가 적은 것은 상평통보에 금액을 기록하여 사용하시고, 화폐 단위의 액수가 큰 것은 어음에 액수를 기록하여 거래하세요."

"상평통보와 어음을 다 쓴 다음엔 더 쓰지 못합니까?"

"그것으로 끝입니다. 다시 새로운 화폐를 사야 합니다. 이 화폐가 없으면, 메타버스에서는 생활할 수 없습니다. 그러니까 고객님께서는 규모경제(規模經濟) 실현에 항상 신경을 쓰셔야 합니다."

나는 환전상으로부터 아이패드를 받았다. 그것은 스마트폰 3배 크기의 보드였다. 이제 메타버스 입국 패스를 받은 것과 같은 효력을 발휘할 수 있게 된 것이다. 이때 전화가 왔다. 사상부 3호실에서 실장이 환전상에게 직접 건 전화였다.

"메타 은행의 비밀 창고에 보관된 암호 화폐가 해킹당하여 털렸다는 보고다. 부평 메타버스의 환전상은 비밀 창고를 점검하여 이상 유무를 확인하도록 하라."

"어떤 범죄 조직이 이런 무모한 절도 행각을 벌이지?"

하는 의문이 들었다.

우리는 환전상에서 나왔다.

비밀공방 입구는 푸른 불빛으로 조명되고 있었다. 아바타들이 지키고 있었다. 그들의 뒤에는 대기실이 있고, 대기실에는 5분 대기조와 같은 병력이 대기하고 있었다. 초병이 우리 3사람의 몸을 스켄하자 우리의 인적사항이 대기실의 한쪽 벽에 노출되었다.

"사상부 제3호 실로 가십시오."

맨 앞쪽 의자에 앉은 파란 아바타가 말했다. 그가 대기실에서 밖으로 나와 앞장섰다. 그는 코끝이 파랗게 보일 뿐이지 우리와는 아무런 차이가 없는 인간으로 보였다. 옷은 파란색의 군복을 입고 있었다. 물론 모자도 파란색의 군모였다. 그는 주민센터처럼 생긴 방으로 들어갔다.

"여기가 사상부 제3호실입니다."

안내 아바타가 말했다.

그가 문을 밀고 안으로 들어갔고, 우리는 그의 뒤를 따라 들어갔다. 실내에서는 몇 사람의 직원이 책상 앞에 앉아 있었다. 그들의 뒤에는 방이 하나 있고, 방문이 열려 우리는 그 방으로 들어갔다. 3호실 책임자로 보이는 아바타가 우리를 맞았다. 그는 인간화가 거의 100% 완성된 아바타로 보였다. 안내 아바타는 우리를 그에게 인계하고 돌아갔다. 나는 그가 무슨 말을 하려는지 기다려야 하였다.

"여러분을 환영합니다. 사상부 부장님의 지시가 있어서 여러분을 이곳에 모셨습니다."

그의 목소리가 크게 들렸다.

"아, 그래요?"

내가 말했다.

그가 내게 파일을 하나 보여주었다.

"최근에 캡춰한 붉은 메타버스의 해킹 목록입니다. 중공에 정착한 3개의 붉은 해킹 부대가 있는데 최근에 그중 하나가 한국에 침투했다는 증거입니다."

나는 가슴이 뜨끔했다.

"그들의 소재를 파악했나요?"

"네. 우선 파일을 읽으세요. 그 다음에 저희 사상부의 계획을 말씀 드리겠습니다."

우리는 방 가운데 놓인 둥근 테이블에 가서 둥글게 앉아 파일을 들추었다. 붉은 해킹 부대가 해킹한 자료들이 기록되어 있었다. 그들의 소속은 붉은 메타버스 정찰총국이었다. 그들의 최고 책임자는 붉은 여신이었다.

붉은 헤킹 그룹은 북한의 정찰총국에서 운영하는 3개의 해킹 조직을 카피한 것이었다. 3개의 해킹 조직은 안다리엘, 킹스키, ATP38 3개였다. 그들은 전세계를 상대로 군사기밀을 해킹하거나, 암호화폐거래소를 해킹하여 막대한 금액을 탈취해 갔다. 안다리엘에게 방글라데시에서 400억원을 털렸고, 일본에서 480억원을 털렸고, 인도에서 3,300억원을 털렸고, 안다리엘이 모두 4조5백억 원을 털어갔다고 언론에 보도 되었다.

"메타버스는 현실의 카피입니다. 이 나라에는 북한을 카피한 거대한 붉은 메타버스가 존재합니다."

"우리 주위에 붉은 메타버스가 있다는 말인가요?"

"그렇습니다. 우리나라 인구의 절반이 멍청히 그들에게 발목이 잡혀 있습니다."

파일에는 밀봉한 봉투가 하나 있었다. 수신인은 나였고, 발신인은 사상부장이었다. 나는 봉투를 뜯었다. 종이 1장이 들어 있었다. 그것은 상제국의 기록보관소에서 나의 전생 기록이 붉은 여신 일당에게 해킹당했다는 내용의 글이었다.

"그 기록을 찾아서 상제국의 문서기록보관소에 보내도록 하게."

사상부장의 친필 사인이 있었다.

너무나 황당한 글이었다.

내가 무엇이라고 나의 전생 기록을 해킹한다니 이해가 가지 않았다. 나는 정신이 산란했다. 무슨 일을 해야 좋을지 몰라서 난감했다. 상의할 사람인 사상부장은 만날 길이 없었다. 그러나 사상부장을 찾아야 하였다.

"사상부장님과 통화하고 싶습니다. 연결해 주십시오."

나는 3호실 실장에게 부탁했다.

"알겠습니다."

3호실 실장은 사상부장을 찾아 내가 통화할 수 있게 해 주었다. 나는 사상부장의 목소리를 들었다. 나는 내가 처하게 된 상황을 말했다.

"알았네. 자네가 가지고 있는 책 『매트릭스 교차로』를 펴서 자네의 매뉴얼을 찾아 읽게. 거기에 대처 방안이 나와 있을 게야."

나는 『매타버스 교차로』를 읽지 않아서 나의 매뉴얼이 있다는 것을 모르고 있었다. 나는 가방에서 『매타버스 교차로』를 꺼내어 테이블 위에 놓았다. 나는 나의 이름을 검색하였다. 나의 메뉴얼이 떴다. 너무 황당하고 이상한 메뉴얼이었다.

1. 3호 실에서 무제한으로 쓸 수 있는 암호 화폐를 대출 받으라.
2. 아바타 공장에 가서 3개 사단 규모의 비노출 아바타를 구매하라.
3. 성주산에 주둔한 사모군과 구매한 아바타와 교환하라.
4. 무기와 장비를 구매하여 구매한 아바타를 무장시켜라.
5. 교체한 문자군(文字軍)을 교육시켜 현실을 인식할 수 있도록 하라.
6. 문자군으로 부평공원을 점령한 붉은 메타버스를 공격하라.
7. 붉은 아바타를 전멸시켜 모두 불태워 버려라.

8. 해킹당한 자료를 회수하여 상제국 문서보관소에 입고 하라.
9. 다음 임무를 받을 때까지 부평 메타버스에 대기하라.

나는 메뉴얼을 읽자 가슴이 쿵쿵거렸다. 나는 한동안 눈을 감고 앉아 있었다.

"무슨 문제가 있습니까?"

3호실 실장이 내가 눈을 뜨자 물었다.

나는 3호실 실장이 메뉴얼을 읽도록 해 주었다. 그가 메뉴얼을 읽었다.

"걱정하지 마십시오. 부평 메타버스 사상부 3호실 네트워크가 돕겠습니다. 행정기관, 군, 경찰, 그 외에 여러 기관이 메타버스 네트워크를 형성하고 있습니다. 곧 네트워크를 소집하여 이 일을 진행하도록 하겠습니다."

나는 어느 정도 안심이 되었다.

"메타버스 네트워크가 메뉴얼을 가동하는 동안 청원심의를 방청하시지요. 중대한 결정입니다. 심의를 방청하시면 앞으로 미션을 실행하는데 도움이 될 것입니다."

"그래요? 그렇다면 방청하지요."

"법원 건물은 3호실 곁에 있습니다."

우리는 3호실 밖으로 나왔다.

6 진정

법원은 3호실이 있는 건물의 옆에 있는 건물이었다. 1백년 전의 법원 건물의 형태로 지은 건물이었다. 그래서 고풍스러워 보였다. '부평 메타버스 법원' 간판이 건물 중앙에 있는 문 위에 붙어 있었다. 우리는 벽에 붙은 전광판에서 오늘 있는 청원 심의 건을 읽었다. 전광판에는 단 1개의 청원 심의 건이 기록되어 있었다.

오늘의 청원인은 기명(妓名)이 명월(明月)이고, 피청원인은 정조 대왕이다. 조선시대의 천민인 기생이 지존인 정조 대왕의 잘못을 바로잡아 달라고 청원한 것이다. 메타버스니까 가능한 일이다. 바깥세상에서는 꿈꿀 수 없는 일이다.

"우리가 여기에서 할 일이 무엇이지?"

내가 이상미에게 물었다.

"신빈성 있는 역사 자료를 제출하라고 요구할 거예요. 그 자료가 주인님의 쌍안경과 나의 카메라에 입력되어 있어요."

"나는 수집한 자료가 없는데."

"그러나 자료는 쌍안경에 장착된 멀티 칩 안에 내장되어 있어요."

"그 일을 하는 전문가들이 있군."

"메타버스에 취직한 신들이죠. 새로 태어난 신들이에요."

나는 내 쌍안경을 검색해 보았다. 그것은 쌍안경으로 생긴 컴퓨터였다. 내게 필요한 자료들이 검색되었다.

이제 심의가 시작될 시간이다. 청원인은 참석했는데, 피청원인이 보이지 않는 것으로 보아서 궐석 심의가 시작되려는 것이 아닌가 싶었다. 심의를 시작할 시간이 왔는데도, 심의가 열릴 기미를 보이지 않았다. 심의를 진행하는 법원 직원이 나타나서 난감한 표정으로 말했다.

"오늘 사정이 생겨서 명월의 청원은 오후 13:00시 이후로 미루기로 하였습니다. 오전에 처리해야 할 진정이 들어와서 이 진정을 먼저 처리하도록 하겠습니다."

청원 심의를 방청하러 왔던 사람들은 자리를 떠나지 않고 그대로 앉아 있었다. 진정 심의를 그냥 방청하려는 것 같았다.

진정 관련자들이 방에 들어오기 시작했는데, 그들의 행색이 수상하였다. 이상미의 카메라에 찍힌 미군의 영들로 보이는 자들이었다. 그들은 여름 군복을 입고 있었고, 팔과 다리가 동상에 걸려 있었다. 아무래도 신체에 심각한 손상을 입은 것이 틀림이 없는 듯싶었다. 그들 외에 한 사내가 그들 앞에 앉았다.

"오늘 진정인은 신원을 밝히세요."

심의관으로 보이는 자가 재판관이 출입하는 문으로 들어와, 높은 자리에 앉아서, 진정서의 내용을 설명하고 나서, 아래를 내려다보며, 행색이 초라한 미군들에게 말했다.

게이트 가드가 진정인 자리에서 일어섰다.

"제가 진정인 장영실입니다. 저는 1번 매트릭스 인터섹션의 관리를 맡고 있는 공무원입니다."

"소속을 말하세요."

"인천시입니다."

"그곳에서 근무한 지 얼마나 되었습니까?"

"10년입니다."

"직책을 대시오."

"캠프 마켓의 가드로 일하고 있습니다."

그러나 그는 자신이 사상부의 핵심 요원임을 밝히지 않았다.

자유민주주의 국가인 대한민국의 인천광역시에서 부평 캠프 마켓을 소개하는 문장은 다음과 같다.

부평 캠프마켓은 대한민국의 영토이면서도 지난 80여 년간 우리의 주권이 미치지 못한 채 단절되었던 역사가 숨겨져 있던 지역입니다.

일제강점기 일본군의 부평 연습장을 거쳐, 1939년 이후에는 일본군의 조병창(造兵廠 : 군수공장)으로, 1945년 광복 후에는 미군의 군수기지로 사용되었습니다.

1996년부터 반환을 요구하는 시민운동이 시작되고, 2002년 한미연합토지관리계획에 의해 반환이 결정되어, 2019년 12월 캠프마켓 A, B구역이 반환되었고, 2023년 12월 나머지 D구역까지 완전히 반환 되었습니다.

현재는 A, B구역(조병창 병원 등 제외) 토양정화가 완료되었으며, D구역은 토양정화 예정으로 정화가 완료되면 인천시가 매입하여 자연과 문화, 역사와 미래가 함께하는 시민공원으로 조성할 계획입니다.

사업개요

위치: 인천광역시 부평구 산곡동 일원

부지면적: 604,938㎡(반환공여구역 440,000㎡, 주변지역 164,938㎡)

※ (서울) 용산공원 3,000,000㎡, 여의도공원 229,539㎡, (부산) 시민공원 543,000㎡

사업기간: 2009년 ~ 2030년

총사업비: 약 1조원(추정)

부지활용: 공원, 도로, 공공시설 등

기지반환 현황(주한미군 → 대한민국)

'19. 12.: A, B구역 반환(210,765㎡)

'23. 12.: D구역 반환(229,235㎡)

이 글에 숨어 있는 함의(含意)을 찾아보면, 미군을 점령군으로 보고 있다는 것을 알 수 있다. "부평 캠프마켓은 대한민국의 영토이면서도 지난 80여 년간 우리의 주권이 미치지 못한 채 단절되었던 역사가 숨겨져 있던 지역입니다."라고 쓴 것이다. 캠프 마켓이 우리나라의 영토이면서 80여 년간 주권이 미치지 못했다는 것은 대단히 악의적인 표현이라고 볼 수 있다. 80여 년이라는 기간에는 일제강점기 36년이 포함되어 있다. 그러므로 미군이 이곳을 점령한 기간은 44년이 된다는 말이 된다. 여기에서 미군이 북한의 6.25남침으로 자유민주주의 국가 대한민국을 구원하기 위하여 참전했다는 의미가 미군의 점령으로 왜곡된 것이다. 이 문장을 인천시의 공개문서에 썼다는 것은 인천시를 붉은털원숭이들이 점령했다는 말이 된다.

장영실의 진정서에는 위 문장이 들어가 있었다.

"진정인은 메타버스 주민으로서 부여받은 주민번호를 밝히시오."

게이트 가드는 메타버스 주민번호를 대었다.

"진정에 대하여 더 진술할 것이 있으면 말하시오."

"메타버스의 안전과 평온을 해치는 사건이 갑자기 2건이나 발생하여 직무상 처리해야 할 사안이므로 진정한 것입니다. 추가로 밝힐 진정의 내용은 다음 2가지입니다. 첫째, 어제 도착한 유령 열차가 미군을 싣고 왔습니다. 이들이 요구조건을 내걸고 캠프 마켓의 평온을 해치고 있습니다. 둘째, 붉은 군대의 전사자들이 푸른 메타버스의 영토를 무단히 침범하여 부평공원을 점거했습니다. 이들이 앞으로 이 땅의 안보를 해칠 것으로 사료 되어 데비 책이 필요하다는 것입니다."

"증거가 있소?"

"쌍안경과 카메라에 증거가 입력되어 있고 증거는 차고 넘칩니다."

게이트 가드가 나를 넘겨다보고 넌지시 웃었다.

"자료를 제출할 수 있소?"

가운데 자리에 앉은 주심 판사가 방청석을 향하여 물었다. 나와 이성미가 참석했다고 대답했다.

"진정인의 진정을 받아들입니다. 진정인은 미군의 실체를 증명하는 자료를 제출하시오,"

"자료 제출인을 소개합니다. 이름은 이상미입니다."

장영실이 말했다.

이상미가 증인대로 나갔다.

이상미는 간단하게 인정심문(認定審問)을 받은 다음에 사진 자료를 제출하였다. 이상미가 제출한 사진에는 캠프 마켓으로 들어오는 유령 열차와 미군 유령들이 찍혀 있고, 부천 공원으로 들어오는 마차와 마차에 탄 인민군과 중공군의 유령들이 찍혀 있다. 이들 모두 남루한 군복을 입고 있었다.

재판관들은 그녀가 카메라에 담은 유령들의 영상들을 돌려 보았다. 갑자기 일진 광풍이 불더니 방울 소리를 내는 낙엽들이 재판정 안으로 불려 들어왔다. 창문과 출입문은 닫혀 있었다. 귀신이 곡할 노릇이었다. 재판정은 술렁이기 시작했다. 귀신들이 밖에서 벽을 통과하여 실내로 들어오고 있으나 속수무책(束手無策)이었다. 재판관들이 위축되었다. 얼이 빠진 듯하였다. 졸도하지 않고 버티고 있었다.

"카메라를 돌려주십시오."

이상미가 소리쳤다.

가운데 자리에 있는 주심 판사가 카메라를 이상미에게 돌려주었다. 이상미가 카메라를 받아 효과라고 쓴 단추를 눌렀다. 그러자 광풍이 잦아졌고, 방울소리를 내는 낙엽이 사라졌고, 유령들도 사라졌다. 재판정은 조용해졌다.

"다른 자료는 없는가?"

가운데 자리에 있는 주심 판사가 물었다.

"있습니다."

이상미가 대답했다.

"누구를 자료 제출인으로 세우겠는가?"

이상미는 나를 지목했다.

"안중근을 자료 제출인으로 채택해 주시기를 바랍니다."

"안중근은 어디에 있소?"

주심 판사가 방청석을 향하여 소리쳤다.

"여기에 있습니다."

나는 큰 소리로 화답했다.

"증인은 증인석에 나와서 자료제출인 선서하시오."

주심 판사가 내게 명령했다.

나는 증인석으로 나갔다.

"자료 제출인에게 잠깐 인정심문을 합니다. 본인이 누구인가를 밝히시오. 생년월일과 이름을 대시오."

나는 내 생년월일과 이름을 대었다.

나는 자료 제출인 선서한 다음에 쌍안경을 재판석에 제출하였다. 재판관들은 쌍안경을 눈에 대어 보고 머리를 갸우뚱했다. 아무것도 눈에 보이는 것이 없는 듯했다.

"아무 것도 보이는 것이 없습니까?"

나는 답답한 생각이 들어 재판관에게 물었다.

"보이는 것이 없소."

쌍안경이 성능이 저하되어 있을 리가 없었다.

나는 『매트릭스 교차로』를 폈다. 쌍안경에 아무것도 떠오르지 않을 때는 선술자(善術者)를 불러 조언을 들으라고 기록되어 있었다. 선술자라면 번조선 시대에 국가에서 운영한 주역 선생을 말한다. 주역 선생에게 도움을 청해야 한다니 난감하지 않을 수 없었다.

"쌍안경에 아무것도 나타나지 않으면 선술자의 도움을 받아야 합니다."

"선술자가 무슨 일을 하는 사람이요?"

"주역선생입니다."

"점쟁이?"

"그렇습니다."

"선술자를 불러올 수 있소?"

"선술자를 불러 본 적이 없어서 그를 부를 수 있을지 알 수 없습니다."

"그가 사는 곳이 어디요?"

"그가 사는 곳은 번조선입니다. 번조선은 지금 없습니다. BC 238년에 진(秦)나라에 멸망했습니다. 선술자는 번조선의 주역 선생입니다."

"그를 무슨 수로 불러올 수 있겠소?"

"만약에 그를 찾지 못한다면 차선책이 있습니다."

"그것이 무엇이요?"

"제가 선술자를 대리하겠습니다."

"자신이 선술자임을 증명할 수 있소?"

"선술자 자격증이 있습니다."

"좋소. 다음 법정까지 휴정하겠소."

주심 판사가 휴정을 선언하였다.

다음 청원의 결정은 1주일 후였다. 우리는 성주산으로 돌아와 비혼자 여신의 텐트로 갔다. 아직 해가 지기 전이라 산길은 어둡지 않았다. 비혼자 여신의 텐트는 아직 먼저 있던 곳에 있었다.

나는 선술자 선생이 증인석에 서야 하니까 필요하다고 말했다. 비혼자 여신은 나의 모바일에 『역사검색』이라는 이름의 앱을 깔아주었다. 그 안에서 선술자 선생을 불러낼 수 있었다. 그 안에는 나에 관한 신상 정보가 들어 있었다. 내 전생의 신상 정보였다. 번조선 시대에 나는 견융족(犬戎族)이란 인종에 속해 있었다. 배달나라 시대에 나는 풍이족이란 인종에 속해 있었다. 한국시대에도 나는 풍이족이란 인종에 속해 있었다.

가죽으로 만든 견융족의 깃발이 견융성 문루에 꽂혀 있었다. 사(巳)자 깃발이었다. 사(巳)는 풍이족의 장자(長子)를 의미하는 문자다.

"비밀공방에 가서 풍이족의 깃발을 제작하여 항상 부대 깃발로 사용하라."

비혼자 여신이 말했다.

나는 비혼자 여신의 텐트를 나왔다. 나와 이상미는 성주산 정상을 내려와 내가 사는 빌라로 들어갔다. 나는 내 테이블 앞에 앉아서 모바일의 앱으로 들어가 선술자 선생을 불러내었다. 그가 옛날 복장으로 내 앞에 나타났다. 나이는 내 또래로 보였다.

"왜 나를 불렀소?"

그가 약간 귀찮아하는 음성으로 말했다.

"선술자 선생을 불러내서 미안합니다."

나는 말하는데 불편을 느끼며, 진정건 결정에 자료 제출자로 나가게 된 사유를 말했다. 선술자 선생은 묵묵히 내가 하는 말을 듣고 앱 안으로 들어갔다.

재판이 속개되는 날, 나는 이상미와 함께 진정건 결정에 참석하였다.

"쌍안경의 눈에 인증서를 대면 영이 보일 것입니다."

주심 판사는 내가 하라는 대로 눈을 쌍안경에 갖다 대었다.

"보인다. 보여."

주심 판사가 말했다.

쌍안경이 보여준 것은 6.25사변 때 이 땅에서 벌어진 무수한 전투 장면이었다.

"정신이 하나도 없군. 누군가 와서 설명해 줄 증인이 필요하다."

전쟁 경험이 없는 주심 판사가 말했다.

"각 시대별로 전쟁에 참여했던 증인을 불러올 수 있습니다."

내가 주심 판사에게 말했다.

나는 『역사검색』이라는 앱을 가지고 있었으므로 주심 판사가 원한다면 증인으로 세울 사람을 불러올 수 있었다.

"어떤 증인을 불러올 수 있소?"

"지나족이 역사를 없애 버린 번조선의 선술자 주역 선생을 불러올 수 있습니다."

"점쟁이를 불러오는 것이요?"

"그렇지 않습니다. 태사(太史)를 불러오는 것입니다."

"좋소. 불러오시오."

"곧 놀라운 일이 일어날 것입니다. 방청석에서 놀라지 마시기 바랍니다. 심장이 약한 분은 눈을 감고 계세요."

나는 뜸을 두었다가 말했다.

나는 앱을 열고 선술자 주역 선생이 세상 밖으로 나오도록 하였다. 그러자 큰 폭발음이 창문을 때렸다. 유리가 깨졌다. 선술자 주역 선생이 나타났다. 주심 판사가 잠깐 졸도했다가 눈을 떴다. 그는 한동안 아무 말도 하지 못했다.

"선술자 본인의 신분을 밝혀 주시기 바랍니다."

정신을 차린 주심 판사가 신중하게 말했다.

"여러분은 이 사람이 지금 하는 말을 전혀 이해하지 못하리라고 생각합니다. 그 이유는 여러분이 역사에 대한 지식이 없기 때문입니다. 풍이족 조상의 시대인 황궁(黃穹)과 명유(明由)의 시대에, 문자의 신(神)이 하늘에서 내려와 문자를 1개 주고 갔습니다. 그 문자를 받은 인종이 풍이족입니다. 풍이족이 받은 문자가 뱀사(巳)자입니다. 뱀사자는 풍이족을 뜻하는 문자입니다. 뱀사자에서 파생(派生) 문자들이 나오기 시작했습니다. 그들이 가차(假借) 문자를 만들어 썼습니다."

선술자 주역선생은 성주산 산신인 마고가 꿈에 나타나 내게 해준 말과 같은 말을 하고 있었다.

"한국인은 자신의 조상이 어떤 인종인지 아는 사람이 거의 없습니다. 오늘 내가 그것을 말씀드리겠습니다. 남자의 조상은 풍이족이고, 여자의 조상은 조이족입니다. 풍이족과 조이족이 결합하여 거대한 풍이족이 되었습니다."

나의 동족은 풍이족의 자손이면서 자신이 풍이족이라는 것을 아는 자가 거의 없다. 그는 재판관에게 "너는 풍이족이야. 알고 있니?"하고 묻고 있었다. 재판관은 지극히 난감한 얼굴로 AI인간을 바라보았다.

"본인은 풍이족 감별사입니다."

주심 판사가 얼굴을 찌프렸다.

"풍이족 감별사가 무슨 일을 하는 직업이요?"

"누가 풍이족인가를 감별하는 직업입니다."

"어느 법전에도 풍이족 감별사라는 직업은 없습니다."

"상제국에서 1만년 전에 선포한 포고문을 법관은 역사에서 공부하지 않았소?"

풍이족 감별사가 조심스럽게 물었다.

주심 판사는 혼란에 빠진 듯하였다.

"없습니다."

"사기꾼들이 역사의 흐름을 바꾸었소. 역사 감별사가 없으니 이런 결과가 온 것이요. 지금 이 나라엔 이념 사기꾼과 역사 사기꾼이 판을 치고 있소."

주심 판사의 얼굴이 좀더 납작해졌다.

"미안합니다. 포고문을 읽을 수 있습니까?"

나는 비혼자 여신이 내 모바일에 깔아 준 앱 속으로 들어가서 1만년 전의 역사를 검색했다. 1만 년 전에는 흑수(黑水)와 백산(白山) 사이의 한 곳에 한국(桓國)이라는 이름의 나라가 생겼다. 상제님의 명령으로 생긴 것이다. 흑수는 흑룡강(黑龍江)이 아니라 적봉(赤峯) 남쪽에 있는 지명이다. 이 지명은 지금도 있다. 백산은 백두산(白頭山)이다. 이 엄청난 크기의 땅에 읍(邑) 규모의 작은 국가가 하나 생긴 것이 한국이다. 이 국가는 적봉의 배곡(倍谷)이라는 곳에 생겼다. 그로부터 3천 년 후에 그들은 들판으로 내려왔다. 그곳이 천평(天坪)이다. 골에서 바닥으로 내려왔으므로 그곳을 배달(倍達)이라 하였다. 배달이란 배곡의 2배 크기라는 뜻이다. 그 나라가 배달나라다. 국(國)에는 읍(邑) 규모라는 뜻이 있고, 나라(那羅)에는 국의 2배라는 뜻이 있다. 읍에는 용(龍)의 국가라는 뜻이 있고, 풍이족은 풍이족의 문자로 사(巳-뱀)라고 썼다. 사는 북두칠성의 형상이다. 사(巳)의 머리 구(口)는 읍(邑)과 국(國)이란 문자로 파생했다. 사(巳)의 본뜻은 사(巳-뱀)이고, 운(韻-소리)은 뱀이다. 뱀에는 2배라는 뜻이 있고, 운은 배(倍)가 된다. 배는 발전하여 나(那)가 된다. 배는 윤(尹-國이 확대된다는 뜻)으로 확대된다. 읍(邑)은 읍(阝)으로 음차(音借)된다. 그래서 나(那)라는 문자가 되는 것이다. 이 일을 한 인종이 풍이족이다.

다음엔 풍이족과 이웃하여 사는 조이족이 라(羅)자를 만들었다. 라(羅)자에 들어있는 추(隹)는 조이족을 뜻하는 새(鳥)라는 뜻이다. 사(糸)는 실이라는 뜻이 있는 문자로 조이족이 풍이족을 조이족에게 잡아맸다는 뜻이 있다. 가로누운 눈목(目)자는 하늘을 살피는 눈, 즉 천문(天文)을 살피는 천문관(天文官)이란 뜻이 있다. 그래서 상제(上帝)의 신하(臣下)가 되어 신(臣)자로 파생한다.

풍이족을 대표하여 한인(桓因)이 한국(桓國)을 세우는 일을 하고, 조이족을 대표하여 항영(姮英)이 한국을 세우는 일을 한다. 한(桓)의 부수 목(木)의 어원은 나모(螺毛)로 남기는 경기, 경북, 전남, 충남, 함남에서 쓰는 말로 나무라는 뜻이다. 남기에는 나(본인) 이외에 남(他人)이라는 뜻이 있고, 사내(男子)라는 뜻이 있다. 풍이족을 뜻하는 사(巳)자의 파생어다. 사(巳)에는 풍이족의 장자라는 뜻이 있는데 목(木)자와 결합하여 한(桓)자가 된다. 사(巳)가 들어간 한(桓)자는 한국에서부터 쓰기 시작하여 진나라 때까지 썼다. 그러나 한나라가 사(巳)를 일(日)로 바꾸어 이후부터는 진나라 한자(漢字)라고 불렀다. 오늘날도 쓰는 번체문자(繁體文字)에는 진나라 문자라는 뜻이 있다.

사(巳)자의 파생어는 배달나라 시대에도 생겼다. 풍이족의 장자를 뜻하는 사(巳)와 풍이족의 지자(支子)를 뜻하는 충(虫)자는 끊임없는 파생을 시도하였다. 충(虫)자를 산(山) 밑에 넣어 치우천왕(蚩尤天王)을 뜻하는 치(蚩)자를 만들었다. 안석궤(几) 안에 충(虫)자를 넣어 풍이족(風夷族)을 뜻하는 풍(風)자를 만들었다. 이런 문자는 배달나라 시대의 문자다. 제사(祭祀)의 사(祀)자에는 풍이족의 장자인 사(巳)자가 들어 있는데, 이 문자는 제사를 시작한 한국의 문자다.

선술자가 말을 계속하였다. 번조선의 선술자는 내가 앱에서 읽어 들이는 기록을 그대로 말하고 있었다.

"상제국에서 9개의 인종을 지상에 내려보냈습니다. 그중에서 풍이족과 조이족 2개의 인종을 택해서 국가를 만들라고 명령했습니다. 풍이족에는 땅에서 산다는 뜻이 있고, 조이족에는 하늘에 산다는 뜻이 있습니다. 생명체들이 세상에 태어날 때의 형상은 9개의 별로 구성된 북두칠성의 형상입니다."

"재판관이 듣고 싶어 하는 말은 증거자료에 대한 말입니다."

주심 판사가 말하였다.

"재판관이시여, 지금 내가 하는 말은 내가 임의로 하는 말이 아닙니다. 재판관의 입맛에 맞게 말할 수 없습니다. 저의 어머니 사모께서 말씀하고 계십니다."

감별사가 주심 판사를 노려보며 말했다. 감별사의 역사 강의가 끝났다. 주심 판사가 한숨을 쉬었다.

"역사 강의는 잘 들었습니다. 증인께서는 퇴장하십시오."

감별사가 내 핸드폰 안에 들어 있는 앱속으로 들어갔다.

나는 부평공원으로 들어갔다.

"단기필마(單騎匹馬)로 들어가도 되겠느냐?"

성주산에서 사모의 음성이 들려왔다.

"제가 있으니 괜찮다고 말하십시오. 저는 트랜스포머입니다."

운전자가 말했다.

"괜찮습니다."

내가 소리쳤다.

"지원군을 보내겠다."

성주산에서 군대가 내려오기 시작했다. 부대기에 사모군(巳母軍)이라고 써있었다. 사모군의 제1선 부대인 본의군(本義軍)이 출동한 것이다. 사모군은 제1군은 본의군이고, 제2군은 갑골군(甲骨軍)이고, 제3군은 금문군(金文軍)이다. 각 군이 사단 편제로 되어 있다. 그들은 변화가 무쌍한 군대였다.

그들은 평소에 모두 문자의 형상으로 존재했고, 속성(屬性)은 풍이 문자다. 그들은 풍이족의 어머니 사모의 명령을 들었고, 풍이 문자로 존재하여 1만년 동안 출동한 적이 없었다. 그들이 출동했다는 것은 도부신인이 세상에 태어난다는 것을 의미하였다. 그들은 문자에서 인간으로 변형하였다.

"사모님의 명령을 받고 왔습니다. 명령하시면 시행하겠습니다."

본의군 사단장이 내게 와서 말했다.

"부평공원을 점령하시오."

내가 첫 명령을 내렸다.

본의군이 문장을 써나가듯이 일사불란(一絲不亂)하게 진격하였다. 교전이 시작되어 총소리가 들렸다. 교전은 사방에서 일어나고 있었다.

체포부대가 토끼굴로 들어갔다. 그들이 적군의 수뇌부를 제압하여 체포하였다. 나는 거기장군 부대원에게 증거물을 확보하라고 명령하였다. 포로들이 내 앞에 잡혀왔다. 나는 앱에서 나와 포로들을 재판정에 세웠다.

"증거물을 연행했습니다. 이들은 6.25사변 때 참전한 중공군입니다."

그들은 몰골이 말이 아니었다. 미군보다 더 처참했다. 그들 중에서 하나가 증인대에 섰다. 그들에 대한 심문이 시작되었다.

"소속을 말하라."

주심 판사가 말했다.

"인민해방군 제9병단입니다."

"사령관이 누구인가?"

"송시륜(宋時輪, 1907년 9월 10일 ~ 1991년 11월 29일)입니다."

인민해방군 제7병단 12만 명이 미군 제10군단 3만 명과 싸웠다. 그들은 혹독한 추위를 피해야 했고, 해가 있을 때 쏟아지는 미군의 폭격도 피해야 하였다. 그러나 추위를 피할 수 없었고, 폭격을 피하는 방법이 눈 위에 웅크리고 폭격이 끝나기를 기다리는 것이었다. 그들은 담요를 뒤집어쓰고 있다가 얼어 죽었다. 미군도 얼어 죽었고, 국군도 얼어 죽었다. 그 전투가 장진호 전투였다.

나는 쌍안경으로 그들이 무더기로 얼어 죽은 형상을 주심 판사에게 보여주었다. 이상미의 사진에 찍힌 것은 메타버스 입구에서 하차한 미군들이었다.

"그대들은 중국으로 가지 않고 왜 한국으로 왔는가?"

"어떤 이해할 수 없는 힘에 이끌려 이리로 오게 되었습니다."

"알 수 없는 힘?"

"그렇습니다."

주심 판사가 그 말에 이해되지 않는 표정을 지었다.

"그대가 한국전쟁에 동원된 이유를 말하라."

"항미원조(抗美援朝)입니다."

"항미원조가 무엇인가?"

"중국인민지원군이 1950년 말에 미국이 한국 침략에 대항하여 조선 인민을 지원하여 싸운 전쟁입니다."

"중공군이 하는 말은 왜곡된 말이므로 바로잡아야 합니다."

내가 말했다.

주심 판사는 내가 하는 말을 제지하지 않았다.

"바로잡아야 한다고요?"

"그렇습니다."

나는『매트릭스 교차로』를 들어올렸다.

"이 책은 부평 메타버스에서 발간한 역사책입니다. 이 책에는 항미원조가 아니라, 모택동(毛澤東-마오쩌동)의 순망치한(脣亡齒寒)으로 나와 있습니다. 순망치한은 입술이 없어지면 이가 시리다는 뜻입니다. 입술은 북한을 말한 것이고 이는 중공을 말한 것입니다. 지나인들은 6천년의 역사 기간에 중원을 차지한 모든 이민족이 한국인의 조상 나라를 침범하였습니다. 그러나 그들은 단 한 번도 한국인의 조상 나라를 멸망시키지 못했습니다. 항미원조는 중국 공산당의 한국 침략을 정당화 하기 위한 선동선전입니다. 지금은 동북공정(東北工程)을 내걸고 한국의 역사를 침략하고 있습니다."

"한국에 중공의 침략을 막을 대비책이 있습니까?"

"대비책이 있기는 있으나 부실하기 짝이 없는 대비책입니다."

"부실한 대비책이이라고요?"

"그렇습니다."

"무엇이 부실합니까?"

"군사동맹은 있는데, 사상동맹이 빠져, 공산주의자의 사상 침략에 대한 대비책이 전혀 서 있지 않습니다. 지금은 붉은 털원숭이들이 이 나라를 점령하여 나라가 멸망 직전에 와 있습니다. 이들은 한국적 민주주의의 창시자인 이승만과 박정희 2분을 역사에서 지우려고 안간힘을 쓰고 있습니다."

나는 이 나라가 얼마나 붉은 물이 들었는가를 보여주기 이하여 『매트릭스 교차로』에서 국회에 관련된 한 대목을 읽었다. 그 내용은 다음과 같다.

> **「주민자치기본법」은 언제나 자유민주 대한민국을 대한인민공화국으로 체제 전복이 가능하게 만드는 법**
>
> 「주민자치기본법」은 2021년 1월 29일 김00 의원 등 19명이 발의한 법안이다.
>
> 김 의원은 더불어민주당 의원으로, 노무현 대통령 때에 청와대 행정관을 지낸 서울의 성북 구청장 출신이다. 한동훈 법무부 장관 청문회에서 한 장관의 딸을 물고 늘어

져, 학생 논문 표절이라는 이슈를 만들어낸 인물이다. 노무현 정부 때 청와대 행정관이라는 요직에 근무했으므로, 김 의원의 이념 성향이 좌파라는 것이 틀림없다고 생각된다. 그리고 그가 「주민자치법」을 대표발의했다는 점에서도 이를 틀림없다고 보아도 괜찮을 것이다. 그는 서울 성북 구청장을 지내면서, 아마 열심히 중공식 주민자치를 대한민국에 이식하여, 나라의 체제를 중화인민공화국식의 체제로 바꿀 생각을 신념으로 가지고 있었을 것으로 생각된다. 이러한 이유 등으로 김 의원이 모략과 선동에 능한 친중공파 국회의원이라고 생각된다.

김 의원이 대표 발의한 「주민자치기본법」의 제안 이유는 다음과 같다.

"민선 지방자치가 출범한 지 30여 년이 지났으나 새로운 시대에 걸 맞는 주민 중심의 지방자치를 구현하기 위한 법 제도는 제대로 정비되지 않고 있는 현실임. 현행 「지방자치법」에서 주민자치의 원리를 명시하고 있으나, 주민투표, 주민조례발안, 주민소환 등 주민참여권 강화 제도 외에 풀뿌리 단위에서 주민자치의 체계를 규정하는 내용은 미흡한 상황임. 또한 「지방자치분권 및 지방행정 체제 개편에 관한 특별법」에 주민자치 중심조직인 주민자치회가 명시되어 있지만, 시범적 운영으로 제한하고 있어, 지방자치단체의 자율적 시행이 불가능할 뿐만 아니라, 주민자치회의 법적 성격과 지원체계에 대한 불명확성이 해소되지 못하고 있는 상황임. 그 외 주민참여형 정책과 관련한 법안들은 대부분 보조금 지원, 종합계획수립, 인증·전달체계 등 지원 근거를 중심으로 구성되어 있어, 실질적인 주민의 공적 참여를 뒷받침하지 못하고 있음. 이에 2013년부터 시범적으로 실시해 온 '읍·면·동 주민자치회'의 정책 방향을 재정립하고 자치적 지역문제 해결을 위한 핵심 공간으로서 소생활권인 읍·면·동을 산정해 주민의 공적 참여 권한을 부여하고, 주민자치 활성화의 핵심 수단인 주민총회, 주민자치회, 자치계획, 추첨제 등의 근거를 규정함으로써 지방자치의 근간인 '풀뿌리 주민자치'에 대한 법률적 체계를 마련하고자 함."

「주민자치기본법」의 내용을 보면, 현행 자유민주주의 대한민국에서는 용납할 수 없는 주장으로 되어 있다. 주민자치제도의 불명확성을 확실성 있게 하자는 것인데. 만약에 주민자치제도의 불명확성이 제거되었을 때, 대한민국의 현실에서 국가가 변하게 되는데, 김영배 의원이 제안한 그대로 중화인민공화국의 붕어빵인 중화인민공화국의 속국인 대한인민공화국이 되어 있을 것을 예상할 수 있다.

이 법에서 문제가 되는 것은 주민총회와 주민자치이다. 좌파들이 주민총회를 장악하여 좌파의 의도대로 주민을 집단화 시키고, 주민교육으로 주민을 의식화시키고, 아동들을 일찍 집단교육으로 인민화 교육이 성공하면, 지방은 좌파의 지배를 받게 될 것이기 때문이다. 이때가 되면, 대한민국은 사라져 이 땅에 없게 될 것이다.

「주민자치기본법」의 주요 내용은 다음과 같다.

가. 이 법은 주민이 풀뿌리 자치 활성화를 위하여 읍·면·동에 주민자치회를 설치·운영하기 위한 기본사항과 지원체계를 규정함으로써 마을민주주의를 기반으로 한 주민총회와 주민자치회 활동을 통해 주민의 삶의 질 향상을 목적으로 함(안 제1조).

여기에서 말하는 풀뿌리 자치 활성화는 지방차치를 전교조에게 교육받아 골수 좌파가 된 주민과 민노총의 골수분자들이 주민자치를 장악하겠다는 주장으로 볼 수 있다.

나. 주민이란 지역사회 문제 해결의 주체로서, 「주민등

록법」(거주자), 「출입국관리법」(외국인) 등의 거주지 관련 법적 요건 충족자와 해당 행정구역 내 주소지를 가진 기관이나 사업체에 근무하는 사람, 학교에 소속된 학생과 교직원을 포함함으로써, 지역주체의 다양성을 확보함(안 제3조 및 제7조).

여기에서 말하는 주민은 그 지역에 주민등록이 되어 거주하는 실주민뿐만 아니라. 그 지방에 살지 않으면서 각종 단체에 가입되어있는 구성원을 포함한다. 그러므로 위장 전입한 좌파 조직원들이 실주민 행세를 할 수 있게 되는 것이다. 또한 헌법을 고쳐 국민을 빼고 인종을 불문한 사람을 넣고자 하였으므로, 이런 사람이 자기 조직이 있는 곳에서 사전투표를 하고, 자기가 거주하는 곳에서 본투표를 하여, 선관위에서 투표수를 조작하면 이를 막을 방법이 없게 된다. 선거관리위원회에서 선거를 조작하기 때문이다. 그래서 이런 이유로 사전투표는 없애야 한다고 생각한다.

다. 국가와 지방자치단체는 풀뿌리자치의 활성화를 위해 지원정책을 수립하고 시행하여야 하며 행정적、재정적 지원을 해야 함(안 제4조).

라. 주민과 주민자치회는 주민자치 실현과 확산을 위하여 국가 및 지방자치단체와의 적극적 협력을 기반으로 지역사회 문제 해결을 위해 노력해야 함(안 제5조).

우리나라의 지방자치단체는 모두 3,491개의 읍면동으로, 이들 3,491개 읍면동이 지방자치단체로 불린다. 국가가 지원하여 지방자치단체와 산하단체가 마을기업을 만들어, 생산과 유통과 분배를 장악하여, 대한민국의 근본인 자유경쟁 시장 체제를 무너뜨리려 할 때, 이런 이유로, 헌법상의 국민이 사라지고, 헌법상의 사람으로 창조된 공산주의적 인간인 사람이 점령하여, 집단주의 방식으로 운영하는 대한민국의 경제는 무너지고 소수의 좌파 귀족들만 잘 살고 잘 먹게 될 것이고, 사람에게 소외당한 국민은 먹고살 길이 없어서, 대한민국에 북한과 같은 장마당이 출연하게 될 것이다.

마. 주민의 공적 참여 권한 부여의 중심 조직으로서 주민총회와 주민자치회를 규정함(안 제9조부터 제15조까지).

1) 공적 참여의 주요사항을 결정하는 주민의 대표 의사결정체로 '주민총회'를 규정하여 공공성을 확보하고 주요 결정권을 행사하게 함.

2) 주민총회로부터 권한을 위임받아 상시 집행기구로서

주민자치회를 규정하고 자치규약에 따른 기능을 수행하게 함. 하위기구로 통•리, 공동주택단지 등 읍•면•동 이하 생활권 단위에 '분회'를, 교통, 환경, 아동, 주거, 안전, 복지 등 지역 이슈별로 '분과'를 두어 주민참여의 다양성을 확보함.

3) 국가와 지방자치단체는 주민자치회 운영에 필요한 경비의 전부 또는 일부를 지원해야 하고, 주민자치회는 기부금을 받을 수 있으며, 설립 목적 범위에서 수익사업을 할 수 있음. 또한 목적에 따른 사무 및 사업을 위하여 재산 및 시설을 보유하고 운영할 수 있음.

4) 주민자치회는 해당 사무를 처리하기 위하여 사무국을 두며 적정인력과 예산을 확보해야 함. 이에 따른 사무국의 직원은 지방자치단체장에 의해 지방공무원으로 보함.

주민총회와 주민자치회는 외관상 주민 개인의 개인주의가 발현될 수 있는 총회나 자치회로 보이나. 내용은 민노총과 같은 위장 집단이 침투한 주민조직으로 볼 수 있다. 여기에서 결정되는 것은 반자유민주주의 성향을 나타내게 될 것은 불을 보듯 뻔하다고 할 것이다. 3,491개 지방자치단체에서 추진하는 마을기업이라는 것이 이런 것이다.

바. 읍•면•동 주민자치계획 및 시행계획을 수립함(안 제16조 및 제17조).

1) 주민자치회는 풀뿌리자치 향상과 지역문제해결을 위한 중장기 읍•면•동 주민자치계획을 수립하고 주민총회의 승인을 받아야 함.

2) 국가 및 지방자치단체는 자치계획과 시행계획을 내용을 법에 명시한 법령에 따른 지방자치단체의 계획에 적극적으로 반영하도록 노력하여야 함.

지역문제 해결을 주민총회의 승인을 받아야 한다는 것은 좌파가 장악한 주민총회의 승인을 받아야 한다는 것이므로, 공산주의 국가에서 인민위원회의 승인을 받아야 한다는 것과 다를 것이 없다고 볼 수 있다. 정당법을 발의하여 외국인도 정당활동을 할 수 있게 했고, 임시국적법을 만들어 한국에서 대학생활 4년 하면 주민자치를 할 수 있는 사람이 될 수 있게 하였다.

사. 국가와 지방자치단체는 5년마다 주민자치회 활성화를 위한 종합지원계획을 수립•시행하여야 하며, 주민자치회 정책 개발•실행을 위한 전담부서와 전문지원기관 운영 및 공무원과 민간전문인력 양성을 위한 교육을 운영하는 등의 지원을 적극 시행하여야

함(안 제18조부터 제20조까지).

사회주의교육을 주민센타 자치위원회 별로 사회주의 교육을 실행하겠다는 의도를 드러낸 것으로 볼 수 있다. 지금 이 교육은 우리 사회에서 불평등의 해소를 주제로 하여, 사회주의 이념을 심어주려는 방식의 교육을 교육부와 여성가족부에서 시행하고 있다.

아. 국가와 지방자치단체는 주민자치 활성화를 위해 국·공유재산이 필요하다고 인정하면, 이를 주민자치회에 우선 매각하거나 무상으로 대여·사용하게 하는 등 국·공유재산 활용에 특례를 규정함(안 제21조).

국가공유의 재산을 처분하여 없애자는 생각이 국가 해체의 수준까지 올라와 있다고 볼 수 있다.

7 결정

내가 공산주의가 어떻게 이 나라를 장악해 가는가를 지적해 주었을 때, 방청석에서 미묘한 반응을 보이기 시작하였다. 그것은 이 나라가 공산주의자들에게 멸망할 수 있다는 일종의 위기의식이었다. 이 법안은 우파 지식인들의 반대 여론 조성으로 폐기되었다. 그러나 주민자치가 이미 전국적으로 활성화 되어 있고, 야당의 선전 선동이 아직도 치열함으로, 이 나라 체제 변경의 불씨는 엄연히 살아 있다고 볼 수 있다.

"이 나라의 체제 변경을 어떻게 하면 막을 수 있다고 보는 것이요?"

"공산주의자를 가려내는 사상 감별사 제도를 두어야 한다고 생각합니다."

"사상 감별사라…"

"그렇습니다. 선동 감별사도 두어야 한다고 생각합니다."

"선동 감별사도…방책을 말해 보세요."

"공산주의자와 선동꾼의 특징은 사기꾼처럼 양심이 1도 없습니다. 그래서 그들의 정권 탈취 수단은 거짓말이 됩니다. 그들은 거짓말로 사람을 속입니다. 그들이 대중을 속이는 이유는 군중을 자신들이 추구하는 목적에 맞게 조작하기 위해서입니다."

"군중을 조작한 사례가 있소?"

"그런 사례는 많습니다."

"말해 보시오."

"그들은 이 나라에서 대중 조작으로 촛불세력이라는 것을 만들었습니다. 여기에 밝혀지지 않은 북한과 중공의 마수가 침투하여 이들에게 합세했습니다. 그들은 광우병 파동을 일으켜 이명박 정부를 식물정부로 만들었습니다. 또 세월호사건을 일으켜 박근혜 대통령을 탄핵하여 감옥에 보내고 재산을 몰수하고 정권을 탈취했습니다."

"앞으로도 그렇게 할 것 같소?"

"윤석열 대통령도 탄핵으로 몰아가려고 이슈를 만들어 선전 선동에 몰두하고 있습니다."

"윤 대통령이 그들의 책략에 말려들 것 같소?"

"말려든다면 멍청한 짓이니까 말려들지 않겠지요."

“그렇게 보는 이유는 무엇이요”

“윤 대통령이 사상에 눈뜨기 시작했기 때문이요. 이명박 정부와 박근혜 정부가 저들에게 당한 이유는 그들의 정부가 사상 침투에 무감각했던 무사상 정부였기 때문이었소. 사상이 없는 자는 사상을 가진 자에게 당하게 되어 있소. 내가 보기에 윤 대통령이 좌파라고 오해를 받는 이유는 입으로 반공을 말하면서 이를 받쳐 줄 행동이 너무 느리기 때문이요. 그러나 그가 움직이기 시작했으니 결실이 나오리라고 봅니다.”

“결실이 무엇으로 나타나야 한다고 봅니까?”

“광주지요. 이 일은 어렵지만 해결하지 않으면 아니 됩니다. 이 일이 해결되면 그는 역사에 남게 될 것입니다.”

『매트릭스 교차로』에는 다음과 같은 글이 실려 있었다.

이념사기죄(理念詐欺罪) 신설의 필요성

> 김일성이 6.25사변 때 권력을 장악하는 과정에서 연안파를 숙청해, 북한 공산주의 역사에서 의지할 데 없는 나그네를 만들어버렸다. 그들이 모택동의 휘하에서 장개석에게 밀려 연안으로 쫓겨 갔다가, 장개석 정권의 부정부패로 권토중래(捲土重來)하게 된 팔로군 세력이다. 모택동은 장개석 군대를 대만으로 쫓아 보내고, 중원의

거대한 땅을 장악하였다.

이때가 막 1950년대가 시작될 무렵인데, 김일성이 박헌영과 함께 스탈린을 찾아가서, 모택동처럼 한반도를 통일하겠다고 스탈린을 설득하여 6. 25 동란을 일으켰다. 6. 25 동란은 그가 주체적으로 수행한 통일전쟁이 아니라, 스탈린의 아바타로서 수행한 공산주의 세력 확장의 대리전쟁이었다.

모택동은 이제 중국 땅에서 앞으로 골칫거리가 될 것이 뻔한 조선족을 팔로군이라는 이름을 붙여 김일성에게 지원하였다. 김일성은 팔로군에 붙은 세력인 연안파들을 6.25 사변 중에 써먹을 만큼 써먹고 모택동처럼 토사구팽(兎死狗烹)시켜 버렸다. 그래서 그들이 오갈 데 없는 역사의 고아가 되어버렸다.

문재인 정권은 이들을 한국 역사에 받아들이기 위하여 역사 왜곡을 시도하였다. 이들 외에도 일제에 항거하여 독립군으로 활동한 세력에 공산주의 아나키스트들이 섞여 있었다. 문재인 정부는 이런 세력으로 활동하다 공산주의 국가에서 사망한 자들을 대한민국에 정신적 지주로 입적시키고자 여러 꼼수를 썼다. 소위 주사파의 정통성을 만들어내자는 데에 이들을 이용하고자 했다고 볼 수 있다.

홍범도 장군이 비록 일제에 항거하기는 했으나, 소련 공산당에 몸을 담았던 사람이고, 육군사관학교와는 아무 상관이 없는 공산주의자임에도 불구하고, 육사 교정에 한 자리를 차지하고 있게 된 것이, 주사파의 정통성 세우기에 동원된 이유 때문이다.

육사의 뒷산 불암산은 김일성이 탱크를 몰고 내려왔을 때, 육사 생도들이 결사 항전하다가 산화한 곳이다. 그들은 공산주의자 김일성이 보낸 북한 괴뢰군과 싸우다가 피를 뿌리고 산화했는데, 문재인 정부는 국제공산주의자들을 육사로 보내어, 순결한 처녀에게 강간을 시도한 것이나 다름없는 짓을 하였다. 주사파가 그렇게 한다고 주사파의 정통성이 생겨나는 것이 아님에도 불구하고 말이다. 주사파와 육사와는 연결고리가 없다. 주사파는 북한 김일성이 만든 주체사상의 사생아일 뿐이다.

구로동 천왕산 자락에 만든 간첩 신영복 공원도 주사파의 꼼수가 성공한 경우라 할 것이다. 통영에 있는 윤이상도 같은 경우라 할 것이다. 이번에 새만금 잼버리가 이념 사기가 들통이 나지 않고 성공했다면, 또 다음 단계로 무슨 꼼수를 쓰려할지 알 수 없었던 일이었다.

이들 작품 제작의 하일 하이트는 아무래도 정율성 추모 공원 조성의 성공일 것이다. 정율성은 KBS에서 다큐멘터리로 제작하여 방영하는 등 상당한 성과를 내는 중이었다. 게다가 중공에서는 지명도가 높은 음악가이고 정율성을 존경하는 사람도 많다. 그러나 그는 대한민국에 음으로나 양으로나 눈에 보이지 않는 피해를 줄 사람이다. 윤이상의 경우와 같다고 할 것이다.

과감하게 이런 일을 추진하는 자들은 주사파로서 정계에 진출했거나, 법조계에 진출했거나, 국가공무원이 된 자들이다. 이들이 저지르는 일은 법을 제정하여 단속하지 않으면 근절 불가능하다. 그들은 이념 사기범들이다. 그들이 확신범이기 때문에 국가는 이들을 철저하게 배제하는 정책을 수립하여 수행하지 않으면 아니 된다.

대한민국에 이념 사기범들이 만든 공공시설이 몇 개 있다. 앞에서 말했듯이 구로동 올레길에서 한신대 쪽으로 천왕산 자락에, '처음처럼'이라는 소주의 로고를 만든 신영복(1941. 8. 23~2016.1.15)의 추모공원이 있다. 신영복은 간첩죄로 형을 받아 수감 중에, 좌파 정부가 들어서 출소하여 살다가 사망한 사람이다. 그가 쓴 서체(書體)로 그가 남긴 명언이라는 것들이 공원의 여기저기에 입간판으로 만들어져 공원을 찾는 이가 읽을 수 있도록 해 놓았다. 그는 공산주의자이고, 김일성을 찬양하는 자이다. 그러므로 그의 글이 어떤 글인지 짐작 가능하다. 소주를 마시는 사람은 아마 그의 로고를 쓴 술을 마신 사람이 한둘이 아닐 것이다. 그런 것이 기생충처럼 자유민주주의 대한민국을 좀먹는다.

광주에서는 광주시장이 나서서 추진 중인 팔로군 출신의 중공인 정율성을 기리는 기념공원 조성 기념사업 중단을 요구하는 전국학생수호연합(광주지부)의 집회가 정율성로에서 있었다. 이미 광주에는 그를 기리는 정율성로가 만들어져 있다. 정율성은 6.25사변 때, '중국인민군해방군가'를 작곡한 자이다.

광주시장은 국민 세금으로 정율성 추모공원을 만들고 있다. 그의 행위는 명백하게 형법에 조문이 없는 이념 사기에 해당한다고 볼 수 있다. 이념 사기를 처벌하려면 이념 사기를 법제화해야 한다. 이 일은 국회의 몫이다. 그러나 국회에 반국가 세력인 주사파가 포진하고 있어, 법안 발의 자체가 불가능할 수도 있다.
이념 사기를 의율 하려면 선행조건으로 불특정 다수를 향한 위장 이념 선동죄가 필요하다. 위장 이념 선동에 불특정 다수가 기만당해야 의율이 가능하다고 보기 때문이다. 대한민국에서 이념으로 사기 치는 자는 주사파는 개인이고, 정치인은 나라를 북한과 중공과 동급으로 만들려고 이념 사기 치는 국회의원들이고, 공기업인은 공기업에 침투하여 국가 경제를 망치기 위하여 이념 사기 치는 임원들이고, 공직자는 국가재정을 이념 사기로 거덜 내는 공무원이다. 이념 사기꾼은 이 나라 도처에 게릴라처럼 잠복해 있다. 그들은 이 나라에서 솎아내 없애야 할 암 덩어리다. 설사 이념 사기를 치지 않는다고 해도 그가 전교조나 민노총에 소속되어 있다면, 그들이 이 나라에 끼치는 해악이 또한 척결의 대상이 되지 않을 수 없게 되어 있다.

이들을 이 나라에서 추방하려면, 이들을 추방할 수 있도록 법을 제정해야 한다. 첫째 공직을 가지려는 자는 헌법을 위반하지 않겠다는 충성 선서를 해야 한다. 이 선서에는 헌법을 위반할 시에 당하게 될 불이익에 대하여 감수한다는 서약이 필수다. 특히 반국가적 이념, 나라를 해치는 안보와 국방에 대한 범죄를 공직자가 범했을 때는 비공직자가 범했을 때보다 무겁게 가중처벌 해야 한다. 특히 이념 사기가 있을 때는 국가 변란의 목적이 있다고 보아서 극형에 처하도록 해야 한다.

최근에 국가적 비난을 감수하지 않을 수 없게 만든 새만금 잼버리의 이념 사기와 광주시장의 공산주의자 추모공원 조성은 공직자의 이념 사기의 정점을 치게 되었다고 보지 않을 수 없게 하였다. 외국에 국민선동금지법은 있어도 이념사기죄를 규정한 법은 없을 것이므로, 이념 사기를 단속하려는 법을 만들려면, 심도 있는 연구가 필요하다고 본다. 이번에 발각이 된 새만금 이념 사기와 광주시장 중국공산당원 추모공원 조성 이념 사기와 같은 이념 사기를 공론화해야 한다.

이념 사기의 원천 제공자는 북한이다. 이를 받아먹은 자들은 주사파나 남한 간첩들이다. 원천적으로 불법 이념의 차단을 위하여 이념 교육이 필요하다. 우리에겐 주사파 교육을 하는 전교조가 필요한 것이 아니라, 우리의 이념을 교육하는 이념 교육기관의 설치가 필요한 것이다.

광주 문제를 해결하려면 북한에 걸림돌이 하나 있다. 그것이 열사 묘역에 묻혀 있는 북한 특수부대 전사자들이다. 이들과 함께 광주에 파견되었다가 탈북한 탈북자라고 주장하는 사람들이 남한에 살고 있고, 북한의 교과서에도 그들의 공적이 실려 있고, 북한에서 대대적으로 추모제를 지내고 있는데도, 좌파 정부는 이러한 역사적

> 사실을 한사코 부인해 왔기 때문에, 이 문제가 역대 정권의 짐이 되어 왔다. 이번 정권에서도 이 문제가 해결되지 않고 있고, 광주 폭동을 헌법 전문에 5.18정신으로 넣어야 한다는 등 주장하는 자들이 국가 정체성을 훼손하고 있다. 만약에 저들의 주장대로 해 준다면, 미국무부에서 5.18 사건을 김대중이 일으킨 국가 반란으로 보고 있음으로 한미동맹에도 흠집이 나는 것은 감수해야 할 것이다.

"쌍안경을 들여다보십시오. 열사능이 보일 것입니다."

내가 말을 하자, 주심 판사가 쌍안경을 들여다보았다.

"열사능 뒤쪽으로 유령들이 나타나고 있소."

그가 내게 쌍안경을 넘겨주었다. 나는 쌍안경을 들여다보았다. 붉은 여신의 아바타 3인이 나타난 것이 틀림이 없어 보였다. 제1 아바타는 모택동, 제2 아바타는 김일성, 제3 아바타는 박헌영이다. 그들이 왜 여기에 나타났는지 궁금했다. 아무래도 6.25사변과 관련이 있을 듯싶었다. 그들이 묘비 사이를 어슬렁거리고 있었다.

"제가 청력을 높여 저자들이 무슨 말을 하는지 듣겠습니다."

운전자가 말하더니 청력의 볼음을 높여 내가 들을 수 있게 해 주었다.

그들이 열사릉에 잠들어 있는 인민군들의 잠을 깨우고 있었다. 영들이 묘비석 밑에서 나와 하나 둘 그들 앞에 모여들었다.

"저자들이 죽은 자들의 영을 깨워 공격 준비를 하려는 것 같습니다."

운전자가 말했다.

"어디를?"

"캠프 마켓입니다."

"이번엔 지원받을 데가 마땅치 않은 데 독자적인 공격이 가능할까?"

"러시아의 지원이 가능하리라고 봅니다. 러시아와 우크라이나와의 전쟁에서 전사자가 많이 났으므로 전사자들을 지원받으면 충분할 것입니다."

나는 이상미에게 열사릉에서 벌어지고 있는 광경을 촬영시켜 부평 메타버스의 주인인 비혼자 여신에게 보내도록 하였다. 나는 사모에게 이 사항을 별도로 보고했다.

"갑골군과 금문군을 보내겠다. 문자를 군대로 만들어 쓰려면 문자국(文字國)과 인간국(人間國)을 가로막고 있는 문을 열어 인간국으로 통과하게 해야 한다."

사모로부터 전문이 왔다. 쌍안경이 문자국과 인간국을 가로막고 있는 문을 보여주었다. 그곳 외에 다른 곳엔 문자군의 진군을 막는 다른 장애물은 없었다. 나는 내가 가지고 있는 열쇠로 문을 열었다. 갑골문에서 빠져나온 풍이문자들이 문안으로 쏟아져 들어왔다. 그들은 사(巳)자에서 파생한 파생문자였다. 그들이 인간으로 변하여 군대의 모습을 갖추어 갔다. 다음엔 금문에서 빠져나온 풍이문자들이 문안으로 쏟아져 들어왔다. 그들도 사자에서 파생한 풍이문자들이었다. 이들이 인간으로 변하여 군대의 모습을 갖추어 갔다.

이곳엔 문을 지키는 작은 나라가 있다. 현실에서는 나타나지 않는 나라다. 이 작은 나라의 주인은 전쟁 역사를 쓰는 작가의 나라다. 그 나라 정부의 검문소가 문 곁에 있다. 나는 초소를 지키는 관리에게 문 통과의 승낙을 받아야 하였다. 나는 초소 앞에 가서 섰다.

나는 그에게 사모가 내게 준 열쇠를 보여주었다. 열쇠를 본 그는 나를 방안으로 불러들였다. 내가 방안에 들어갔다. 그가 서가를 가리켰다. 서가에 역사책이 여러 권 꽂혀 있는데, 제목이 눈에 띄는 책 1권이 꽂혀 있었다. 『낙동강에서 압록강까지 (South to the Nak tong, North to the Yalu)』라는 제목의 책이었다. 한국전쟁으로 알려진 6.25 사변에 대해서 쓴 책이다. 이 책은 1950년 6월 25일 새벽 4시에 남한이 북침했다는 주장을 부정하는 실록(實錄)이다. 이 책은 김일성이 소련의 최고 권력자인 스탈린의 지령을 받고 남침했다고 기록했다.

저자는 "김일성과 박헌영이 스탈린을 찾아가 도와달라고 구걸했다"고 썼다. 스탈린은 전쟁의 주도권을 김일성에게서 빼앗고 남침할 수 있도록 인민군을 조직해 주고, 무기와 장비를 공급해 주었다. 그는 북한 주둔군 사령관 스티코프를 옷을 벗겨 북한 주재 소련대사로 임명하여 김일성의 머리 위에 앉혔다. 북조선의 수상이며 북조선군 최고사령관인 김일성은 스티코프 대사로부터 정기적으로 소련의 지령을 받아야 하였다. 이렇게 김일성이 자기 스스로 스탈린의 괴뢰가 됨으로써 북한이 스탈린의 대리전쟁을 자청한 꼴이 되었다. 1948년에 소련군의 지도와 감독하에 창설된 인민군은 제2차 세계대전 말기에 조선에 주둔한 일본군과 싸우기 위하여 북한에 들어온 소련군대가 가지고 있던 무기를 모두 소련군이 창설하는 인민군에게 주고 북한을 떠났다.

소련이 북괴 남침에 직접 관여했다는 움직일 수 없는 몇 가지 증거가 있다. 소련은 1948년 말 북한으로부터 철군과 동시에 「탱크」전술, 상륙전, 정보 등 각 분야의 우수한 경험을 가진 전문가로 구성된 고문단을 편성하여, 1949년 정초에는 이미 평양으로 파견했다. 이 고문단은 본격적으로 남침 준비 조치로 괴뢰군 병력 증가에 맞추어 전투부대를 대대적으로 증편하였고, 부대의 기계화에 전념했다. 군대의 창설과 훈련을「18개월」이내에 완료하도록 했다. 1949년 1월부터 18개월 후면 1950년 6월이 되는데, 이는 결코 우연의 일치가 아니었다. 적어도 소련은 1949년 초에 이미 남침 일자를 1950년 6월로 잡아놓았다는 증거였다.

북괴가 남침한 후에도 북괴가 소련의 지시대로 움직였다는 것은 1951년부터 1955년까지 평양주재 폴란드 대사관 무관으로 근무하다가 1959년에 서방측으로 탈출한 파웰·모나트 대령의 수기에서도 나타난다. 그는 다음과 같이 기록했다.

"북한의 사실상의 지배자는 소련대사였다. 내가 51년에 평양에 있을 때의 소련 대사는 「블라디미르·A·라즈바에프」라는 민간인 복장을 한 육군 중장이었는데, 그는 대사인 동시에 소련 군사고문단장이었다. 소련 대사관은 평양 북쪽의 어느 두메 마을에 있는 토굴과 움막 속에 자리 잡고 있었다. 여기서 8「마일」더 북쪽으로 가면 판자촌으로 된 북괴군 총사령부가 있었다. 이 사령부는 「라즈바에프」 대사가 거느리는 소련 군사고문단의 통제하에 있었다. 북괴 수상 김일성도 총사령부에서 기거하면서 소련인들 지시대로 움직였다.

그러나 소련은 누가 보는 곳에서는 절대로 괴뢰 김일성과 괴뢰 인민군에게는 지령하는 일이 없었고, 막후에서 지령했다고 했다. 스탈린의 아바타가 된 김일성은 소련 대사의 허가를 받아야 매사를 결정할 수 있었고, 성명을 발표할 결정권도 없었다. 북괴군에게 내리는 작전명령은 소련어로 기안되었고, 소련군 장교의 서명이 있어야 효력을 가질 수 있었다. 북괴의 남침계획을 소련 군사고문단이 하였으며, 북괴군 각 사단에만도 대령을 장으로 하는 15명의 고문이 배치되어 지도 감독했고 제1호 남침명령서까지 소련어로 작성하여 하달하였다. 소련 고문단 3,000명은 실질적으로 북한 통치의 모체였다. 김일성 일행은 1949년 3월 17일에 「모스크바」를 방문, 무기반입을 주 내용으로 한 소위「조소 군사 비밀협정」과 역시 같은 날짜로 된 1949년과 1950년에는 경제원조와 기술원조를 대폭 증가할 것을 규정한 「조소 경제·문화협정」을 각각 체결했다. 이 문제에 대해 군사평론가 김점곤 교수는『결론적으로 말해서 소련이 한국전쟁에 원천적으로 개입했다는 것은 엄연한 사실이다』라고 다음과 같이 말했다. "소련은 「전쟁지침」과 「전쟁계획」, 「전쟁의 지원」 그리고 「전쟁지도」의 일관된 역할로서 한국전쟁에 있어서 공산측의 「원동력」을 이루었다. 소련군 출신의 하급장교나 혹은 중공군의 비정규 유격대 출신의 북괴군 간부들이 독자적으로 그런 대규모의 전쟁과 근대적 양상의 전투전개를 계획하고 지도·지휘했다는 것은 절대 있을 수 없는 일이지요, 특히 전쟁 초기의 기습이나 협동된 입체적이며 기동적인 공격작전은 본래가 전통적인 소련군의 교리에 따른 전법이요, 이에 대한 충분한 지식과 풍부한 실전경험 없이는 해낼 수가 없는 거지요. 북괴가 어떻게 혼자서 그런 어마어마한 일을 꾸밀 수 있겠어요."

나는 풍이문자가 풍이군이 되어 캠프 마켓을 점령하는 것을 보자, 내가 읽고 있는 『매트릭스 교차로』를 덮었다. 갑골군 사단장과 금문군 사단장이 지금 게이트 가드의 진정건을 법원에서 심의하고 있음에도 불구하고 이를 무시하고 방에 들어와 내게 와서 사모군의 갑골 사단과 금문 사단이 붉은 메타버스를 장악한 붉은털원숭이를 섬멸했다고 보고하였다. 재판관들은 아연실색(啞然失色)하는 표정이었다. 이제 더 재판할 이유가 없었다.

"증인심문을 끝내 주시오."

내가 심의 판사에게 말했다.

내 핸드폰의 안전 문자로 메타버스에 계엄령이 거기장군 명의로 선포되었음을 알리는 공지가 떴다.

심의 판사는 진정의 심의를 종료하겠다고 말하고 중공군 진술을 끝냈다. 1시간 후에 심의 판사가 게이트 가드가 제출한 진정 건을 결정하는 결정문을 읽었다.

> "진정인 인천시 공무원 캠프 마켓 게이트 가드가 제출한 진정건에 대하여 심리를 마치고 다음과 같이 결정한다. 푸른 메타버스 플랫폼은 모택동과 김일성과 박헌영을 메타버스 형법의 제250조 반역죄(反逆罪) 위반으로 스탈린 괴뢰 아바타를 체포하여 최후의 진술 기록으로 남길 것을 결정한다."

재판관은 땀을 흘리고 있었다.

나는 2명의 사단장에게 열사릉을 공격하라고 명령하였다.

게이트 가드의 진정 건에 결정이 났으므로 이제 곧 다음 결정 심의가 시작될 것이다.

8 과거, 현재, 미래적 추억

진정건 결정 이후로 다음 청원 심리가 시작되려면 1시간 정도의 시간 여유가 있어서 나는 방청석의 한쪽에 앉아 눈을 감고 쉬고 있었다. 누군가 내 곁에 앉는 느낌이 들었다. 눈을 떠 보니 어디에선가 만난 적이 있는 여자라는 생각이 드는 여자가 내 곁에 앉아 있었다. 여자가 나를 보고 깜짝 놀라는 얼굴이 되었다.

나는 우리가 헤어진지 30년도 더 되었다는 생각이 들었다. 그녀와 처음 만난 곳은 제주도였고, 그녀와 헤어진 곳도 제주도였다. 나는 그녀를 알아보자 세월의 벽이 일시에 허물어지는 느낌이 들었다.

"월하(月下)!"

내가 그녀를 잠시 헤어졌다 만난 정인(情人)처럼 불렀다.

"당신을 여기에서 만나다니 기적이에요."

"그렇군. 이곳은 아무나 올 수 있는 곳이 아닌데, 당신은 어떻게 온 거요?"

"고를 풀러 왔어요."

"고?"

"제가 이야기한다고 해도 이해하기 힘들 거예요."

"그래요? 그렇다면 그 이야기는 차차 하기로 하고... 지금 어디에서 온 거요?"

"제주도요."

"지금도 그곳에 살고 있군."

"그렇습니다."

"하타 씨는 잘 지내고 있소?"

"그는 지금 세상에 없어요."

"알겠소."

"당신이 내게 매어준 고의 한쪽 끝과 하따 씨가 내게 매어준 고의 한쪽 끝이 지금도 내 몸에 매 있어요."

"당신이 말한 고가 그 고요?"

"네."

"그렇다면 풀어야지."

"그러나 이 고는 제가 풀고 싶다고 해서 풀리는 고가 아니예요."

"그렇다면 어떻게 해야 풀리는 고요?"

"하타 씨의 전생의 남자를 만나야 풀 수 있어요."

월하가 하는 말은 하타 씨의 전생의 남자가 현재의 하타 씨와 같은 사람이라는 말과 같은 말이다.

"그렇다면 전생의 남자를 만나야 하겠군."

"그게 수월한 일이 아녜요."

"그야 수월한 일이 아니겠지."

"하타 씨의 영을 회복시켜 달라고 비혼자 여신에게 청원했어요."

"고를 풀기 위하여?"

"네."

"비혼자 여신이 있다는 것을 알게 된 지 얼마 되었소?"

"얼마 안 되었어요. 비혼자 여신의 호출을 받고 만나서 비혼자 여신을 알게 되었어요. 비혼자 여신이 제게 고를 풀어야 한다고 말했어요."

"고를 풀려면 어떻게 하면 되는 거요?"

"메타버스로 들어가야 해요."

"메타버스에 무엇이 있기에?"

"메타버스에는 우주를 덮을 만큼 엄청난 크기의 그물이 있어요. 그 그물은 고로 엮어져 있어요."

나는 월하가 하는 말이 상상이 가지 않았다. 월하를 만나게 된 것이 비현실적이라 더 상상이 가지 않았다.

"나는 그물을 본 적이 없는데. 눈에 보이지 않는 그물에 고

가 엮여 있다니!“

나는 월하를 만나게 된 사유를 비혼자 여신에게 문자로 보고했다. 아무래도 내가 월하를 만난 것이 그냥 넘어갈 수 없는 일이라는 생각이 들었기 때문이다.

“하타 씨가 당신에게 고를 매듭지어 준 것은 이해가 가는데, 내가 당신에게 고를 매듭지어주었다는 것은 이해 가지 않아요.”

“비혼자 여신께서 그렇게 말했어요.”

나는 신음이 나왔다.

“오늘의 진정과 관련이 있는 거요?”

“그렇습니다.”

비혼자 여신에게서 문자가 왔다.

“지금 어디에 있는가?”

“월하와 함께 있습니다.”

“내가 월하에게 청원하라고 시켜서 월하가 그곳에 간 것이니, 그대는 월하의 고가 풀릴 수 있게 도와야 해. 청원 심리 중이라도 유체이탈(幽體離脫, out-of-body experience)하여 과거를 회복하도록 하라.”

나는 점입가경(漸入佳境)이라는 생각이 들었다. 나는 유체이탈을 해 본 적이 없으므로 내 자력으로 유체이탈이 가능할지 걱정이 되었다.

“저는 유체이탈을 한 경험이 없습니다.”

"걱정하지 말라. 청원 심리 중에 그대의 영이 유체이탈하게 될 것이다."

나는 유체이탈을 기다렸다. 나는 유체이탈하면 무슨 일이 벌어지게 될지 알지 못했다.

나는 내 영의 반쪽이 내 몸에서 이탈하는 것이 느껴졌다. 내가 보니 내 곁에 앉은 월하도 유체이탈하고 있었다. 우리는 몸이 자유스러워졌다. 방청석에 있는 사람들은 우리가 유체이탈했다는 것을 눈치챈 사람이 아무도 없었다.

"거기장군은 이제부터 고 3개를 풀어라. 1번 고는 정조 대왕과 명월 사이에 생긴 사랑의 고다. 2번 고는 국민이 이승만 대통령을 국외로 추방하여 죽음에 이르게 하여 생긴 고다. 3번 고는 박정희 대통령을 김재규가 시해하면서 생긴 고다. 이들 고는 한국 사람이 풀어야 할 고다."

나와는 아무 상관이 없는 고들이 내 몸을 짓누르고 있음이 느껴지기 시작했다. 나의 몸이 내 의사와는 아무 상관 없이 움직였다.

나는 월하와 함께 주민 센터 2층으로 올라갔다. 그곳에 여행을 관장하는 부서가 있다. 그 업무를 보는 직원이 토끼장 같은 칸막이 안에 앉아 있었다. 여행을 신청하러 온 주민은 아무도 보이지 않았다.

"영주(瀛州) 메타버스로 가려면 어느 분에게 여행 신청해야 하나요?"

월하가 방 입구에 있는 직원에게 물었다.

"무슨 용무로 가시려나요?"

여직원이 월하에게 질문하였다.

"청원을 처리하러 가야 합니다."

"어떤 청원입니까?"

"김만덕의 만월회복청원(滿月回復請願)입니다."

여직원은 컴퓨터의 자판을 두드려 월하가 말한 청원을 입력하였다.

"좀 더 구체적으로 말하세요."

"제주도에 만덕기념관이 있는데, 만덕기념관에서 제주 역사를 연구하는 학예연구관으로부터, 조선왕조시대의 정조대왕이, 영주(瀛洲) 기생 출신의 CEO인 명월(明月)과의 관계를 구명하여, 두 분에게 매인 고를 풀어 달라는 진정을 처리하기 위하여, 만덕이 살았던 역사의 현장인 제주도 일대를 답사하러 가려는 것입니다."

직원은 월하가 말하는 것을 컴퓨터의 자판을 두드려 입력했다.

"한성에 있는 정조 대왕이 제주도에 있는 기생 명월을 불렀나요?"

"명월이 정조 대왕을 찾아갔습니다."

"무슨 수로 두 분의 관계를 구명하지요?"

"메타버스의 알고리듬으로 두 분의 관계를 규명하려고 합니다."

"메타버스의 알고리듬..."

여직원은 또 자판을 두드려 메타버스의 알고리듬을 입력하였다.

"답사지(踏査地)는 어디인가요?"

"일목(一牧) 이현(二縣)입니다."

여직원은 일목 이현을 자판을 두드려 입력했다.

나는 여직원에게 메모지를 한 장 달라고 하여, 여직원이 주는 메모지를 받아서, 한자로 정조 대왕의 호 '만천명월주인옹(萬川明月主人翁)과 일소목(日少目)'이라고 써주었다.

"만천명월주인옹은 정조 대왕의 호이고, 일소목은 만천을 대체할 수 있는 호입니다."

"굉장히 긴 호군요. 청원서의 사본이 있으면 주세요. 첨부해 두게."

월하가 여직원에게 청원서 복사본을 내주고, 여직원이 그것을 컴퓨터에 입력했다.

"저를 따라오세요. 영주 출입 카드를 드리겠습니다."

여직원은 우리를 옆방으로 데리고 가서, 영주로 가는 터널의 문을 열 수 있는 키 카드를 주었다. 나는 키 카드를 받았다. 여직원은 내게 추가로 키 카드 2장을 더 주었다.

"이 카드는 청원서에 기록된 2분을 만나면 주도록 하세요. 그분들은 메타버스 시대 사람들이 아니므로, 이 카드를 휴대해야만 영주 상상고고에 들어갈 수 있습니다."

교통 카드에는 아무런 기록이 없었다. 칩이 하나 부착되어 있을 뿐이었다. 나는 교통카드 2장을 내 상의 안주머니에 넣고 월하와 함께 주민 센터 밖으로 나왔다.

"지금 벤츠는 비노출 상태에 있습니다."

운전자가 말했다.

나는 기분이 유쾌했다.

"두 분이 들러야 할 데가 있습니다."

캠프 마켓 부근에 왔을 때, 운전자가 말했다.

"어디?"

내가 물었다.

"주인님이 태어나신 곳입니다."

나는 처음 듣는 말이었다.

"주인님이 제게 입력해 주신 정보에 따르면, 그곳은 강(剛)과 유(柔)가 교합(交合)하는 장소입니다."

"둔(屯)을 말하는 것인가?"

"그렇습니다."

"그렇다면 그곳은 난생(難生)이다."

난생이란 태어나기 어려운 곳이라는 뜻이다. 그래서 태어난다면 문여리가 태어난다는 뜻도 있다. 문여리란 역사의 문을 처음 열고 안으로 들어간다는 뜻이다. 나는 "내가 문여리인가?" 하는 생각이 들었다.

결국 우리가 도착한 곳은 캠프 마켓이었다. 출입구에 게이트 가드는 없었다. 근무시간이 끝난 모양이었다. 체크포인트의 절조망 문은 닫혀 있고 구식 자물통으로 잠겨 있었다. 운전자가 문 앞에 차를 세우고 내려서 만능열쇠를 가지고 문을 열었다. 차가 안으로 들어갔다. 우리는 소방차가 없는 소방서 건물 옆에 차를 세우고 내렸다.

사방에 전에 볼 수 없었던 매트릭스 그물망이 처져 있었다. 그것은 무수한 교차로로 연결되어 있었다. 나는 놀라 비혼자 여신에게 묻지 않을 수 없었다.

“출발 준비가 끝났습니다. 무슨 일부터 시작할까요?”

내가 비혼자 여신에게 문자를 보냈다.

“고 3개를 찾아라. 고 3개에 한 사람씩 각각 매 있을 것이다. 그들의 고를 풀어 차에 태우고 영주 상상고고로 가라.”

나는 우선 고 3개를 찾아야 하였다.

“어디로 가야 고를 찾지요?”

나는 비혼자 여신에게 문자를 보냈다.

“고에 매인 사람의 생년월일을 찾아서 생년월일이 표기된 매트릭스로 가라. 그러면 그 매트릭스 교차로에 그가 매 있을 것이다.”

그렇다면 다행이었다. 지구의 공전주기 365일과 인간의 생존기간 120년이 처음 만나서 매트릭스 교차로가 되는 곳이 그의 고가 생성된 곳이다.

나는 먼저 정조 대왕의 고가 있는 곳을 찾기로 하였다. 정조대왕의 생년월일이 표기된 지표석이 매트릭에 서 있었다.

그가 있는 곳에 장엄한 광경이 펼쳐지고 있었다. 하늘과 땅이 만나는 곳에 둔(屯)이 있고, 둔에는 호수가 있고 호수 위로 뢰(雷)가 치고 있었다. 둔이 내게 보내는 신호는 정조 대왕이 아직 살아 있다는 신호였다. 이제 정조 대왕을 고에서 풀기만 하면 되었다. 정조 대왕은 보이지 않고 그의 표지석만 서 있었다.

비혼자 여신으로부터 운전자에게 문자가 왔다. 차 안의 공간을 넓히고 3사람이 함께 앉을 수 있는 의자를 만들라는 것이었다.

"다른 두 사람은 누구입니까?"

나는 비혼자 여신에게 문자를 보냈다.

"이승만과 박정희다."

나는 내가 겪게 될 굿판이 커진다는 생각이 들었다. 아마 전무후무(前無後無)한 판이 될 것이다.

"정조 대왕과 이승만 대통령과 박정희 대통령을 한 공간에 모시려면 이 차의 내부 공간을 개조해야 하겠습니다."

운전자가 말했다.

"공간의 면적은 충분한가?"

"벤츠의 뒤쪽에 공간이 있으므로 충분합니다."

운전자가 운전석에서 단추를 하나 누르더니 의자 뒤쪽에

공간이 하나 생기고 그 공간에 의자가 놓였다. 의자는 3인이 나란히 앉을 수 있는 의자였다.

"정조 대왕과 이승만 대통령과 박정희 대통령을 같은 의자에 모신다는 것은 격에 맞지 않는다는 생각이 들었다.

"여자를 앉게 할 수 있는 의자를 하나 더 놓도록 하라."

하는 추가 지시가 내렸다. 운전자는 여자가 앉을 수 있는 공간을 확보하고 그 자리에 의자를 하나 더 놓았다.

나는 이 자리가 월하가 앉을 자리라고 생각하였다.

매트릭스 그물망 안에는 상당히 많은 공간이 분할되어 있었다. 그것은 시대별로 연대별로 월별로 정교하게 구분되어 있었다. 주역(周易)의 괘(卦)와 효(爻)의 공간으로 나누어져 있는 것이다. 주역의 괘에서 효 하나는 1년, 1월, 1일을 의미하였다. 각 매트릭스 교차로에는 무수한 푯말과 지석이 서 있었다. 격이 높은 사람에게는 지표석이 제공되고 격이 낮은 사람에게는 푯말이 제공되는 것으로 보였다. 우리는 정조 대왕의 표석을 찾아 돌아다녔다. 인터넷을 검색해 보니, 정조 대왕의 일생을 다음과 같이 개시하고 있었다.

> 정조(正祖, 1752년 10월 28일 ~ 1800년 8월 18일, 재위: 1776년 4월 27일(음력 3월 10일) ~ 1800년 8월 18일(음력 6월 28일), 조선 제22대 왕

우리는 둔 안으로 들어갔다. 정조 대왕은 고에 목이 묶여 있었다. 고는 목 벨트 같은 것이었다. 정조 대왕의 체면이 말이 아니었다.

나는 정조 대왕에게 인사하고 내가 정조 대왕을 찾아온 용건을 말하였다.

"그대가 오기를 기다리고 있었어."

정조 대왕이 낮은 목소리로 말했다.

9 유서

법원에서는 청원에 대한 심의가 시작되었다. 심의관들이 심의대 앞에 앉아 청원서를 내려보고 있었다. 청원서에 정조 대왕은 철학적인 삶을 사는 임금으로 설명되어 있었다. 정조 대왕은 태양(太陽)으로 설명되어 있었고, 김만덕은 명월(明月)로 설명되어 있었다. 음양론이 왕과 기녀를 해와 달의 위치에 올려놓은 것이다.

정조 대왕의 철학이 김만덕을 달의 위치에 올려놓은 것은 놀라운 일이었다. 정조 대왕의 철학이 만덕을 명월로 호칭하면서 자신을 만천(萬川)으로 호칭하였다. 만천에 뜨는 명월은 만개(萬個)가 된다. 이 말은 정조 대왕 시절에 만덕이 조선에 미친 영향을 말하는 것으로 볼 수 있다. 대왕이 신분이 천민에 속하는 만덕을 만월의 지위에 올려놓았으므로 만덕에게는 벗어날 수 없는 고가 되지 않을 수 없었다. 내가 보기에 고를 풀어주어야 할 사람은 만천이 된 정조 대왕이 아니라 명월로 호칭하게 된 만덕으로 생각되었다.

나는 내 생각을 비혼자 여신에게 말하고 정조 대왕의 고를 풀어주면서 동시에 만덕의 고도 풀어주어야 하겠다고 생각하였다.

"제가 고를 풀어드릴 방법을 알려주시면 시행하겠습니다."

나는 비혼자 여신에게 말했다.

"명월을 만천 대왕에게 데려다주라. 명월이 만천을 만나면 운명 컴플렉스 힐링(Destiny Complex Healing)이 되어 고가 풀릴 것이다."

"두 분이 만나면 고가 풀린다는 말이 이해되지 않는군요."

"사모가 고를 풀어줄 수 있을 것이다. 고를 푸는 열쇠를 사모가 가지고 있다."

나는 사모에게 문자를 보내어, 사모에게 무슨 열쇠가 있는지 물어보았다. 사모는 무당이 조상거리에서 매듭으로 연결된 고의 한쪽 끝을 잡고 멀리 던져 털어내면 풀리는 시범을 동영상을 보내어 보여 주었다.

"사모가 오셔서 고를 풀어주셨으면 합니다."

사모가 두 사람의 고를 풀어주겠다고 승낙했다. 한국의 많은 무당이 고풀이를 하는데, 사모가 고를 풀어주지 않으면 그 고는 풀리지 않는다. 무당이 고풀이를 하지만, 대부분 고가 풀리지 않는 이유가 거기에 있다.

"서둘러."

비혼자 여신이 내게 문자를 보냈다.

명월의 분신인 월하는 내 곁에 있는데, 월하와 합체시켜야 할 명월이 보이지 않으니, 이번엔 이명동인(異名同人)인 명월을 찾아야 하였다.

"우주통신으로 명월의 소재를 확인해 보겠습니다."

운전자가 GPS로 명월의 소재를 확인하였다. 명월의 소재가 잡혔다.

"그분은 서문시장에 있습니다."

운전자가 말했다.

나는 서문시장에 쌍안경의 초점을 맞추었다. 명월의 이미지가 잡혔다. 그녀는 기녀의 위치에서 제주 거상(巨商)으로 출세해 제주도의 상권을 쥐고 있었다.

"명월의 소재를 찾았습니다. 만나러 가겠습니다."

나는 비혼자 여신에게 문자를 보냈다. 운전자가 벤츠를 구동시켰다. 이대로 날아간다면 1시간 안에 영주(瀛州, 제주도)의 상상고고(한라산 정상)에 닿을 것으로 생각되었다. 나는 캠프 마켓을 출발하였다. 짧은 시간에 제주도에 닿았다. 하늘에서 내려다보이는 상상고고는 위엄 있고 아름답게 보였다. 날씨가 좋았으나 구름에 덮여 있었다. 우리는 상상고고에 있는 매트릭스 교차로를 돌아보았다.

"하강합니다."

벤츠가 오름이 있는 곳 평지에 내려앉았다. 벤츠의 외형이 비노출에서 노출로 전환했다.

"추억을 살려보아라."

비혼자 여신이 내게 메시지를 보냈다.

내 기억은 과거 현재 미래를 오가고 있었다. 나는 과거에 초점을 맞추었다. 월하에 대한 기억이 현실이 되고 있었다. 나는 갑자기 가슴이 뛰었다. 머리의 한쪽이 열리는 것 같았다.

나는 월하와 함께 월하의 전생 형 인간인 만월을 숙명적으로 만나야 하였다. 내가 월하를 묶은 고의 한쪽 끝을 쥐고 있어 어쩔 수 없었다. 그러나 현실에서 나는 아무것도 쥐고 있지 않았다.

사모가 영주 상상고고로 떠났다는 메시지가 왔다. 아마 사모는 순간이동으로 이곳에 나타날 것이다. 사모가 칠머리 영동굿당에 도착했다는 문자가 왔다. 어떤 무당이 그곳에서 영동굿을 하지 않고 황해도 굿을 하고 있었다. 조상 발이 센 굿을 하려면 황해도 굿의 조상거리가 제격이기 때문에 황해도 무당이 와서 황해도 굿을 하는 것이다. 사모가 조상 굿을 하는 무당에게 빙의하려는 것으로 생각되었다. 사모가 고의 한쪽 끝을 내게 던져주었다. 나는 그 끝을 잡았다. 사모가 황해도 무당의 몸에 빙의(憑依)하였다. 황해도 무당이 월하를 불러 자기 앞에 세웠다. 월하는 재가가 아니었다.

"과거의 네가 이리 올 것이다. 기다려라."

황해도 무당이 월하에게 이상한 공수를 주었다.

월하는 과거의 자기가 현재의 자기에게 온다니 놀라지 않을 수 없었다. 나는 이곳에 어떤 매트릭스 교차로가 있는지 확인해야 하였다. 고가 목에 묶인 명월 김만덕이 나타났다.

"고를 던져 풀어라. 세차게! 더!"

사모가 내게 명령했다.

고가 풀렸다.

내 눈에 매트릭스 교차로에 서 있는 신호등이 나타났다. 빨간불이 켜져 있었다.

"키 카드를 인풋에 꽂아!"

사모가 명령했다.

나는 키 카드를 인풋에 꽂았다. 초록 불이 들어왔다. 이제부터 어디든지 갈 수 있게 될 것이다.

그때 나는 등산복 차림으로 버스를 기다리고 있었다. 서울에서 와서 빌래못 동굴로 갈 생각이었다. 상상고고로 가는 길 위쪽에서 빨간 승용차가 내려오다가 내 곁에 와서 가까스로 멎었다. 그러나 나는 차에 받혀 다리에 멍이 들었다. 한 여자가 운전하고, 다른 두 여자가 앞뒤 자리에 앉아 있었다. 캐주얼한 복장에 경쾌한 차림을 한 여자가 차에서 용수철이 튀듯 뛰어 내렸다. 30년 전에 내가 헤어진 진짜 월하였다.

"괜찮아요?"

과거의 월하가 얼굴이 창백해져 물었다. 그가 현재 월하의 몸으로 들어갔다.

"괜찮아요."

내가 대답했다.

"그렇지만 내일은 놀란 온 몸이 아플 거예요. 병원으로 가야 해요."

"월하!"

내가 두 월하를 각성시켜 주었다.

현재의 월하가 깜짝 놀라 나를 바라보았다. 현재의 월하는 충격을 받고 눈물을 흘렸다. 과거의 월하도 깜깍 놀라 나를 바라보았다. 과거의 월하가 친구들을 버스 정거장에 내리게 하고 나를 태우고 병원으로 갔다. 우리의 인연은 이렇게 다시 시작되었다.

"어디로 가세요?"

월하가 내게 물었다.

"빌레못 동굴로 갑니다."

월하가 놀란 얼굴로 나를 바라보았다.

빌레못동굴은 제주 어음리 산 중턱에 있는 동굴이다. 동굴 주위에 연못 2개가 있다.

빌레못이란 평평한 바위 위에 있는 연못이라는 뜻이다. 이곳은 신석기시대 사람들이 정착하여 살던 곳인데, 남로당이

4.3폭동을 일으켰을 때는 1949년 1월 16일 어음, 납음, 장전 사람 29명이 토벌대에게 학살당했다고 알려진 곳이다.

"하타를 찾지 않고 뭐하고 있느냐?"

사모가 나를 책망했다.

"하타를 어떻게 찾지요?"

"기억 속으로 들어가 기억 속에서 만나라."

나는 기억으로 들어갔다.

내가 제주도에 갔을 때, 나는 신석기시대 사람이 살았다는 혈거유적지(穴居遺蹟地)를 찾고 있었다. 내가 월하를 만나던 날, 나는 매트릭스 교차로에서 월하를 만났고, 월하가 동행해 주겠다고 하여, 그의 차에 타게 되었다.

혈거유적지에는 원시인이 살다가 남기고 간 흔적이 남아 있었다. 나는 그들이 불을 때고 짐승을 잡아먹은 흔적을 보았다.

"혈거유적지는 제주도의 역사를 수정하도록 만든 엄청난 보물을 갖고 있습니다. 지금까지 제주도의 역사가 서기(西紀)가 시작된 이후에 시작되었다는 것이 통설인데, 그 동굴을 발견한 후로 서기 이후의 역사를 서기 이전의 역사로 끌어올렸습니다. 발굴조사단이 조사해 보니까, 4개의 지층이 발견되었는데, 신석기시대에서부터 삼국시대에 이르기까지 여러 지층에서 유물 수백 점이 쏟아져 나왔습니다. 동굴에 불을 땐 흔적이 있고, 불씨를 보관했던 자리와 잠자리로 사용한 평평한 돌이 그대로 있습니다. 이런 동굴을 혈거유적지라고 하는데, 육지에 살던 사람들이 여기에 와서 정착하였다고 생각됩니다."

나는 월하에게 그런 말을 하였다.

차가 시내를 벗어나 별장 같은 집들이 있는 길가를 지나갔다. 집들은 감귤 농장에 묻혀 있었다.

"저 집이 제가 사는 집이에요."

월하가 한 집을 가리켰다.

월하의 집은 아담했고, 마당이 넓었다. 완전히 이국풍의 집이었다. 집이 파란 하늘을 그림처럼 배경에 두고 있었다.

"저런 집에 사는 여주인은 행복을 구가하며 살고 있겠군요. 보세요. 저 바다 가까이에 자라는 유채들, 집 주위에 늘어선 밀감나무들, 집안에 가득한 열대식물을."

"정말 그럴까요?"

월하가 의문을 떠올렸다. 월하가 하는 말에는 그늘이 있었다.

"그렇지 못하다면 그것은 불행이지요."

나는 월하로부터 고독과 불행의 냄새를 맡았다.

"먹고 쓰며 사는 데는 별 불편이 없어요."

그 여자가 하는 말이 불편은 없으나, 무엇인가 불편보다 더 불편하다는 말이다.

"제가 군대 생활을 할 때, 이 고장 출신들과 함께 있었습니다. 그때 그들이 말하더군요. 제주도에 있는 먹을 것이라곤 고구마뿐이다. 그런 말을 하면서 어두운 얼굴을 하였습니다. 그가 제대하고 고향에 간다고 해도 그를 기다리는 것은 절망뿐이라고 말했습니다. 그로부터 10년의 세월이 흐른 지금 제주도는 부유하고 환상적인 섬으로 변했어요. 어디를 가도 이국적인 아름다움과 풍요로움이 넘치고 있습니다."

"요새 애들은 영주가 옛날에 암담했던 섬이었음을 이해하지 못해요. 제주도 사람들이 살길을 찾아서 오오사카(大阪)로 많이 갔습니다. 오오사카의 신지(新地)가 우리나라의 강남(江南)과 같은 곳입니다. 한국 남자와 일본 여자 사이에서 태어난 미야코 하루미(都春美)가 사랑 노래 '오오사카 시구레(오사카의 늦가을비)'를 불러 크게 히트하였고, 한국에선 주현미가 '밤비 내리는 영동교'를 불러 크게 히트하였지요. 두 노래에는 두 나라의 시대 차이를 넘어 삶의 절박함이란 공통성이 있어요."

"삶이란 영원한 주제로군요."

"거기에 역사성과 사회성이 들어가면, 대중을 사로잡는 대중문화가 되는 것이지요."

"'고분(古墳)'이라는 제목의 영화를 보셨습니까?"

내가 대화를 바꾸었다.

"네, 보았죠. 칸느 영화제 출품작이라고 해서 특별히 관심있게 보았어요."

"그 영화가 마음에 듭니까?"

"네, 환상과 현실을 교묘하게 짠 작품이라고나 할까... 고대와 현대가 잘 어우러져 있었어요. 우리의 내면세계에 살아있는 고대 인간의 내면과 현대 인간의 내면이라는 이중적인 심리를 치밀하게 추적하고 있더군요. 저의 취향에 꼭 맞는 그런 작품이었어요."

월하가 영화 '고분'에 대하여 호감을 보였다.

"실은 그 고분의 원작을 내가 썼습니다."

"아, 그러세요? 고분의 주인을 1만 년 전의 여자로 설정하셨는데, 그 여자가 1만 년 후에 환생하여 사라진 역사 속으로 떠나는 여행은 환상적이었어요."

월하는 놀라움과 기쁨이 뒤섞인 목소리로 말했다.

"목압(木鴨)이라는 나무오리가 이 여자를 사라진 과거로 인도하지요. 목압의 모티브가 충격적이기도 하고 의미심장했어요."

"목압이 나무에 앉아 있으면, 솟대가 됩니다. 솟대가 농사의 시작을 알리는 오리를 숭상했던 1만 년 전의 역사를 이야기해 주고 있지요. 3마리의 오리는 삼신산을 떠나 시집가는 3여자 삼신(三神)을 의미하고, 2마리의 오리는 삼신산을 떠나 시집가는 2여자 이신(二神)을 의미하고, 1마리의 오리는 삼신산을 떠나 시집가는 여자 일신(一神)을 의미합니다. 이들 여신이 땅으로 내려오면, 하압신사(下鴨神社)가 되지요. 솟대는 한국 땅에 있고, 하압신사는 일본 땅에 있습니다. 오리가 떠나 하압신사로 모신 빈 솟대를 토리이(鳥居)라고 합니다."

나는 솟대의 역사를 두 여자에게 이야기해 주었다.

"그러면 영화에 나온 그 여자는 혼자서 시집을 갔으니 일신이로군요."

"그렇습니다. 신이 내린 젊은 여자가 신으로서 대접받던 시대가 있었지요."

"저기 나무오리가 날아가네요."

월하가 창밖을 내다보며 말했다. 하늘에 새 1마리가 날아가고 있었다.

"제주도의 옛 이름을 압니까?

"탐라를 말씀하는 건가요?"

"그렇죠. 그 외에 또 다른 이름이 있어요. 영주라는 이름이에요. 옛날에 발해에 삼신산이 있었습니다. 봉래(蓬萊) 방장(方丈) 영주(瀛洲) 3곳을 합하여 삼신산이라고 하였는데, 방장에서 마고가 제관이 되어 하늘을 향하여 천부삼인(天符三印)을 걸고 제사 지냈습니다. 천부삼인에는 마고 시대에 우리 조상이 가지고 있던 종교와 철학과 사상의 함축적 의미가 있습니다. 천문에서는 해와 달과 북두칠성을 의미하고, 신으로서는 하나님이자 삼신을 의미하고, 땅에서는 삼신할머니를 의미하지요.

이때 신이 내린 젊은 여인들을 각지에서 배가 오거나, 말이 오거나, 낙타가 와서 모셔갔지요. 이들을 삼신이라고 하였고, 그들이 실려 간 섬을 영주라고 하였죠. 제주도에 탐라라는 이름 이외에도 영주라는 이름이 또 있는 것은 진짜 삼신산이 있는 영주에서 제주도로 삼신이 실려 왔기 때문에 붙여진 이름이에요."

나는 바닷바람 냄새를 맡았다.

우리는 함덕을 출발했다. 함덕의 바닷바람이 차창으로 들어왔다.

"나는 삼신의 냄새를 맡으려고 2월이 오면 영주에 옵니다. 영등바람을 찾아서 그 냄새를 맡으려는 것이에요. 지금으로부터 1만 4천 년 전에, 마고가 매년 2월에 방장산에서 굿을 하여 영등 바람을 일으켰습니다. 지금도 무당이 굿할 때 바람을 일으키는 퍼포먼스를 하는데요, 치마에다 복을 쓸어 담아 주는 시늉을 하는 것이 그것입니다. 이 시늉이 바로 영등바람을 일으키는 동작이에요. 마고가 2월에 하늘에서 직녀가 보내는 영등바람을 받아 영주로 보내주는 것이에요. 그러면 영주에서 도당 굿을 하여 영등바람을 맞아들입니다. 도당 굿이란 나라에서 하는 굿이라는 말입니다."

"영등바람에 그런 신비스러운 뜻이 있군요. 탐라란 무슨 뜻인가요?"

"탐라란 「탐랑성의 나라」라는 뜻이지요. 탐랑성은 북두칠성의 첫째 별이기도 하고, 북극성이기도 합니다. 그러니까 탐라라는 말에는 북극성과 북두칠성의 나라라는 뜻이 있어요. 우리나라에는 별의 의미를 지닌 지명이 많습니다. 이는 우리 선조가 아득한 옛날에 천문을 연구하기 시작했다는 뜻이 되지요. 북극성이나 직녀성이나 북두칠성이나 삼태성은 하늘의 중심을 잡아주는 별들인데, 이러한 이름을 지명에 썼다면, 이들 별의 주인이 아니고서는 그 이름을 쓸 수 없는 일이지요."

나는 가방에서 쌍안경을 꺼내어 상상고고에 초점을 맞추고 바라보았다. 상상고고에 하얀 구름이 걸려있었다. 그래서 신비감을 발산하고 있었다. 사람들은 보이지 않았다. 그러나 쌍안경에 미지의 사람이 떠올랐고, 그 사람의 프로필이 만천(萬川)으로 나왔다. 나는 만천과 명월이 만나는 장면을 보고 싶다는 생각이 들었다. 나는 만천이 나타난 프레임을 월하에게 보여주었다.

"아!"

하고 월하가 탄성을 질렀다.

"만천이라는 분과 하타 씨가 닮았어요. 이건 우연일 수 없는 일이에요."

월하가 프레임에서 눈을 떼지 못하고 있었다.

내 생각도 그랬다.

"오늘은 그분이 한국에 오는 날이에요."

차가 제주공항을 향하여 달렸다. 차를 주차장에 세웠다.

하타 씨가 일본에서 온 항공기에서 내려 대합실로 나왔다. 나는 그를 만나 인사했다. 나의 관심은 그와 정조 대왕과의 관계였다.

"하타 회장님을 뵙게 되어 반갑습니다."

"나와 가깝게 지내는 음양사(陰陽師)가 오늘 월하를 만나러 가면 귀인을 만나게 될 것이라고 하여, 병원에 있다가 환자복을 정장으로 갈아 입고, 제주도에 오게 되었습니다."

말하는 하타 씨는 얼굴에 병색이 보였다.

"병원에는 무슨 일로 입원했습니까?"

"폐암을 수술하기 위해서입니다."

나는 안타까운 생각이 들었다. 나는 무슨 위로의 말을 해 주어야 할지 몰라서 당황하였다.

나는 가방에서 쌍안경을 꺼내어 들여다보았다. 하타 씨가 서귀포 골프장의 클럽하우스의 식당에 앉아 있었다. 나는 월하에게 쌍안경을 넘겨주었다. 월하가 쌍안경을 들여다보았다.

"당신의 영이 서귀포 골프장 식당에 있어요. 당신의 영이 왜 거기에 와 있는지 이유를 밝혀야 해요."

월하가 말했다.

"나의 영이 서귀포 골프장에 있다니 이해되지 않는 군요."

하타 씨가 곤혹스런 얼굴로 말했다.

"거기에 매트릭스 교차로가 있기 때문일 것입니다. 아마 이 매트릭스 교차로가 부평 매트릭스 교차로와 연결되어 있을 것으로 생각됩니다."

내가 말했다.

"그곳에 가 봅시다."

하타 씨가 말했다.

우리는 서귀포 골프장으로 출발했다.

나는 차에서 핸드폰으로 정조 대왕을 검색했다.

'만천명월주인옹(萬川明月主人翁)'을 검색하니까 어떤 사람이 자기의 블로그에 써서 올린 다음 글이 있었다.

> 정조의 왕호 '만천명월주인옹'의 의미
>
> 정조 대왕(正祖, 재위 1776~1800)은 1798년(정조 22) 12월 3일, 자신의 호를 '만천명월주인옹'으로 정하고, 1799년(정조 23) 11월에, 자신의 왕호를 짓게 된 내력을 현판에 기록하여, 대궐의 여러 곳에 걸었다.
>
> 현판에 글씨를 쓴 사람은 정범조(丁範祖,1723~1801), 성대중(成大中,1732~1809), 김재찬(金載瓚,1746 ~1827) 등 신료들이었다.
>
> 만천명월주인옹은 '온 시냇물에 비친 밝은 달의 주인'을 뜻하며, 왕호에는 강력한 왕권이 신하들에게 미쳐 이상적인 정치를 실현하겠다는 의지를 보이고자 만든 것

이다. 현판 뒷면에 '영화당(暎花堂)'으로 추정되는 묵서(墨書)가 남아 있다. 영화당은 명월의 당호(堂號)로 보이는 말이다. 또 다른 현판에는 뒷면에 '봉수당(奉壽堂)'과 '유여택(維與宅)'이라는 묵서가 있다. 봉수당에는 정조 대왕의 만수무강(萬壽無疆)을 기원한다는 뜻이 있고, 유여택에는 왕호를 짓는데, 다산(茶山) 정약용(丁若鏞)과 함께 생각했다는 뜻이 있다고 볼 수 있다.

현판에는 또 다음과 같은 글이 있다.

> 만천명월주인옹(萬川明月主人翁)은 말한다. (나는) 물과 달의 모습을 관찰하여, 태극, 음양오행의 이치를 깨달았다. 달은 하나며 강은 수만이지만, 물로써 달을 담으니 앞에 흘러가는 물에도 달이요 뒤에 흘러가는 물에도 달이다. 달의 수와 냇물(川)의 수가 같으니, 냇물의 수가 만(萬) 개라면 달의 수도 만 개이다. 이렇게 되는 것은 하늘에 있는 달이 본디 하나이기 때문이다.

이 글은 『홍제전서(弘齋全書)』권10 만천명월주인옹 서인(序引)을 홍영기라는 분이 블러그에 올리면서 해석한 것이다.

이 말은 상당히 철학성이 있는 말이다. 왜 정조 대왕은 이런 이상한 호를 지었을까? 명월이라는 기생의 영향을 받아서 이런 호를 지은 것은 아닐까? 어쩐지 나는 그런 생각이 들었다. 비혼자 여신이 "명월이 그에게 오면 고가 풀린다"고 말한 점에서, 그렇게 볼 수 있는 것이다. 만천이 만덕을 사랑하여, 만천 앞에 명월을 넣어 만천명월주인옹이라는 호를 지었다고 볼 수 있다.

나는 월하에게 그의 생각이 나의 생각과 같은가를 물어보았다. 월하는 자기의 생각이 나의 생각과 같다고 대답하였다.

"지금 캠프 마켓에 있는 메타버스 법정에서 하타 회장님의 고를 풀어드려 달라고 만월이 제출한 청원을 심리 중에 있습니다. 하타 회장님의 전쟁이 정조 대왕이었다는 진술이 필요합니다."

"알겠소. 대신들과 상의해 보고 결정하겠소."

하타 씨가 놀랍게도 무의식중에 그런 말을 하였다.

나는 대신이라는 말을 듣고 깜짝 놀랐다.

"지금 대신이라고 말씀하셨습니다."

"아, 내가 그렇게 말했군요."

하타 씨가 신기해 했다.

"지금 하타 회장님이 본인이 정조 대왕이라고 말씀하신 것입니다. 이건 중대한 일입니다. 정조 대왕의 고를 풀 수 있는 실마리가 풀렸습니다."

하타 씨가 눈을 감았다.

내게 사모가 보였다. 사모가 내 곁에 와 있었다. 사모가 그의 눈을 감긴 것이다.

"내게 장용군(壯勇軍)이 있으니, 장용군을 쓸 수 있을 거요."

정조 대왕이 말했다. 사모가 그런 말 하게 시킨 것이다.

"왕은 장군을 하나 불러라."

사모가 명령했다.

정조 대왕이 장군을 하나 불렀다. 우리 앞에 장군이 하나 나타났다. 그가 대왕의 심복 백동수였다. 그가 서귀포 골프장 식당에 있는 하타 회장을 지키기 시작하였다.

나는 하타 씨와 헤어져 서귀포 골프장을 떠났다. 벤츠가 대기한 곳에 가서 벤츠를 타고 세상 밖으로 나왔다. 우리는 정조 대왕의 고가 있는 둔(屯)으로 갔다. 월하는 긴장했다. 목이 고에 묶인 정조 대왕이 눈에 띄었다. 월하는 눈물을 펑펑 쏟기 시작했다. 월하가 만월로 변해갔다. 사모가 고의 한쪽을 잡고 무당이 고풀이 하듯 고를 던졌다 잡아당겼다 하였다. 그러자 고가 풀렸다.

나는 비혼자 여신에게 정조 대왕의 고가 풀렸다고 보고하는 문자를 보냈다.'

나는 청원심의실로 복귀하였다. 정조 대왕과 월하가 내 곁에 와서 나란히 앉았다. 순간적으로 일어난 일이었다. 나와 월하의 몸에서 이탈했던 유체(幽體)가 몸속에 들어와 좌정했다.

"진정인 김월하는 만천만월과 김만덕과 어떤 관계요?"

주심 판사가 물었다.

"김월하가 만천명월과 동일인이고 만천명월은 김만덕과 동일인입니다."

월하가 대답했다.

"피청원인은 청원인 김월하가 만천명월인이고 김만덕임을 인정합니까?"

주심 판사가 정조 대왕에게 물었다.

"인정합니다."

정조 대왕이 대답했다.

"이번엔 청원인에게 묻습니다. 피청원인의 호에 들어 있는 만월이 청원인을 의미한다고 지금도 생각하나요?"

"네."

"피청원인의 마음 속에 들어갔었나요?"

"네."

"지금 새삼스럽게 피청원인의 호에서 만월을 돌려달라는 이유는 무엇인가요?"

"정조 대왕님의 고를 풀어드리기 위해서입니다."

"호를 돌려받으면 고가 풀린다는 확신이 있습니까?"

"있습니다. 정조 대왕님이 저와의 인연이 끊어져야 저와 하타 회장님의 인연도 끊어지고, 하타 회장님이 정조 대왕님을 회복할 수 있다고 봅니다."

"그럼 하타 회장과 정조 대왕은 같은 분입니까?"

"같은 분입니다."

"피청원인은 청원인의 주장을 인정합니까?"

"인정합니다."

"피청원인은 본인이 정조 대왕이고 하타 회장이라는 증거를 제출하시오."

"물질적인 증거는 없습니다. 그러나 기억의 증거는 제출할 수 있습니다."

"기억의 증거라도 제출하시오."

"그렇지. 노을이 지고 있었지. 우리는 오라 골프장 주차장에 차를 대고, 차에서 내려 클럽하우스로 들어갔소. 육지에서 온 듯 보이는 골퍼 두 팀이 창가에 앉아서 무엇인가를 먹으며 이야기를 나누고 있었소. 이제 골프를 끝낸 사람들이었소. 클럽하우스 가까운 필드에서도 여러 팀이 마지막 홀에서 게임의 마무리를 하고 있었소.

웨이터가 와서 차림표를 주었소.

"무엇을 드시겠어요?"

월하, 즉 만월이 내게 물었소.

골프장 음식이니 손님 대접할만할 음식은 아닐 것 같았소.

"커피 1잔."

"나도 커피."

"녹차 1잔하고 커피 2잔을 주세요."

월하가 웨이터에게 주문했소. 웨이터가 녹차와 커피를 가져왔소.

창 너머에 손질이 잘된 필드가 펼쳐져 있고, 그린에 그린의 숫자를 표시한 깃발이 꽂혀 바닷바람에 펄럭거렸소. 백색의 T셔츠를 입은 사람이 그린을 밟고 서서 신중하게 홀에 백구를 굴려 넣었소. 다른 한쪽에선 몇 사람의 골퍼가 필드의 중간을 향해 걸어오고, 인코스의 출발점에서 나이 샷 고함이 들려왔소. 식당을 나서면, 통로를 따라 조사(鳥舍)가 있고, 조사 안에서 푸른 공작새가 이상하고 음울한 목소리로 울어대고 있었소.

내가 영주 상상고고를 가리켰소. 한라산의 정상이 어둠에 잠겨 있었소.

나의 영이 월하에게 매트릭스 교차로의 문을 딸 수 있는 키 카드를 주었다.

"출입문을 찾아 이 키 카드로 도어 락을 열면 다음 번 매트릭스 교차로로 갈 수 있어요. 다음 번 매트릭스 교차로가 어디에 있는지 아십니까?"

"모릅니다."

나는 게이트 가드에게서 받은 책을 가방에서 꺼냈다. 그 책에는 매트릭스 교차로가 도면으로 나와 있었다. 나는 지도를 펼치고 다음번 매트릭스 교차로를 찾았다. 다음번 매트릭스 교차로는 일본의 송산(松山)에 있었다. 그곳은 삼한시대에 소래(蘇萊)를 출발하여 군산(群山)과 무안(務安)을 거쳐 제주(濟州)와 서귀포(西歸浦)를 거처 마지막으로 닫게 되는 삼한항로(三韓航路)의 종착지였다.

"송산으로 갈 수 있어요."

"송산에 가라고요?"

"거기에 가면 무엇인가 가져올 수 있을 거예요."

하타 씨는 증언을 이어갔다.

"나는 호쾌하게 웃었소. 나는 갑작스럽게 갈증을 느꼈소. 나는 녹차를 한 목음 입에 넣었소 .

나는 월하를 만나는 순간부터 월하를 좋아했소. 숙명적이라 할까, 첫눈에 사랑을 느꼈다는 표현이 맞겠지요. 우리가 만나게 된 것은 서울의 어느 연회석에서였소. 그때 월하는 배우 지망생이었고, 한두 작품에 병아리 배우로 출연한 경력이 있었소. 연회석에 월하가 초대되어 내 곁에 앉게 되었소. 주최 측에서 상담을 성사하기 위해 미인계를 쓴 셈이었소. 나는 연회 중에 자주 월하를 바라보았소. 월하는 아름답고 얌전하고 말수가 별로 없었던 갓 피어난 꽃과 같은 여자였소. 월하가 나를 만난 후로 많이 변했지만, 그때는 그러했소. 월하의 미소에 사람의 마음을 산란하게 만드는 힘이 있더군요. 나는 예쁜 월하의 미소에 빠져버리고 말았소. 이 여자와 함께 있으면, 내게 길운이 트일 것이라는 생각이 듭디다. 그것은 일종의 예지와 같은 것이었소. 이 여자를 그냥 보내서는 아니 된다… 이 여자를 잡아라. 그래야만 길운이 트일 것이다. 내 내면의 목소리가 외쳐대고 있었소. 이 여자는 제게는 마치 살아서 움직이는 부적과 같은 존재였소. 그때 은은하게 「고향의 봄」이라는 곡이 연주되고 있었소. 사람들은 웃고 말을 나누었소. 월하는 내게 상냥하게 대해 주었소. 나는 물었소. 당신을 또 만나려면 어떻게 하면 되느냐고. 나는 지금까지 세상을 살아오면서 아직 내 마음을 송두리째 사로잡는 여인을 만난 적이 없었소. 내 어두운 눈에 당신은 길상(吉祥)의 여신으로 보입니다. 앞으로 나를 만나주었으면 좋겠어요."

월하는 그냥 웃기만 하다가, 연회가 파한 후에 자기의 전화번호를 가르쳐주었소."

하타 회장은 말을 이어갔다.

"나는 지금 중병을 앓고 있습니다. 소생할 가망이 없습니다. 내가 죽으면 이 고장에 돌아와서 내 몸을 태운 재를 묻을 생각입니다. 나는 지금 이 시점에 월하 앞에 나타난 안 선생이 월하와 특별한 인연이 있을 것으로 생각합니다."

그는 서귀포의 골프장 클럽 하우스에서 나를 난처하게 하는 말을 하였다. 나는 이 죽어가는 사람에게 무슨 말을 해야 좋을지 몰라 당황하였다.

"하타 회장님은 오래전부터 어떤 귀인이 저를 찾아올 것이라고 말했어요. 그래서 저는 그 말을 믿었어요."

월하가 말했다.

"그 말은 나의 인생의 멘토인 음양사가 내게 해 준 말입니다. 그분은 특별한 일이 있을 때, 제주에서 심방을 초대하여 송당(松堂)에서 해 온 칠머리당 영등굿을 하였습니다. 심방의 사설 중에, '할로(漢拏) 영주(瀛洲) 삼신산(三神山) 상상고고(上上高高) 여섯 어깨에서 3월 열사흘 유시(酉時)에 아홉 성제(兄弟) 솟아나니"라는 사설이 있습니다. 제주 무가(巫歌) 본(本)풀이입니다. 저는 이 대목을 무슨 뜻인지 알 수 없지만 좋아합니다."

"당신은 무슨 뜻인지 알아요?"

내가 월하에게 물었다.

"저도 그 대목이 가슴에 걸려 자주 생각해 보았어요. 생각해 보았다고 하기보다 자주 머리에 떠올랐어요. 그러나 확실한 뜻은 알지 못해요."

나는 무당이 아닌 여자가 제주도 무가 본풀이의 한 대목에 필이 꽂여 있다는 사실이 놀라웠다.

"할로는 나이가 오래 된 한라산이라는 말인데, 삼신산의 하나인 영주(瀛洲)라는 뜻이 있습니다. 영주는 봉래 방장 영주 세 봉우리로 구성된 삼신산의 한 봉우리인 영주(瀛洲)입니다. 상상고고는 높고 높은 꼭대기라는 뜻입니다. 여섯 어깨는 여섯 봉우리라는 뜻입니다. 여섯 봉우리는 남녀 제관 각각 여섯 명을 이렇게 표현했다고 볼 수 있습니다. 이들 삼남삼녀 사이에서 아홉 형제가 태어납니다. 을축(乙丑)년 3월은 땅이 열리는 3월이라는 뜻이고요. 열사흘은 13일인데, 무슨 뜻인지 잘 모르겠습니다. 그러나 천부경(天符經)에 나오는 일석삼극(一析三極)일 수 있습니다. 일석삼극은 1이 3으로 분화한다는 우주의 원리입니다. 9는 천부경에서 완성수입니다. 9에서 10으로 넘어가면 무종일(無終一) 즉 무한대로 넘어가게 됩니다."

내가 말하면서, 유시(酉時)에 어떤 의미가 있을까 하는 생각에 사로잡혔다. 유시는 닭이 우는 새벽 시간을 의미한다. 이 닭은 하늘에 있는 장닭이다. 삼한시대에는 장닭을 인간이 신으로 숭배하였다. 하늘에서 장닭(野鷄)이 울면 삼족오(三足烏)가 울어 태양 속에 있는 삼태극이 회전을 시작한다. 이때 태양이 내뿜는 기가 욱일승천(旭日昇天)하는 기(氣)가 된다. 욱일(旭日)은 9개의 태양을 뜻한다. 이들은 삼족오에서 최초로 태어나는 동이족(東夷族)의 시조(始祖)를 의미하는 말이다. 즉 9마리의 까마귀를 말한다. 이들이 세상에 태어나는 날이 3월 13일이다. 그러므로 욱일승천이라는 말은 일본 제국주의와는 아무 상관이 없는 말이다.

"이번에 내가 제주도에 온 것은 당신의 얼굴을 한 번 더 보고 싶다는 소망과, 당신의 땅을 거닐어보아야 하겠다는 생각과, 또 안 선생을 만나보고 당신을 부탁하고 싶다는 염원 때문이었소. 안 선생, 내가 보기에, 이 세상에서 순수한 마음으로 월하를 도울 수 있는 사람은 안 선생 한 사람뿐이요. 안 선생이 월하를 지켜주시오. 안 선생이 월하 곁에 있어 준다면, 안 선생이 뜻하는 바를 세상에 펼칠 수 있을 것이요."

하타 씨가 내게 손을 내밀었다. 그의 말씨, 그의 표정, 그리고 단아한 행동이 그가 월하를 사랑하기 때문에 우러나는 것임을 알 수 있었다.

월하가 메타버스 심리 법정에 낸 청원이 결정되었다. 만천대왕은 그의 호 만천명월주인옹에 들어 있는 명월을 빼어 월하에게 돌려주었다.

우리는 서귀포 골프장의 식당을 나왔다.

"당신이 나를 안내해 주겠소? 당신의 땅으로 말이오. 내 시선이 닿는 곳을 거닐어보고 싶소."

우리는 클럽하우스를 나와 주차장에서 차를 타고 가다가 10여 호의 집들이 들어서 있는 마을에서 내렸다. 잡목 속에 듬성듬성 보이는 흙무덤이 있는 곳이었다. 우리는 무덤 사이로 들어섰다.

"1972년 아스카의 히쿠노마(飛鳥のひくのま)에서 발굴이 되다가 발굴이 중단된 다카마스 쓰가(古松塚)가 있습니다."

하타 씨가 말을 꺼냈다.

"한국에서도 신문과 방송에서 굉장한 관심을 보였습니다.

다카마스쓰가의 사녀도(士女圖)를 한국에서는 고구리 벽화형식의 벽화라고 하고, 일본에서는 당나라 벽화형식의 벽화라고 했지요."

내가 말을 받았다.

"그러한 논쟁은 무용(無用)한 것이에요."

"왜 발굴을 중단했는지 이유가 석연치 않습니다."

"일본적인 것이 나올 가망이 없기 때문일 것입니다. 규슈에 가면 가야의 고분과 출토품이 있는데, 고대로 올라가면 한국과 일본의 구분이 거의 없어요. 이 땅의 유민이 그곳으로 건너간 때문이지요."

우리는 소나무가 떨기나무 숲에 몸체를 우뚝 드러내고 서 있는 곳에 와서 걸음을 멈추었다. 소나무의 향내가 강렬했다. 우리가 직선거리로 걸어간 땅은 거기가 끝이었다 .

"여기에 불쑥 솟은 지면을 보아요. 다른 곳과 다르다는 느낌이 들지요?"

나는 잡초에 묻힌 그곳이 혹시 폐분(廢墳)이 아닐까 하는 생각이 들었다.

"여기에 폐분이 있다는 것을 어떻게 아셨습니까?"

"나는 이 땅을 살 때, 이 무덤이 폐분일 것이라는 생각이 들어, 이 땅을 사지 않을 수 없었습니다."

"만약 이 폐분이 가야의 고분과 연결이 된다면 규슈의 가야 고분과도 틀림없이 연결되겠지요."

"그런 생각이 듭니까?"

"듭니다."

"그런 생각이 든다면 발굴을 해 보아야 하겠군요."

우리는 월하의 땅에서 걸어 나왔다. 대기하는 차에 달빛이 떨어지고 있었다.

"나는 내일 일본으로 돌아갑니다."

"너무 급작스럽게 떠나시는군요."

"수술 스케줄이 잡혀 있어서요."

나는 가슴이 무거웠다. 고통스러운 일이 아닐 수 없었다 .

나는 월하와 하타 씨를 집까지 태워다주고, 제주 호텔로 돌아왔다.

하타 씨가 영주를 떠나고 곧이어 월하로부터 내게 만나고 싶다는 연락이 왔다. 나는 영주로 출발하였다. 나는 이번에도 여장을 제주 호텔에 풀었다. 월하가 나를 찾아왔다. 월하는 자기 집으로 가자고 하였다.

"그분이 세상을 떠나기 전에 내게 안 선생을 만나라고 유언했어요."

나는 서귀포 골프장 식당에서 하타 씨를 만났을 때 그의 단아한 모습이 떠올랐다.

내가 월하의 집에 도착하니, 집으로 들어가는 진입로 입구에 작은 동산이 만들어졌고, 그 위에 3마리의 오리가 앉은 솟대가 서 있었다. 영등바람을 타고 날아오는 오리들이다. 집

옆에 밀감밭이 붙어 있다. 밀감 과수원에서 일하는 농부들이 보였다.

밀감 과수원 한쪽에 새로 지은 당집이 하나 보였다. 하타 씨의 분골을 모시기 위해 당집을 세운 것으로 보였다.

"잠깐 그분과 인사하시지요."

월하가 나를 이끌었다.

나는 월하를 따라 당집으로 들어갔다. 당집 안으로 들어가니, 정면으로 위패를 세울 수 있도록 단을 만들었는데, 단 위에 하타 씨의 유골이 든 백자 항아리가 놓여 있었다.

나는 하타 씨의 유골 항아리 앞에 있는 향로에 향을 태웠다.

"백자 항아리 밑에 그분이 남기신 유서가 있어요. 당신에게 보내는 유서입니다. 나는 유서 내용을 읽어보지 않았어요."

"알았어요."

나는 백자 항아리 밑바닥에서 봉투를 하나 꺼냈다. 아직 개봉되지 않은 봉투 안에 유서가 들어 있었다. 나는 유서를 꺼내어 펼쳐 들었다.

"안 선생이 제주에 오셨을 때, 아마 나는 이 세상 사람이 아닐 것입니다. 안 선생이 제주에 오셨을 때, 이 글을 읽어주시기 바랍니다.

나는 요즈음엔 자주 어지러움을 느낍니다. 의사가 철분이 부족하다고 철분이 든 적색의 알약을 처방해 주기는 하나 여전히 어지럼증은 계속되고 있습니다. 나는 자주 과거에 나의 충신인 서얼(庶孼) 출신의 문관들을 만납니다. 소위 실학파(實學派)로 불린 사람들입니다. 그들 중에 1743년에 태어난 야뇌(野餒) 백동수(白東脩)라는 검객이 있습니다. 그는 3대가 무관의 집안인데, 조선검법(朝鮮劍法)을 전수한 자로서 당대에 창검(槍劍)의 일인자로 평가받던 인물입니다. 내가 명하여 『무예도보통지(武藝圖譜通志)』를 만들 때 무예를 시범한 사람입니다.

그는 도가(道家)에 심취하여 조선의 단학으로 내공을 쌓고 부상을 당했을 때 치료하기 위하여 의술을 공부하기도 하였습니다.

그는 1771년(영조 47) 신묘(辛卯) 식년시(式年試) 병과(丙科) 무과에 급제하여, 선전관(宣傳官)에 제수되었으나, 관직의 차례가 오지 않아, 강원도 기린협이라는 오지로 낙향하여 농사를 짓고 살았습니다.

1776년(정조의 즉위년)에 이산(李祘)인 내가 왕으로 등극하면서, 친위군영(親衛軍營)인 장용영(壯勇營)을 만들 때 그를 불렀습니다. 나는 그의 휘하에 서얼 무사들을 호위무사로 배치하였습니다.

그는 무예에 도통하여 검신(劍神)으로 불렸을 정도로 검을 사랑했는데, 나를 만날 때도 비룡검(飛龍劍)을 몸에 붙이고 있었습니다. 그와 헤어진 지 몇백 년이 되었는데, 내가 죽기 전에, 그가 느닷없이 옛 무관인 초관(哨官)의 복장을 하고 나타났습니다. 나는 반갑기도 하고 신기하기도 했습니다.

"동수야, 네가 지금 내게 나타난 이유가 무엇이냐?"

"상감께서 환생하실 때 여인의 몸에서 태어나지 않고 영으로 바로 환생하실 것인데, 그때 소장을 불러 주셨으면 합니다."

"그래? 내가 영으로 태어난다는 것을 어떻게 알았느냐?"

"상감께서는 새로운 나라가 창설되었다는 것을 알고 계십니까?"

"알고 있지."

"새로 창설된 나라에서 새로 온 여신의 부름을 받고, 상감께서 영으로 지상에 가신다는 것을 알게 되었습니다."

"그 여신의 이름이 무엇이냐?"

"비혼자 여신입니다. 그분이 무슨 일을 도모하는지 알지 못하나, 그분이 소신을 부르셨듯이 상감을 곧 부르시리라고 추측됩니다. 소신 이외에도 여러분이 비혼자 여신에게 불려간 것으로 알고 있습니다."

"나도 소식을 듣고 있다."

백동수가 자기가 허리에 차고 있는 비룡검을 끌러서 내 앞에 내밀었습니다. 비룡검이 부르르 떨었습니다. 곧 검집에서 튀어 나가려는 것 같았습니다.

"이 검이 왜 이렇게 떠느냐?"

내가 놀라서 물었습니다.

"이 검이 적을 베거나 찌르라고 명령하기를 바라고 있습니다. 그런 이유로 소신이 상감을 찾아온 것입니다. 비혼자 여신이 적을 제거하라고 명령하고 있습니다."

"알았다. 지금도 무예를 연마하느냐?"

"연마합니다."

"네가 초관으로 봉직했을 때가 언제냐?"

"집춘영(集春營) 초관(哨官)을 지낸 때가 정조 11년(1787년)이고, 어영청(御營廳) 초관을 지낸 때가 정조 12년(1788년)입니다."

초관이란 요즈음의 용어로 말하면 경비병(警備兵) 즉 '그라운드 가드'라는 뜻입니다. 그는 초관이 된 지 3년 되는 해인 정조 13년(1789년)에 초소장인 분수문장(分守門將)이 되었습니다.

그는 이해 4월에 나의 명령을 받고 창검술교범(槍劍術敎範)인 『무예도보통지』를 만들었습니다. 이때 서얼 출신의 이덕무, 박제가가 검서관(檢書官)으로서 왕명으로 함께 모여 『무예도보통지』의 편찬에 참여하였습니다.

나는, "정조 대왕께서 군대를 조직하실 때 그들도 부르실 것입니까?"하고 편지에다 대고 물었다.

"불러야지."

정조 대왕의 목소리가 대답했다.

"비혼자 여신이 부르시면 가실 것입니까?"

나는 또 편지에게 물었다.

"내가 이미 비혼자 여신이 하려는 일에 깊숙이 관련되어 있으므로 가지 않을 수 없습니다."

하타 씨가 대답했다.

하타 씨가 한쪽을 가리켰다. 그곳이 기비(吉備)라는 곳이었다. 기비는 고대에 기비국이 있었던 곳으로 「모모타로 기비 당코(桃太郎 吉備團子) 신화」로 유명한 곳이다. 이 신화는 일본의 국민 신화다. 다양한 역사문화 콘텐츠로 만들어져 있다. 일본을 구원하는 사무라이(侍-武士)의 탄생을 상징하는 신화다. 기비라는 어휘에는 지명 기비와 서(黍-기장)라는 뜻이 있다. 기비 당코란 기장 경단이라는 뜻이다. 기장 경단을 한국에서는 수수 경단이라고 한다.

사무라이가 탄생한 곳은 아사가와다. 원래 고대어에서 아사는 아침(朝-朝鮮)을 의미하고 가와는 강(江)이다. 조강(朝江)으로 조선의 강이라는 뜻이다. 조선의 강에서 떠내려오는 복숭아에서 모모타로가 태어난다. 그래서 모모타로로 불린다. 소래 북쪽에는 한강과 임진강이 만나는 곳에 조상의 강을 뜻하는 조강(祖江)이 있다. 이 조강이 아사가와 조상의 강이다.

아사가와에서 바다에 배를 띄우고 벌이는 수상축제(水上祝祭)가 벌어지고 있다. 대장군선(大將軍船)이 있는데, 그 군선

(軍船)에 복숭아에서 태어난 모모타로(桃太郞)가 단도(短刀)를 허리에 차고 서 있다. 여러 구형(舊型)의 배들이 모모타로가 탄 배를 호위하고 있었다. 하늘에 쏘아 올린 축포(祝砲)가 터졌다. 모모타로가 무어라고 소리 지르니까 다른 배에 탄 애들이 화답하는 소리를 지른다.

사모가 그들을 부르고 있었다. 내가 보기에 모모타로의 소년군은 별도로 편성해야 할 것 같았다. 모모타로의 군대가 소래(蘇萊)로 들어오고 있었다. 소래는 삼한시대(三韓時代) 삼한의 관문이었다. 소래에서 소래산을 넘어 부평으로 들어오면 메타버스의 전초기지(前哨基地)인 캠프 마켓에 닿았다.

"백동수와 정조 대왕이 기다리고 있으면 장용군과 비어가(飛御駕)도 도착할 것이다. 백동수가 비어가를 호위하여 성주산으로 출발하라고 전하라."

비혼자 여신에게서 내게 문자가 왔다.

"장용군이 도착하면 조강에 가서 목욕하고 오라."

사모가 장용군에게 명령한다.

조선 역사의 때를 씻고 오라는 뜻이다.

사모는 모모타로군에게도 같은 명령을 내린다.

일본의 때를 씻고 오라는 뜻이다.

그곳에선 이미 사모의 주력군인 사모군이 갑골군의 때와 금문의 때와 본의군의 때를 씻기 위하여 목욕을 하고 있다. 사모군이 목욕을 끝내고 나와 메타버스로 출발한다. 다음엔 장용군이 목욕하고 출발한다. 마지막으로 모모타로군이 목욕하고 출발한다. 이들의 행렬이 장사진을 이룬다.

캠프 마켓으로부터 보급되는 보급 물자 공급을 담당할 군수참모가 필요했다. 월하를 군수참모로 쓰면 금상첨화(錦上添花)일 거라는 생각이 들었다. 그렇게 하려면 월하에게 김만덕을 회복시켜 주어야 하였다.

나는 캠프 마켓의 비밀공방으로 갔다. 비밀공방 메니저와 만난다. 월하를 군수물자를 보급하는 일을 할 수 있게 해 줄 수 있느냐고 묻는다. 매니저가 비혼자 여신의 결재를 받으면 가능하다고 말한다. 나는 비혼자 여신에게 월하가 보급물자 공급을 담당하게 해 달라고 건의한다. 월하는 김만덕 시절에 제주의 거상이었음을 내가 기억하고 그의 도움을 받으려고 건의한 것이다. 월하가 김만덕을 회복하여 보급 담당 매니저로 임명되었다.

정조 대왕의 능이 화성시에 있어서 나는 이상미에게 그곳에 가서 정조 대왕을 찾아보라고 문자를 보냈다. 2시간 후에 이상미에게서 건릉(健陵)을 촬영한 사진과 정조 대왕의 진수(眞髓)를 촬영한 동영상을 함께 보내왔다. 사진은 선명하지 않고 흐릿했다. 비가 오고 있었다. 나는 캠프 마켓으로 갔다. 캠크 마켓의 비밀공방에서 정조 대왕이 타야 할 나르는 어가(飛御駕)를 만들고 있었다. 나는 이상미와 함께 건릉으로 갔다. 정조 대왕은 호위무사 하나 없이 비를 맞고 있었다. 보기에 딱했다. 비혼자 여신으로부터 정조 대왕과 함께 행동하라는 메시지가 왔다. 나는 벤츠에서 내려 정조 대왕을 차로 안내했다.

"불편하시더래도 저희와 함께 지내셔야 하겠습니다. 날개 달린 어가가 곧 준비될 것입니다."

"비혼자 여신께 고마울 따름일세."

"이 차의 뒷좌석이 마련되어 있습니다."

벤츠의 뒷좌석에 정조 대왕이 올라탔다. 정조 대왕이 긴 의자의 왼쪽에 앉았다. 아직 자리 2개가 비어 있다. 그 자리는 이승만 대통령과 박정희 대통령의 자리다.

"이승만 대통령의 매트릭스를 찾도록 하겠습니다."

운전자가 말했다.

벤츠가 움직이기 시작했다.

10 구출작전

이승만 대통령의 생존 주기의 시작은 1875년 3월26일이었다. 우리가 그가 있어야 할 매트릭스 교차로에 도착했을 때, 그는 없었고, “이승만(李承晩, 1875년 3월 26일~1965년 7월 19일)은 대한민국 임시정부의 초대 대통령이자 마지막 주석을 거쳐 대한민국의 제1·2·3대 대통령으로 재임하였다.”라고 쓴 지표석만 서 있었다.

“이승만 대통령께선 아직 이곳에 도착하지 않았습니다.”

운전자가 말했다.

“그렇다면 어디에서 이승만 대통령을 찾지?”

나는 걱정이 되어 물었다.

“붉은털원숭이가 이승만 대통령의 이동을 차단하고 있을 것입니다.”

"붉은털원숭이?"

"이승만 대통령에게 친일파 프레임을 만들어 씌운 자들입니다."

"평생 반일 투쟁으로 나라를 찾은 분에게 친일파 프레임을 만들어 씌우다니, 어처구니없는 일이야."

나는 화가 났다.

"붉은털원숭이가 어디에 있는지 살펴보아야 하겠습니다."

운전자가 벤츠의 머리를 고추 세우더니 하늘로 치솟았다. 순식간에 벤츠가 한강을 내려다보는 위치로 날아갔다. 나는 쌍안경으로 붉은털원숭이를 찾았다. 그들은 이승만 대통령 묘역을 둘러서서 지키고 있었다. 내가 아무리 보아도 그들은 인간이 아니라 붉은털원숭이였다.

"대왕께서 이 기계에 눈을 대고 저 강 남쪽을 내려다보십시오. 무엇인가 보일 것입니다."

내가 쌍안경을 정조 대왕에게 주었다. 정조 대왕은 쌍안경을 눈에 대고 아래를 내려다보았다.

"귀신들이 진을 치고 있구먼. 저자들을 없애려면 귀신군대가 있어야 하겠어..."

정조 대왕이 한숨을 쉬었다.

"장용군을 소집하여 메타버스로 보냈습니다. 장용군이 곧 대왕님의 군대가 될 것입니다."

"지금 정조 대왕함이 동해에서 작전 중이다."

비혼자 여신으로부터 문자가 왔다.

정조대왕함은 한국이 보유한 4척의 구축함 중에서 최신예 함으로, 2022년 7월에 진수하여 작전 중이다. 이지스함 체계를 가지고 있고, 화력 체계도 어마어마하다. 'VLS', 'SM-6', '해궁', '함대지탄도미사일', '함대함미사일', 'KMk', '127mm 함포', 'CIWS', SM-3, 한국형 초음속 대함 미사일을 가지고 있다. 대잠 체계로 소나가 있고, '해상작전헬기'도 있다. 한국은 자국의 안보가 붉은털원숭이에게 위협을 당하고 있었다.

"비어가를 만천명월옹이 쓰도록 하라."

비혼자 여신으로부터 문자가 왔다.

비어가는 거북선과 판옥선처럼 국가를 대표하는 무기로 만든 무기였다. 정조 대왕이 이순신 장군의 역할을 해준다면 비어가가 보여 줄 능력은 탁월하게 될 것이다.

정조 대왕이 비어가를 타고 이미 메타버스에서 소집하여 대기중인 장용군을 찾아 떠났다. 국립묘지에는 나와 이상미와 운전자 셋이 있었다.

"벤츠의 무장으로 저들을 제압할 수 있는가?"

내가 운전자에게 물었다.

"할 수 있습니다. 상제국 무기이니까요."

나는 이번 기회에 내가 거기장군 시절에 수하에 데리고 있었던 호위무사들을 소집하여 내 곁에 두어야 하겠다는 생각이 들었다. 나는 비혼자 여신에게 호위무사를 소집해 달라고 건의했다.

"그들이 메타버스에 대기 중이다."

하는 문자가 비혼자 여신에게서 왔다.

호위무사들이 하얀 나비의 형상으로 나타났다. 흰 나비들은 6.25사변 때, 팔로군이 경찰과 싸우다 전사시킨 경찰의 영이었다. 그때 본 흰 나비들이 나타나 검은색 벤츠에 달라붙어 나를 놀라게 하였다. 그들은 고리(高麗) 시대의 군대가 아니었다. 이들 나비가 밴츠에 날아와 붙자, 검은색 벤츠가 하얀색 벤츠로 변했다.

나는 그들 중에서 책임자를 찾았다. 책임자가 내 앞에 본 모습으로 나타났다.

"그대들이 원하는 것이 무엇이요?"

"떠돌이를 면하고 싶습니다."

"떠돌이라..."

나는 그 말이 마음에 걸렸다. 그 말은 정착을 원한다는 말이다.

"내가 가지고 있는 앱에 방을 아나 내줄 것이니까 이 방에 거처를 옮기세요. 나의 부대도 내 앱에 방을 주어 대기하도록 할 것입니다."

"그렇게 하겠습니다."

흰나비 부대가 내 앱으로 들어갔다.

다음에 비혼자 여신이 보낸 거기장군 부대가 내 앞에 나타났다. 그 부대의 책임자가 내게 왔다. 나는 그들을 모두 앱으로 들여보냈다.

붉은털원숭이는 내 앱에서 문자 부대와 나비 부대가 대기 중이라는 것을 알지 못했다. 묘역을 둘러싸고 촘촘히 늘어서 있을 뿐, 아무런 반응을 보이지 않았다. 붉은털원숭이는 한강에서 국립묘지로 들어오는 여러 개의 통로를 봉쇄하고 있었다.

운전자가 레이저포를 벤츠의 지붕 위에 노출시켰다. 벤츠의 레이저포가 붉은털원숭이가 지키는 초소를 하나하나 불태우며 국립묘지의 정문을 향하여 접근했다. 붉은털원숭이가 불타는 냄새가 코를 자극했다. 역겨운 냄새가 경각심을 더했다.

"저희도 싸우게 해 주십시오."

거기장군 부대장이 앱 안에서 내게 말했다.

나는 그들을 앱에서 나오게 하여 이승만 대통령 묘소의 북쪽에 숨어 있는 붉은털원숭이들을 소탕하라고 명령했다.

"저희도 싸우게 해 주십시오."

흰나비부대장이 내게 말했다.

나는 그들을 앱에서 나오게 하여 이승만 대통령 묘소의 남쪽에 숨어 있는 붉은털원숭이들을 소탕하라고 명령했다.

두 부대가 앱에서 나와 자기들이 명령받은 북쪽에 과 남쪽에 각각 포진하여 소탕으로 들어갔다. 붉은털원숭이는 이승만 대통령 묘소를 외곽, 내곽, 중심의 3선 개념으로 나누어 병력을 배치하였다. 이 3선 개념의 방어선을 허물어야 하였다.

이승만 묘소 앞에 '친일파 이승만을 없애자'라는 현수막이 걸려 있었다. 반일을 부르짖어 온 이승만 대통령을 친일파로 둔갑시킨 것이다. 제3 방어선이 불에 타며 무너졌다. 나는 호위무사 일부를 남기어 그곳을 지키게 하였다.

다음에 벤츠는 한강을 거슬러 현충원(顯忠院) 쪽을 향하여 날아갔다. 제2 방어선이 현충원의 외곽(外廓)에 처져 있었으나, 이번에도 간단히 불에 타 없어졌다. 나는 그 자리에 호위무사들을 배치하였다.

마지막으로 하나 남은 것이 제1 방어선인 묘였다. 제1방어선이 묘역을 감싸고 있었다. 이번에도 벤츠가 레이저포를 발사하여 간단히 붉은털원숭이들을 쓸어버렸다. 그리고 남은 호위무사로 제1 방어선을 지키게 하였다.

나는 현수막을 걷어 불태워버렸다.

나는 운전자를 묘 앞에 세우고 이상미와 함께 묘 안으로 들어갔다. 이승만 대통령의 영과 영부인 프란체스카 여사의 영이 함께 있었다. 물론 두 분의 시신도 함께 있었다.

"대통령 내외분을 모시러 왔습니다."

내가 이승만 대통령에게 말했다.

"묘를 봉쇄한 빨갱이들을 처치했는가?"

"모두 처치해서 한 마리도 살아 있는 자가 없습니다."

"놀랍군. 불가사의한 일이야."

이승만 대통령이 감탄했다.

이승만 대통령 내외 두 분이 나를 따라나섰다. 우리가 무덤 밖으로 나오자, 하얀 나비들이 우리를 둘러쌌다.

"웬 하얀 나비가 이렇게 많은가?"

'호위무사입니다. 6.25사변 때 괴뢰군과 싸우다가 전사한 자들입니다. 나비 검법(劍法)을 쓰는 신묘한 자들입니다."

나는 하얀 나비들을 해산시켰다. 그들이 벤츠에 달라붙어 벤츠를 하얀 차를 만들어버렸다.

"지금 우리는 어디로 가는가?"

"매트릭스 교차로로 갑니다."

"거긴 왜 가?"

"고를 풀러 갑니다. 김일성이 만든 고입니다. 그래야 대통령께서 고에 묶이지 않습니다."

"매트릭스 교차로는 무슨 일을 하는가?"

"그곳은 죽은 자의 환생(還生) 대기 장소입니다."

이승만 대통령이 머리를 끄덕했다.

"미군은 아직도 이 나라에 주둔해 있는가?"

"중공군 북부전구에 속한 군단이 산동반도에 주둔해 있고, 이를 마주 보는 지역인 평택에 미군의 주력이 주둔해 있습니다."

"중공이 한국을 위협하는가?"

"심각합니다. 옛날엔 수나라와 당나라가 무력으로 이 나라를 침범했는데, 지금은 막무가내로 역사와 문화를 도둑질하여, 자기 것이라고 떠들고 다닙니다."

"그대가 경각심을 가지고 있다니 다행이군."

"붉은털원숭이들이 이승만 대통령과 박정희 대통령 2분을 친일을 청산하지 못했다는 이유로 친일파로 몰아버렸습니다."

해방정국에서 대한민국이 친일파를 청산하지 못한 것은 이승만 대통령이 친일파이어서가 아니라, 당시에 국내 사정이 친일파를 색출하여 청산할 수 없을 만큼 국가 통치 시스템을 구성하는 현실이 너무나 낙후하고 열악했기 때문이었습니다.

이러한 낙후하고 열악한 통치 현실은 김일성이 통치했던 북한에서도 남한과 다를 것이 없었습니다. 북한에서도 행정력이 있는 친일파들을 등용해서 써야 할 만큼 인재가 부족하였습니다. 그런 이유로 김일성은 지주나 소상공인만을 처형하고 친일파 청산을 포기하였습니다.

북한의 현실이 이러했음에도 불구하고, 김일성에 대하여 친일파 프레임을 만들어 씌우지 않고 외면했던 것은 북한의 사정이 친일파 청산을 할 수 없었기 때문입니다."

"그대가 하는 말이 맞아. 누울 자리를 보고 다리를 뻗어야지."

"제헌국회는 헌법 제101조에 따라, 1948. 9. 22.「반민족행위처벌법」을 제정하여, 반민특위(반민족행위자특별조사위원회)를 설치하여 친일파 정산에 착수했지만, 1948년 대한민국이 탄생하면서, 친일파 청산은 물 건너가고 말았습니다.

반민특위는 682건을 조사하여 체포 305건, 검찰송치 559건을 하였고, 특별감찰부가 221건을 기소하였고, 특별재판부가 38건을 재판하여 종결하였습니다. 반민법은 1949년 8월 31일이 공소시효였습니다.

사악한 자들이 북한에서 있었던 미완성의 친일파 청산은 접어두고, 남한에서의 미완성의 친일파 청산만을 물고 늘어진다는 것은 부당하다고 생각합니다."

"그대를 믿어도 되겠군."

"제 꿈이 하나 있습니다."

"그것이 무엇인가?"

"저는 이승만 대통령과 박정희 대통령 두 분이 한국적 민주주의의 창시자로 보고 있습니다. 두 분의 동상을 광화문에 나란히 세우는 것입니다."

"한국적 민주주의라... 그거 좋은 생각이군."

"북한에는 김일성 동상이 대략 3만 개가 세워졌다고 합니다. 미친 짓입니다. 북한에 대하여 아무런 간섭을 하지 못하는 붉은털원숭이들이 광화문에 이승만 박정희 두 분 대통령 동상을 세우는 것을 막고 있습니다. 두 분 대통령의 동상을 광화문에 세우면, 나라의 체면이 서게 될 것으로 봅니다."

"그대에게 동상을 세울 힘이 있는가?"

"각하께서 도와주시면 가능합니다."

"그래? 어떻게 도와주면 되겠는가?"

"현충원에서 잠들어 있는 군인들을 모두 기상시켜 제게 붙여 주시면 됩니다."

"그건 어렵지 않지. 그들이 나의 군대였으니까."

"지휘관은 누구를 세우면 되겠습니까?"

"백선엽 장군이 좋겠군. 원한이 있는 장군이니까."

"백선엽 장군은 이곳에 없습니다. 붉은털원숭이가 그런 만행을 저질렀습니다."

"불러와야지."

"좋습니다."

"그런데 궁금한 것이 있는데, 그대의 사령관은 누구인가?"

"비혼자 여신입니다."

"처음 듣는 말인데, 그런 신도 있는가?"

"메타버스(Metaverse)를 운영하는 여신입니다. 메타버스는 가상·초월 (meta)과 세계·우주 (universe)의 합성어로, 3차원 가상 세계 를 뜻합니다. 보다 구체적으로는, 정치·경제·사회·문화의 전반적 측면에서 현실과 비현실 모두 공존할 수 있는 생활형·게임형 가상 세계라는 의미로 폭넓게 사용되고 있습니다."

“내가 알아듣게 이야기해 봐.”

“주역에서 하늘과 땅의 가상공간인 건곤(乾坤)과 같은 세계입니다.”

“그런 공간이 생겼군. 재미있는 공간이야. 거기에도 사람이 사는가?”

“사람은 살지 않고 아바타가 삽니다.”

“아바타가? 저희끼리?”

“그렇습니다. 그러나 각자 지상에 사는 자기 주인에게 소속되어 인간의 통제를 받고 있습니다.”

“비혼자 여신이 아바타를 운영하는가?”

“운영합니다.”

“자네도 운영하는가?”

“운영합니다.”

“비혼자 여신이 인간을 간섭할 수 있는 근거는 무엇인가?”

“요즈음은 인간이 결혼하지 않고 사는 동거 시대라, 아이를 낳으려 하지 않습니다. 그래서 인구 절벽을 향하여 다가가는 나라가 한둘이 아닙니다. 비혼자 여신은 강제로 남녀를 붙여 주어 자식을 낳게 합니다. 그래서 인간이 비혼자 여신의 통제를 받지 않을 수 없게 됩니다.”

“대단한 여신이군. 앞으로 붉은털원숭이와 싸울 곳은 어디가 될 것 같은가?”

“제주도입니다.”

"무슨 이유가 있는가?"

"2가지 이유가 있습니다. 첫째 이유는 신들이 정한 삼신산을 인간이 점령하여 오염시켰기 때문에 새로운 삼신산을 다시 정해야 하기 때문입니다."

"그래? 인간이 오염시켰다는 그곳이 어디야?"

"비혼자 여신이 혼캠을 하는 곳입니다. 제가 사는 곳이 기도하고요."

"삼신산이 왜 중요한가?"

"그곳에서 미래에 지구의 인간을 다스릴 메시아인 도부신인(桃符神人)이 태어나야 하는데 태어날 수 없게 되었기 때문입니다."

"그냥 낳으면 되지 않아?"

"복숭아밭이 있어야 합니다. 그런데 인간들이 이 밭을 다 밀어버리고 자기들이 살 집을 지었습니다. 그래서 도부신인이 태어날 데가 없어진 것입니다."

"제주도 어디가 신인이 태어날 곳인가?"

"상상고고 입니다."

"그곳은 이미 박헌영 일당이 오염시켜 놓은 곳이야. "

"남로당의 4.3폭동을 말하는 것입니까?"

"그렇다네."

나는 비혼자 여신에게 백선엽 장군을 찾아 벤츠로 보내달라고 부탁하였다.

11 부국강병

사실 나는 박정희 대통령과 구면지객(舊面之客)이었다. 박정희 대통령이 청와대에 사실 때, 나는 삼청

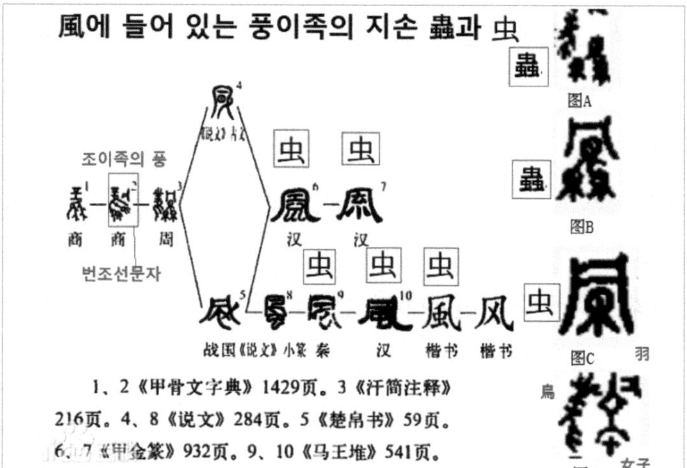

동에 살았다. 그때 궁정동에서 10.26 사건이 나던 날, 박 대통령의 경호원이었던 내 동생은 박정희 대통령과 함께 김재규의 경호팀이 쏜 총에 맞아 죽었다. 이들은 안가에서 자주 만났던 사이라 박 대통령의 근접경호팀은 김재규의 경호팀 박 대통령의 경호팀에게 총을 쏘리라고는 전혀 의심이 1도 없었던 사이였다. 그들이 대통령과 내 동생을 쏜 곳이 청와대 앞 효자동에 있었던 안가(安家)였다. 안가의 밖에는 101경비단의 경비와 22특경대의 근접 경호가 지키고 있어서 외부 침입은 접근이 불가능한 지역이었다. 시해 사건이 일어나던 날, 중앙정보부장 김재규와 육군총장 정성화가 박 대통령과 저녁 술을 마시고 있었다. 밖에서는 부마사태(釜馬事態)가 일어나 치안이 좋지 않았다. 이때 민주세력(民主勢力)으로 위장한 주사파들이 소요사태를 주도하고 있었다. 낮에 박 대통령은 새만금 국토 넓히기 사업장 시찰을 마치고 돌아온 후였다. 그러니 피로를 풀 겸해서 안가에서 1잔하고 있었다. 게다가 미국의 카터 대통령은 박정희 대통령을 독재자라고 지긋지긋하게 싫어했던 때였고, 미 CIA가 김재규 부장을 소환했다가 돌려보냈고, 미국에서 귀국한 김재규 부장이 권총으로 박 대통령을 면전에서 저격하여, 미 CIA에게서 살해를 사주받았다는 의심 받기에 충분했다. 시해 사건이 일어난 날의 후일담이지만, 이날 박 대통령의 죽음을 예견할 수 있는 초자연적인 여러 이상 징후들이 있었다.

나는 『매트릭스 교차로』를 펼쳤다. 이날의 역사 칼럼을 읽기 위해서였다. 역사 칼럼에는 다음과 같은 글이 있다.

> 피할 수 없었던 카터의 박정희 디렘마, 박정희의 카터 패닉

초등학교 학생들이 배우는 인권은 지극히 상식적인 인권이다. "사람이라면 누구나 태어나면서부터 당연히 기본적으로 가지는 권리"라고 말한다. 그래서 다른 사람이 함부로 빼앗을 수 없는 것이 인권이라고 이해한다.

그런데 국가가 나서서 인권을 제한하고 빼앗고 돌려주지 않는다면 어떻게 될까? 우리는 그런 국가를 집단화 국가라고 말한다. 개인의 자유를 빼앗아 집단에게 귀속시키고, 집단은 또 이 인권을 최고의 존엄으로 불리는 최고 권력자에게 귀속시킨다. 그래서 집단화 국가에서 태어나는 인간들은 천부인권을 가진 정상적인 인간으로 불러서는 아니 되는데, 따라서 인권(人權) 부재(不在)의 사이비 인간으로 불리지 않을 수 없게 된다. 인권을 중요시하는 이유는 인권이 인간 생존의 기본 조건이 되기 때문이다. 자유주의국가에서는 개인의 인권을 중요시하지만, 개인의 자유를 인정하지 않는 집단화 국가에서는 개인의 인권을 인정하지 않는다.

요즈음 대한민국에서는 반려동물로 불리는 견공(犬公)과 묘양(猫孃)이 주인으로부터 견권(犬權)과 묘권(猫權)을 부여받은 유사(類似) 인간 취급을 받으며 살아가고 있다. 그들과 함께 사는 주인들은 그들의 생존을 보장하기 위하여, 견권과 묘권을 보장해 주는 것은 물론이고, 과도한 음식비와 의료비를 부담해야 한다.

지금까지 미국이 타국에 대하여 미국이 강제로 제공하는 미국 패권의 그늘 밑에 들어올 수 있는 조건으로 주장해 온 것은, 미국의 그늘 밑에 있는 이들 국가의 열악한 인권을 개선하는 것이었다. 인권이 열악한 국가는 미국 패권의 강제 보호에서 제외되었다. 미국 인권 그늘에서 제외된 국가는 자국의 열악한 인권을 개선하지 않으면, 미국패권의 그늘 밑에 들어올 수 없었다.

우리는 국가 도덕성 유무를 판정할 때, 그 국가에 속한 개인이 천부인권을 누리고 있는지, 개인이 천부인권을 누리지 못하는지 따져보아야 한다. 개인이 인권을 가지고 있는 국가는 국가 도덕성이 높은 국가로 보고, 개인이 인권을 가지고 있지 못한 국가는 국가 도덕성이 낮은 국가로 본다. 대체로 자유민주주의 국가가 국가 도덕성이 높다고 볼 수 있고, 집단화 공산주의 국가가 국가 도덕성이 낮다고 볼 수 있다.

미국의 패권주의를 보면, 타국의 개인의 인권을 가지고 국가 선악의 판단 기준으로 삼았다. 그래서 타국의 개인에 대한 인권탄압이 항상 세계적인 이슈가 되어 왔다. 그 대표적인 예가 미국의 카터 대통령과 한국의 박 대통령의 갈등이다. 두 분의 갈등이 불거지게 된 원인은 카터가 재선에 출마하면서 주한미군 철수를 공약으로 내걸었기 때문이다. 미군을 철수하겠다는 이유는 박 대통령의 인권 탄압이었다.

마침 월남이 미군 철수로 패망한 후라, 박 대통령은 한반도에서 미군이 철수하면 한국이 월남 짝이 나는 것이 아닌가 하는 패닉에 빠져 있었다. 카터는 박정희가 인권을 탄압하는 독재자이기 때문에 미군을 철수하겠다는 이유를 내세워 도박하였다. 박 대통령은 미군을 철수해서는 아니 된다고 설득하려 했지만 카터는 전혀 듣지 않았다. 결국 카터는 박 대통령의 뜻대로 미군을 철수하지 못했고, 그해의 대통령 선거에서 지고 말았다. 그의 인권 도박이 실패한 것이다. 카터에게는 박정희가 피해갈 수 없는 디렘마였고, 박정희에게는 카터를 피해 갈 수 없는 패닉이었다. 박 대통령이 선포한 10월 유신의 배경에는 이런 이면사(裏面史)가 있었다.

확인된 것은 아니지만, 그해에 김재규 정보부장이 미국에 다녀오더니, 궁정동 안가에서 박정희 대통령을 쏘았고, 박정희 대통령은 서거하였다. 나는 김재규 정보부장이 미국의 지시를 받고 박 대통령을 쏘았다고 믿는다. 당시의 상황을 보면, 수퍼 파워에게 국가 도덕성은 존재하지 않는다는 것을 알 수 있다.

우리는 이제 이러한 부도덕한 인권숭배와 독재 타령을 버려야 한다. 개인의 인권이 국가 도덕의 판단 기준이 되지 못하고, 반국가적 성향의 일부 정치인의 자유 제한이 국민 인권탄압으로 왜곡되어서는 아니 된다는 이유가 여기에 있다.

지금까지 미국의 패권주의는 국가 도덕을 무시하고 패권국의 의리를 저버리면 아니 되었고, 약한 국가가 패권국이 기준으로 삼은 의리를 지키지 않으면 가차 없이 응징을 가해왔다. 이런 부도덕한 국가 의리주의(義理主義)를 공공연히 실천해 온 국가들이 미국, 러시아, 중공이라는 패권 지향 국가들이다.

한국은 이들 국가의 틈바구니에서 지정학적인 이유로 눈치를 보아가며 살아왔고, 이들의 틈바구니에서 공산주의가 자생하였다. 김영삼 김대중 노무현 문재인이 이 나라를 공산주의 국가를 만들려고 나라 망치는 데에 크게 일조한 사람들이다.

우리나라는 좌파 인간들이 정당에 모여들어, 몇 가지 속임수를 써서 국민을 속이고, 현직 대통령의 부도덕함을 조작하여 촛불 데모로 탄핵을 선동하고, 중공과 북한의 지원을 받아, 무고한 대통령을 현직에서 몰아내자 구속하였다. 또 이들이 불법 선거를 저질러 정권을 잡더니, 어느새 국가 제도를 하나씩 뜯어고쳐, 나라 안이 온통 붉게 물들었다. 아마 제20대 대통령 선거에서 우파 국민이 선거에 이기지 못했다면, 이 나라는 완전히 붉은 국가가 되어, 국민은 최고 존엄으로 선출된 사기꾼 두목에게 나의 천부인권을 진상하지 않을 수 없는 지경으로 가야 했을 것이다.

다행스럽게 천우신조(天佑神助)로 이번 선거에서 우파 대통령이 선출되었다. 우파 국민은 당면과제(當面課題)로 좌로 기울어진 나라를 제 모양대로 돌려놓아야 한다는 데에 공감하고 있다. 우리 국가의 제 모양은 자유민주주의 시장경제를 추구하는 국가의 헌법이 제대로 시행되는 국가이다.

앞으로 한국은 국가 도덕의 확립을 우선하는 길로 나가야 한다. 집단주의 패권국을 추구하는 중공과 러시아가 부도덕한 패권국의 힘을 과시하고 있기 때문이다. 이들 나라에 인권은 중요하지 않다. 걸림돌이 되는 것은 집단화 체제에 반대하는 개인주의 체제이다. 그들은 아직도 공산주의 이념이

지구상에서 유효하다고 보는 것이다.

그러나 그들은 집단주의가 소멸해야 할 때가 왔다는 것을 깨닫지 못하고 있다. 그들이 집단주의 체제가 유효하다고 생각하는 이유는 경쟁상태에 있는 자유민주주의 체제가 아직 건재하기 때문이다.

요즈음 많은 사람이 시대를 바꾸어야 할 패러다임으로 과학과 기술과 혁신을 이야기한다. 과학과 기술을 대표하는 것을 반도체와 수소라고 말한다. 과학과 기술의 이념은 혁신이다. 과학을 혁신하고 기술을 혁신하는 것이 새로운 시대의 이념이다. 이미 기업은 이러한 관점에서 정치인과 정당을 앞서가고 있다. 그러나 정치인과 정당과 귀족 노동자들은 아직도 제정러시아에서 나온 노동자 우선주의를 부르짖고 있다. 노동자의 성실성은 인공지능 로봇의 등장으로 결판이 났다. 노동자들은 국가 앞날의 발목을 붙잡고 늘어지지 말아야 한다. 새 시대에 필요한 직업 전환이 필요하다.

이번 좌파정부에서는 삼성과 같은 세계 거대 기업에게 온갖 악행을 저질렀다. 세계인 소유의 거대기업을 국유화하여 좌파가 날로 먹겠다고 저지른 악행이었다. 그것은 좌파 이념 신봉자들이 저지른 시대착오적인 발상이었다. 제정신이 아니었다. 국민은 이런 몰염치한 자들에게 나라를 맡겨서는 아니 된다.

한국이 국가의 도덕성을 확립하려면, 이념을 버려야 한다. 이념의 자리에 과학과 기술을 들이고 혁신으로 운행해 나가야 한다. 한국은 이념이 없는 나라가 되어, 이념의 꼭두각시가 되어, 춤을 추는 공산주의자들을 척결해야 한다. 국력이 약한 나라들이 믿을 수 있는 나라가 한국뿐이라는 생각을 하게 되고, 그래서 한국에 기대고 싶어하는 나라가 되어야 한다.

이상미가 카메라를 리와인드 시켜 그때 그 시절을 보여주었다. 그때 나는 할 일이 없어서 집안에 틀어박혀 있었다. 유골보관소에서 화장한 동생의 유골을 찾아가라는 통지가 왔다. 유골 보관소는 박 대통령이 시해 당할 때 함께 죽은 경호원들의 시신을 화장하여 임시로 보관한 임시 행정기관이었다. 그곳은 비밀창고와 다름이 없는 곳이었다. 그곳을 비밀장소로 한 의도는 그 장소를 세상에 알리려 하지 않았던 때문일 것이다.

다행스럽게도 정부에서 대통령의 분향소를 설치하여 정성껏 관리한 탓에. 대통령의 죽음은 체면이 유지되고 있었다.

매일 애도의 행렬이 비극을 당한 대통령의 분향소에 줄을 이었다. 그들은 전혀 대통령 앞에 접근해 본 적이 없는 사람들이었다. 그러함에도 불구하고 많은 사람이 구름처럼 모여들었다. 아녀자들은 대부분 눈물을 흘렸고, 어떤 사람들은 너무나 비통해하여 자기의 부모가 죽은 듯이 통곡했다.

나는 사흘 동안 세상이 돌아가는 것을 보면서 머리가 혼란스러워 정신을 차릴 수 없었다. 사흘째 되는 날 겨우 정신을 수습할 수 있었다. 정부에서 대통령의 장례를 국장(國葬)으로 치른다고 발표하였다. 정부에서는 전국각지(全國各地)에 마련된 분향소(焚香所)에 얼마나 많은 사람이 다녀갔는가를 매일 발표하였다. 외국에서도 매일 조문사절(弔問使節)이 김포공항으로 들어왔고, 경찰의 사이드카들이 국빈(國賓)이 탄 검은 승용차를 선도(先導)해 시내로 들어오는 장면이 TV 화면에 자주 나타났다. 머리가 노란 사람, 머리가 회색인 사람, 얼굴이 검은 사람, 얼굴이 퍼런 사람, 얼굴이 누런 사람이 비빔밥처럼 뒤섞여 있었다.

나는 나흘째 되던 날, 대통령의 영전에 분향하기로 하였다. 나는 조문하러 가는 사람답게 검은 양복을 입고, 검은 넥타이를 매었다. 까만 양말을 신었고, 까만 구두를 신었다. 내가 인생을 살면서 내 옷에 이렇게 공을 들인 적이 단 한 번도 없었다.

내 집이 삼청동에 있었으므로, 중앙청이 코 앞에 있었다.

내가 중앙청에 가까워져 갈수록 함께 앞서거니 뒤서거니 걸어가는 사람들이 많아졌다. 중앙청에는 이미 각처에서 온 많은 사람이 늘어서 있었다.

나는 그들의 맨 뒤에 가서 섰다. 20명 정도의 사람들은 분향대 앞에 서서 검은 양복을 입은 청년이 집어주는 노란색 국화꽃이나 흰색 국화꽃을 영정과 국화꽃으로 장식한 장의단(葬儀壇)에 바쳤다. 장의단에 여러 개의 향로가 놓여 있고, 조문객은 향로에 향을 넣으며, 절을 하거나 묵념하였다. 이들이 분향을 마치고 옆으로 장의단을 빠져나가면, 그들의 뒤를 이어 새로운 줄이 장의단 앞에 생겼다. 대통령의 영정은 장의단 벽면 중앙에 세워져 있었다. 대통령의 영정은 우리가 늘 사무실에서 보아온 그 얼굴 그대로였다. 대통령이 조문객들을 내려다보고 있었다.

나도 의전(儀典)을 담당한 한 청년에게서 노란색 국화꽃을 받아서 향로 곁에 놓았다. 그리고 다른 사람들처럼 서서 절하고, 한참을 눈을 감고 서 있었다. 눈을 떠보니 내 곁에 조선 군대 복장을 한 다른 사람이 서 있었다.

"당신이 나를 불러서 내가 왔지."

내가 처음 보는 사람인 그가 내게 이상한 말을 하였다.

"내가 어르신을 부른 적이 없는데요."

나는 정신병자에게 걸려들었다는 생각이 들어 정색하고 말했다.

"내가 백동수야. 자네가 부른."

그가 내게 비룡검을 슬쩍 보여주었다.

나는 머리가 핑핑 도는 것 같았지만, 정신줄을 놓아서는 큰 일이라는 생각이 들었다.

"혹시… 정조 대왕의 호위무사이신?"

"맞아."

"놀랍군요."

내가 소설 속에 들어와 있는 느낌이 들었다.

"정조 대왕께서 자네 때문에 화가 많이 나셨네."

"그게 무슨 말씀입니까?"

"정조 대왕의 허락을 받지 않고 만천이라는 왕호(王號)를 여기저기 떠들고 다니는 것은 물론이고, 대왕께서 숨겨두신 명월이라는 여인까지 들춰내어 공개했으니, 화가 나실 만도 하지."

나는 이런 일이 일어나리라고는 예상하지 못했다. 큰일 났다 하는 생각이 들었다. 이 위기를 벗어나야 하였다. 그렇다고 거짓말을 할 수도 없는 일이었다.

"나와 함께 정조 대왕 앞에 가야 하겠네."

나는 가슴이 덜컥했다.

"저를 정조 대왕 앞에 데려다가 어떻게 하려고요?"

나는 가슴이 졸아드는 느낌이 들었다.

"나와 함께 정조 대왕 앞에 가서 천기누설죄(天氣漏泄罪)로

처벌받아야지."

백동수는 기분이 좋은 듯 보였다.

이때 박정희 대통령의 목소리가 들렸다.

"내가 해결해 주어야 할 일이 아직도 남아 있는가?"

그러자 기이하게도 박정희 대통령의 영정의 얼굴이 정조 대왕 어진의 얼굴과 겹쳐 보였다. 그래서 박정희 대통령의 얼굴이 정조 대왕 용안 뒤에 가려지게 되었다. 이게 무슨 현상인지 알 수 없었다.

"나는 정조 대왕이다. 천기누설한 자가 너냐?"

정조 대왕의 어진이 화경 눈을 뜨고 내게 물었다.

"그렇습니다."

나는 거짓말을 하지 못하고 이실직고했다.

"이 철부지를 어떻게 처벌하면 되겠느냐?"

정조 대왕이 호위무사 백동수에게 물었다.

"능지처참(凌遲處斬)이 가하다고 사료 됩니다."

백동수 호위무사가 빙글빙글 웃으며 말했다.

백동수가 진심으로 말하는 것처럼 보이지 않았다. 무슨 꿍꿍이가 있는 것 같았다.

"능지처참이라... 그건 너무 과한 형벌이 아니냐?"

만천명월주인옹 대왕이 자비를 베푸시려는 것처럼 보였다.

"박 대왕의 생각은 어떻소? 이자가 박 대왕의 백성이니,

이 철부지에게 내려야 할 형량에 대하여 생각을 말해 보시오."

"저 죄인이 저의 백성이니, 대왕께서 제게 넘기신다면 제가 알아서 처리하겠습니다."

"그렇게 해도 되겠냐?"

정조 대왕이 백동수에게 물었다.

"좋은 처분입니다."

"이분은 저의 주인입니다. 이 재판을 비혼자 여신의 승낙을 받고 하는 재판입니까?"

어떤 사람이 우리 사이에 들어와서 항의하였다. 내가 한번도 본 적이 없는 사람이었다.

"재판에 훼방을 놓는 너는 누구냐?"

정조 대왕이 물었다.

"저는 비혼자 여신의 호위무사입니다."

그가 당당하게 말했다.

"비혼자 여신은 누구냐?"

"메타버스에 새 지배 세력으로 등장한 여신입니다."

백동수는 전혀 이해가 안 된다는 얼굴을 하였다.

비혼자 여신의 호위무사가 중앙청의 한쪽을 가리켰다. 그쪽에서 박정희 대통령을 모시러 온 죽은 경호원들이 플라즈마 세계 안에 들어 있었다. 그 세계가 시작되는 곳은 마치 가스 덩어리처럼 보였다. 박 대통령의 수행 경호팀이 그곳에 있었다. 그들의 뒤쪽으로 거대한 매트릭스가 엮어져 있었다.

“저게 무엇이냐?”

백동수가 내게 물었다.

나도 그것이 무엇인지 알지 못했다. 매트릭스라는 말 자체를 이해하지 못했다.

“안군. 너는 소설가가 아니냐? 소설가가 공부를 얼마나 안 했길래 저걸 설명하지 못하느냐?”

박 대통령이 내게 말했다.

“앞으로 40년 후가 되면 매트릭스를 이해하는 시대가 옵니다. 내가 지금 미래 시대에서 이곳에 와서 말하고 있는 것입니다.”

비혼자 여신의 호위무사가 말했다.

호위무사가 하는 말에 모두 놀랐다.

“비혼자 여신의 호위무사가 지금 우리에게 나타나서 죄인의 국문(鞫問)을 방해하는 이유가 무엇인가?”

정조 대왕이 물었다.

“정조 대왕의 오판(誤判)을 막기 위해서입니다.”

“오판?”

“정조 대왕께서는 이 죄인에게 능지처참형(凌遲處斬刑)을 내려야 하는데, 이 죄인이 전생에 고리 황제의 거기장군(車騎將軍)으로 있던 자라, 거기장군을 오판으로 죽이면, 역사를 거스르는 일이라, 앞으로 역사가 엉망이 되기 때문입니다.”

"역사가 엉망이 된다니 그게 무슨 말인가? 내가 역사의 죄인이 된다는 말인가?"

"그렇습니다. 조선왕 선조가 질투심이 승하여 무죄한 이순신(李舜臣, 1545~1598) 장군을 죽이고 싶어 했으나 왜 무슨 이유로 죽이지 못했는지 아십니까?"

"모르겠네."

"비혼자 여신이 이원익(李元翼, 1547년(명종 2)~1634년(인조 12) 대감을 선조에게 보내어 선조의 오판을 막았기 때문입니다."

비혼자 여신의 호위무사가 놀라운 말을 하였다.

"알았네. 이 국문은 없었던 일로 하세."

정조 대왕이 국문을 포기했다.

그러자 정조 대왕, 백동수, 비혼자 여신의 호위무사가 모두 사라졌다. 나는 박 대통령의 영정 앞에 서 있었다. 아마 내가 환상을 본 듯했다.

심심해진 박 대통령이 입을 열었다.

"소설가, 자네는 모르고 있겠지만, 나는 자네에 대하여 잘 알고 있네. 이 나라에 있는 온갖 정보기관이 자네의 동정과 생각에 대하여 매일 아침에 내게 일일보고(日日報告) 해 왔거든."

나는 깜짝 놀랐다. 일개 소설가에 불과한 나의 동정을 대통령이 파악하고 있었다니 놀라지 않을 수 없었다.

“?!&@*#”

나는 정신을 가다듬어야 했다.

“자네가 술좌석에서 나에 대하여 독재자라고 비난했다는 것도 잘 알고 있어. 자네가 나를 보니, 내 어디가 독재자로 보이는가? 나는 자상한 아버지이고 이웃집 아저씨일 뿐이야. 그렇지 않은가?”

“제가 들은풍월로 짖어댄 것뿐입니다. 참새 떼란 원래 그런 것 아닙니까.”

“하긴 그렇지. 자네가 참새라는 것을 인정한 셈이군.”

“그렇습니다. 묻고 싶은 것이 있습니다.”

“뭐냐?”

“소설 쓰는 자들을 모두 다 감찰하셨습니까?”

“아니.”

“그런데 왜 저를?”

“그대의 동생 때문이야.”

“네?”

“그대의 동생이 안가(安家)에서 나를 지키다가 정보부장 일당이 쏘는 총에 맞아 죽었지?”

“맞습니다.”

“그대에 대한 정보는 그대의 동생에게서 나온 것이야. 그래서 내가 그대에게 관심 가지게 된 것이지.”

“알겠습니다.”

"내가 그대에게 하고 싶은 말이 아직 끝나지 않았네."

"말씀하십시오."

"내가 독재라서 죽어 마땅한 자라면 어떻게 이 많은 사람이 이곳에 와서 내 죽음을 애도하겠나. 내가 이 나라를 통치하는 동안 그대가 내가 독재자라고 느꼈던 때가 있었던가?"

"없었습니다."

"선량한 국민은 독재자를 의식하지 못하지."

"그런 것 같습니다."

"붉은털원숭이나 그런 잡소리를 하는 거야."

중앙청 앞 광장에서 오늘 분향을 마무리하고 내일 일찍 이곳에서 국장을 지낸다는 방송이 나왔다.

다음 날, 나는 국장에 초청받지 못했으므로 국장에 참석하지 못했다. 대신에 집에서 TV로 중계방송을 시청하였다. 국장이 중앙청에서 진행되었다. 각 종교 교단에서 대표들이 나와 자기들의 종교의식으로 장례를 진행하였다. 국장이 끝나고 박정희 대통령의 시신을 실은 영구차가 중앙청을 떠났다. 영구차가 국립묘지에 도착하여 묘역에 하관을 하고, 관을 묻은 다음에 봉분을 만들었다.

그후로 나는 박정희 대통령을 만나지 못했다. 그러나 지금 나는 박정희 대통령 묘소 앞에 와 있다. 내가 타고 온 벤츠는 비노출 상태였다.

이상미가 무덤을 촬영한 사진을 내게 보여주었다. 박정희 대통령을 역사에서 지우고 싶어 하는 자들이 1만 개의 철근을 눈에 띄지 않게 묘소에 박았는데, 성묘를 왔던 한 여인에게 철근이 발각되어 철근을 제거했으나 아직도 철근 몇 개가 봉분에 박혀 있었다. 무덤의 흙은 시뻘겋게 피처럼 물들어 있었다. 녹물을 제거해야만 무덤 안에 들어갈 수 있을 것 같았다.

"흙에서 녹물을 씻어내야 무덤이 원상을 회복할 수 있습니다."

운전자가 말했다.

나는 흰나비부대에 명령하여 날개로 녹물을 제거하라고 명령하였다. 흰 나비가 일시에 무덤에 날아가 흙에서 녹물을 날개로 씻어내었다. 하얀 나비들이 황토색 나비가 되었다.

녹물을 씻어내자 무덤이 원상으로 돌아갔다. 나는 그들을 호위무사로 복귀시켜 1선, 2선, 3선 개념으로 방어선을 만들어 배치하였다. 나는 운전자와 이상미와 함께 무덤 안으로 들어갔다. 대통령과 영부인 두 분은 잠에서 깨어 관 앞에 앉아 있었다.

"대통령님 오래간만입니다. 저를 기억하시겠습니까?

내가 인사하고 나서 물었다.

"안군이 왔군."'

박 대통령이 반가워 하였다.

"저를 알아보시는군요. 다행입니다."

"밖이 왜 이렇게 소란스러운가 했더니, 자네가 와서 시끄러웠군. 무슨 일로 여길 왔어?"

"은혜 갚으러 왔습니다."

"무슨 은혜?"

"정조 대왕께서 저를 대왕의 유언비어를 퍼뜨린 죄를 물어 능지처참당하기 전에 구출해 주신 은혜를 갚으러 온 것입니다."

"아, 그거."

박 대통령이 웃었다.

"대통령님께서 앞으론 주무실 시간이 없을 것 같습니다."

"왜, 무슨 일이 있는가?"

"중단된 업무를 계속하셔야지요."

"내가 할 일이 아직도 남아 있는가?"

"김일성과의 싸움에서 경제는 이겼는데, 세상에 안 계신 동안에 자유민주주의 체제가 형편없이 무너졌습니다."

"그래?"

"국민의 절반이 붉은 물이 들었습니다. 나라의 운명이 풍전등화(風前燈火)입니다. 이 정신 빠진 국민을 원상으로 돌려놓으셔야 합니다."

"어떤 자들이 나라를 그꼴로 만들었어?"

박정희 대통령이 언성을 높였다.

"김대중, 노무현, 문재인 세 사람입니다."

"시대정신이 없는 자들이 나서면 세상이 개꼴아 되는 거야."

나는 내 가방에서 『매트릭스 교차로』를 꺼내어 역사 칼럼을 펼쳐 박정희 대통령이 읽게 해 드렸다. 역사 칼럼은 다음과 같다.

이승만과 박정희 시대로 돌아간 이념 전쟁

> 윤미향 의원이 '간토 대지진 한국인 학살 조총련 추모행사'에 갔다 왔다. 정부에서는 윤 의원을 국가보안법 위반으로 수사할 모양이다. 윤 의원에게서 문제가 되는 것은 윤의원이 보여주는 주사파 이념 성향이다. 윤의원은 몸은 대한민국 국민으로서 빨대를 대한민국에 꽂고 꿀물을 빨아대면서 정신은 북한에 가 있다. 국회의원으로서 국가에 대한 충성심이 전혀 없어 보이는 행동을 예사로 한다. 윤 의원뿐만 아니라, 운동권 출신 정치인에게서 우리가 자주 목격하는 현상이다. 그들은 탈북민을 변절자, 쓰레기라고 악의에 차서 매도한다. 자기가 어느 나라 국민이라는 현실 감각이 전혀 없는 것이다.

우리의 현실은 대통령이 국민을 향하여 이념을 말하지 않을 수 없는 현상이 되어 버렸다. 이승만 대통령과 박정희 대통령 시절로 돌아간 것이다. 북한과 중공과 주사파가 우리의 이념 성향을 1950년대의 이념 대결로 후퇴시켰다.

윤 대통령이 주사파와의 이념 전쟁을 선포했다. 윤 대통령이 어쩔 수 없이 반공 대통령으로 가지 않을 수 없게 된 모양이다. 나는 윤 대통령이 이승만 대통령과 박정희 대통령보다 더 강력한 반공 대통령이 되어서, 북한 주민을 공산 치하에서 구출해 주기를 바란다.

그러나 국힘당 군사력을 보면, 아군과 적군이 뒤섞여 있어서 전혀 전투력이 없는 상태이다. 그래서 싸우는 둥 마는 둥한다. 사실 이념 전쟁이 절실해진 우리에게 이런 정당은 필요 없다. 더불어민주당처럼 현실 감각이 전혀 없기 때문이다.

국힘당이 이념 전쟁하기 싫으면 특정한 공격 단체를 만들어 아웃소싱을 주면 된다. 말하자면 이념 전쟁을 할 수 있는 직업군인을 정당에 만들라는 것이다. 전투부대를 만들면 이들이 국힘당을 대신해서 싸워 줄 수 있을 것이다.

아웃소싱 부대는 인력이 풍부해야 하고, 물자도 풍부해야 한다. 우선 이론가들이 필요하다. 저들의 거짓 선동을 일거에 부술 수 있는 이론과 언어가 있어야 한다. 다음엔 투쟁에 밀리지 않을 싸움꾼이 있어야 한다. 이들이 이론 무장을 갖추고 싸워야 한다. 이 싸움은 절대로 꼼수로 싸워서는 아니 된다. 공개적으로 정정당당하게 싸워야 한다. 그래서 누가 보아도 히틀러 유겐트처럼 확 눈에 띄어야 한다.

이들은 이념에 대한 확고한 신념이 있어야 한다. 주사파의 전술 전략인 언어의 혼동을 분별해 내어 반격을 가할 수 있어야 한다. 가령 민주주의를 저들이 말하면, 인민민주주의라는 것을 지적해 내야 하고, 이쪽에서 민주주의라고 하면 자유민주주의라는 것을 지적해 내어, 저쪽 것은 공격하고 이쪽 것은 방어할 수 있어야 한다. 이러한 관점에서 윤 대통령의 연설을 학습할 필요가 있다.

내가 윤 대통령의 연설 중에서 제일 마음에 드는 연설을 말하라면, 윤 대통령의 이념관을 이해할 수 있게 말해 준 것이라고 말할 수 있다. 남한과 북한의 이념 대립은 김일성이 살아 있을 때나 죽은 다음에나 변한 것이 하나도 없다. 김정일이 살아 있을 때나 죽은 다음에나 변한 것이 하나도 없다. 지금 김정은이 살아 있을 때도 변한 것이 하나도 없다. 이렇게 이념 갈등과 투쟁에서 북한이 변한 것이 하나도 없음에도 불구하고 자의로 변한 것은 남한 사람들이다. 북한이라는 존재를 잊어버리고 있다. 이것은 우리가 개선해야 할 당면한 현실적인 문제다.

한국은 안보관 자체를 갖지 않은 사람들이 차고 넘친다. 북한을 비난하면, 펄쩍 뛰는 사람이 한둘이 아니다. "지금이 어느 시대인데 그런 말을 하느냐"고 북한이란 존재가 눈앞에 없는 것처럼 힐난한다. 이런 사람이 가장 많은 데가 국회다.

여당 국회의원들은 표를 얻는 것 이외에 이념에 대해서는 전혀 관심이 없는 사람들이 대부분이다. 주사파의 비위를 거스르는 말을 했다고 전사로 써먹어야 할 최고위원을 징계한 정당이 국힘당이다. 현실 감각이 전혀 없는 이런 정당이니 이념 전쟁할 아웃소싱 부대를 만들라고 충고하는 것이다.

윤 대통령은 국힘당에 대하여 오른쪽 날개가 튼튼해야 한다고 현실 감각을 가지라고 주문한다. 오른쪽 날개가 튼튼하려면 전투력이 있어야 한다. 그러나 당내에 투사들이 없으므로 동력을 얻을 수 없어서 국힘당이 언제 앞쪽으로 날게 될지 알 수 없다.

윤 대통령은 너무나 한심하고 답답해서 초등학생에게 말하듯 수준을 낮추어 말한다. 국힘당에서 학문적인 말을 들어 볼 기회는 앞으로 오지 않을지도 모른다. 여당은 이 나라의 앞날을 책임진 정당으로서 국민에게 이념 교육할 교육시설 하나 만들지 못하고 있다. 아예 그런 생각조차 하지 못한다. 그러면서 표만을 생각한다. 국민은 울화가 치밀지 않을 수 없다.

중공은 전 세계에 공자학원을 만들어 전 세계인을 공산당 교육을 시키고 있다. 우리 국힘당은 그런 흉내조차 내지 못한다. 먼저 공자학원부터 나라 밖으로 내쫓아라. 그다음에 이념 학원을 만들어 우리에게 해가 되는 이념과 득이 되는 이념을 가르치면서, 도시락을 주고 빵을 주고 물도 준다면 어떤 이념이 득이 되는 효과가 있는지 알게 될 것이다. 요즈음 도시락 하나로 하루를 사는 사람이 많이 있는데, 그런 사람에게도 도움이 될 수 있을 것으로 본다. 이런 일은 통일부나 여성가족부를 없앨 생각을 하지 말고 활용한다면, 정부에도 득이 될 수 있을 것이다.

윤 대통령은 더불어민주당과 손절 할 것을 천명했다. 더불어민주당이 앞으로 가지 않고 뒤로 간다고 판단했기 때문이다. 더불어민주당의 패착은 대한민국이 앞으로 나가지 못하게 딴지를 거는 데에 있다. 요즈음은 이 이상한 당은 자신에게도 딴지를 걸어 국회가 정신 분렬 상태에 있다.

대한민국의 정당이라면 야당이든 여당이든 국가가 앞으로 나갈 수 있도록 최소한도라도 도움을 주어야 한다. 그러나 야당은 북한처럼 윤 대통령을 쓰러트리려는 데에 올인하고 있다. 국회의원이 대통령 탄핵을 시도 때도 없이 입에 올려, 이들이 간첩 집단이 아닌가 하는 의심이 들 때가 한두 번이 아니다. 그러니 대통령을 선출한 국민이 더불어민주당을 반국가집단이라고 비난하는 것이다.

주사파의 광우병 선동에 속고, 세월호 선동에 속고, 박근혜 대통령 탄핵 선동에 속았던 국민이 이제 정신을 차리고 주사파의 꼼수를 읽기 시작했다. 그래서 이태원 참사 때 선동에 속아 넘어가지 않았고, 이번에 후쿠시마 처리수 선동에도 속아 넘어가지 않고 있다.

국민은 야당의 속임수를 다 읽고 있어서 무슨 선동을 해도 속아 넘어가지 않을 것으로 본다. 윤 대통령은 국민이 주사파의 선동에 속아 넘어가지 말라고 주사파의 허점을 연설로 말해 준다. 아웃소싱 부대는 윤 대통령의 연설만 들어도 정신 무장을 하는 데 상당한 도움이 되리라고 생각한다.

요즈음 유튜브 방송은 PD라는 사람들이 무당을 찾아가서 대통령 내외분의 사주를 대주고 점치는 방송을 한다. 무당들은 약속이나 한 듯이 두 분이 감옥에 갈 것이고 탄핵을 당할 것이라고 말한다. 이런 현상이 박근혜 대통령 탄핵 전에도 있었다. 이것은 내가 보기에 중상모략이다. PD라는 사람들에게 끌려가는 무당들이 한심하지 않을 수 없다. 점을 치는 사람들은 자기가 무슨 짓을 하는지 생각하라.

이제부터 시사포커스의 김민규 기자의 보도에서 윤 대통령의 연설을 읽기로 한다. 이념 교육용으로 읽어도 괜찮다고 생각하여 권하는 것이다.

"시대착오적인 투쟁과 혁명, 그러한 사기적 이념에 우리가 굴복하거나 휩쓸리는 것은 결코 진보가 아니며 우리 한쪽의 날개가 될 수 없다"

"통합이란 것은 어떤 방향성과 기제가 있어야 하는 것이며, 그 기제는 지속적으로 우리가 추구해야 할 가치가 되겠다."

"새가 하늘을 날려면 왼쪽 날개와 오른쪽 날개 다 필요하다고 빗대어 말씀하는 분들도 계시나, 날아가는 방향이 같아야 오른쪽 날개와 왼쪽 날개가 힘을 합쳐서 그 방향으로 날 수 있는 것이지, 오른쪽 날개는 앞으로 왼쪽 날개는 뒤로 가려고 그런다면 그 새는 날 수 없고 떨어지게 돼 있다. 어떤 쪽이든 어떻게 조화하든 날아가는 방향, 우리가 가야 하는 방향은 일치돼야 한다."

이 부분은 대단히 마음에 드는 부분이다. 주사파가 국가에 대하여 하는 짓의 실체를 잘 지적했다고 볼 수 있다.

"모두가 자유인이 돼야 자유 사회가 된다. 그런 점에서 약자 복지와 과학기술 혁신은 궁극적으로 통합의 기제다. 우리가 더 자유롭고 자유로운 가운데 더 풍요롭고 더 높은 문화와 문명 수준을 누리고, 이 지구의 모든 인류와 평화롭고 번영되는 관계를 구축해나가는 것이 결국 우리의 방향인 것이다."

12 마지노선

내가 박정희 대통령과 인연이 있음을 깨달게 된 것은 비혼자 여신에게서 내가 3개의 고를 풀어야 한다는 말을 들었을 때였다. 그 끈이 있음을 내게 확인시켜 준 사람이 궁정동에서 죽은 내 동생이었다.

“형은 아직도 소설에 귀신 이야기를 쓰고 있는 거야?”

그가 화장장에서 시신이 불태워진 후, 영이 되어 내게 나타나서 물었다.

“음. 직업이니까.”

“내 이야기도 나오겠군.”

“나올 수 있지. 대통령 이야기도.”

“죽은 다음의 이야기야?”

“음.”

"내가 그 이야기를 믿을 수 있을까?"

"믿지 못해도 할 수 없지."

"어떤 이야기를 쓰고 있는데?"

"마지노선."

"프랑스의?"

"아니, 아이젠하워 대통령이 말한 마지노선."

"흠, 흠, …"

"그 말은 아이젠하워 대통령이 카터가 싫어한 독재자 박정희 대통령을 평가하면서 한 말이야. 그가 박 대통령이 민주주의와 공산주의가 충돌하는 지정학적으로 최첨단에 있는 대한민국의 휴전선에서 민주주의의 마지노선을 지켰다고 평가한 것이지."

"다 쓰면 알려주어."

"OK!"

갑자기 내 핸드폰이 울렸다. 비혼자 여신이 내게 보낸 신호였다. 나는 전화를 받았다.

"장진호에서 캠프 마켓에 실려온 미군이 난동을 부리고 있다. 그대가 가서 해결해야 하겠다."

"그렇게 하겠습니다."

나는 벤츠에 올라탔다. 벤츠가 캠프 마켓의 정문에 도착했다. 게이트 가드가 게이트를 지키고 있었다. 그는 평소에 야간에 근무하지 않았다. 오늘 특이하게 그가 게이트를 지키고 있었다.

"야간에도 근무하나?"

"비상소집. 이제부터 거기장군의 업무 시작이야. 비밀공방으로 가야 할 거야."

"누구를 찾아가면 되지?"

"새로 부임한 매니저가 있는데, 그 사람을 찾아가면 돼. 그는 여자야."

나는 느낌이 이상했다. 혹시 월하가 매니저로 부임하지 않았나 하는 생각이 들었다. 벤츠가 직진했다.

"우리는 비밀공방으로 가고 있습니다."

우리는 매트릭스 교차로를 통과했다. 비밀공방은 인공 숲 속에 출입구가 은폐되어 있어 발견이 쉽지 않았다. 밴츠가 비밀 공방 출입구 앞에 멎었다. 세 사람이 차에서 내렸다. 각자 키 카드를 키 카드 꽂는 구멍에 꽂았다가 빼자 문이 열렸다. 우리는 문을 통과했다.

우리가 나간 곳은 거대한 공간이었다. 공장 건물이 1열로 늘어서 있었다. 공방 안에서 나옴 직한 소리가 밖으로 새어 나오지 않았다.

"AI인간을 구입하라. 수량은 3천 명이다."

비혼자 여신으로부터 문자가 왔다.

"AI인간에는 두 종류가 있습니다. 선한 AI인간과 악한 AI인간 입니다. 선한 자는 메타버스 여신이 통제하고, 악한 자는 붉은 여신이 통제합니다. 상제국 정보에 따르면, 악한 자들이 언제부터인가 인간의 탈을 쓰고 붉은 메타버스에 존재합니다. 그들을 사상부에서 면밀하게 관찰한바, 붉은털원숭이로 밝혀졌습니다."

붉은 메타버스는 부평 공원이다. 붉은 여신이 인천 시장에게 명령하여 만든 것이다.

나는 쌍안경으로 붉은 메타버스를 관찰했다. 중국인들이 끊임없이 붉은 메타버스로 들어오고 있었다. 그들은 지구 멸망 시대를 대표하는 인종이다. 나는 현기증이 일었다. 급속도로 혈압이 떨어지는 것 같았다.

나는 비밀공방으로 들어가 사무실로 갔다. 그곳에 월하가 있었다. 그녀를 보니 반가웠다.

"거기장군(車騎將軍)의 무장(武裝)을 복원했습니다."

월하가 말했다.

월하는 비밀 공방의 박물관으로 나를 데리고 갔다. 박물관에는 각종 무장이 진열되어 있었다. 그것들은 시대별로 제작되어 있었다.

한국시대, 배달나라시대, 조선시대, 부여시대, 삼한시대, 삼국시대, 고리(KOREA)시대, 조선시대, 대한민국시대의 무장들이었다. 미래시대의 것들도 준비되어 있었다. 거기장군의 무장은 고리시대의 것이었다. 갑옷에 반응장갑이 비늘처럼 붙어 있었다. 월하는 내게 거기장군의 무장을 내주었다.

나는 그것을 입었다. 갑옷이었다. 월하가 장비 창고에서 검은 색의 말인 여(驪)를 끌어다 내게 주었다. 내가 보기에 그 말은 말 같기도 하고 기갑(機甲) 같기도 한 정체가 아리송한 동물이었다. 나는 갑주(甲冑)로 무장하고 여의 등에 올라앉았다. 아우라가 나를 감싸는 느낌이 들었다. 나는 고리시대의 무장(武將)으로 복귀해 있었다.

"거기장군의 부대를 업그레드했습니다."

월하가 말했다.

월하가 박물관 창고에 있는 비밀금고에서 거기장군 앱을 꺼내어 내 핸드폰에 깔아주었다. 거기장군 앱에는 첨단 기능이 입력되어 있었다. 변신, 지휘통솔, 병력, 부대, 작전, 보급, 수송, 무장, 이런 여러 기능이 알고리듬으로 연결되어 있었다.

나는 월하를 따라 제1공방으로 들어갔다.

공방에서 AI인간과 아바타를 만들고 있었다. 기계에서 AI인간과 아바타가 나오는 대로 옆방에 있는 다른 공간으로 보내져 자동으로 진열되었다. 그들에게 생명을 넣어주지 않아 아직 움직이지 않는 기계 상태로 있었다. 그들은 모두 벌거벗고 있었다.

제1 비밀공방의 책임자가 우리가 있는 곳으로 왔다.

"거기장군이 가져가야 할 AI인간과 아바타예요. AI인간 1인 당 아바타가 1개 딸려 있어요. 이들의 기능은 싸울 때 작동이 될 것입니다. 이들은 싸울 때 2인 1조로 행동할 것입니다. 이번에 제작된 아바타는 모든 기능이 업그레이드 되었습니다. 이들에게 옷을 입혀야 하고, 이들이 타고 다닐 말이 필요합니다. 필요한 물자는 제1공방에서 조달이 가능합니다."

이들은 AI인간 3천 명에 아바타 3천 명이었다.

"이들이 말을 탑니까?"

"말은 UFO입니다. 필요에 따라 변형됩니다."

"대단히 편리한 UFO군요."

"그렇습니다."

여러 개의 비밀 공방에서 그들에게 보급해야 할 물자가 그들 앞에 공급되었다. 나는 쌍안경으로 그들의 프로필을 보았다. 그들의 전생이 화려하였다. 대단한 이력들을 가지고 있었다. 나는 그들 중에서 최근에 환생한 인간의 영이 입력된 AI인간을 골랐다.

나는 쌍안경에 나타나는 군관들의 이력을 보고 그들의 이력에 맞는 보직을 주어 부대 편성을 끝냈다. 나는 제1 비밀 공방의 경리에게 AI인간과 아바타와 그들에게 필요한 보급품을 산 대금을 지불했다. 그들에게 신속히 무장이 갖추어졌다. 그들은 레이저 무기로 무장했다. 병력 6천 명 규모의 여단이 하나 생겼다. 그들이 핸드폰으로 통신하도록 하였다. 나는 그들에게 연병장에 집합하라고 명령했다. 그 순간에 그들이 나처럼 말하고 행동했다. 나는 내가 AI인간이 아닌가 하는 생각이 들었다.

"대원을 전원 집합시켰습니다."

부관이 내게 보고했다.

나는 그들과 상견례 하였다.

이제부터 해야 할 일은 미군의 소원을 들어주는 일이다. 우리는 제수를 준비할 겸해서 비밀 공방 지대를 둘러보기로 하였다. 마침 술을 만드는 공방이 있어서 먼저 그리로 갔다. 술 공방의 책임자가 우리를 맞이했다.

"이곳은 각종의 술을 만드는 곳입니다. 제사에 올리는 제주(祭酒)로 쓸 술을 만들고 있습니다."

"여기서 만드는 술의 이름은 무엇인가요?"

"조라술이라고 합니다. 조라술이란 조선 나라의 술이라는 뜻입니다."

"지금도 농촌에서 마을 제사를 지낼 때 조라술을 빚어서 쓰고 있지요."

"그렇습니다."

조라술에는 오래된 역사가 있다. 삼조선(三朝鮮) 때, 팔곡성관(八穀星官) 곤오(昆吾) 풍(豊)이 처음 팔곡 농사를 지었고, 조선의 제관인 중여곤(衆餘鯀)이라는 분이 처음 술을 빚어 종묘제례(宗廟祭禮)를 지냈다. 그때 처음 빚은 술 이름이 조라술이다.

나는 제사에 쓸 제주를 주문했다.

우리는 다음 공방으로 갔다. 그곳은 아바타가 입을 옷을 만드는 공방이었다. 문 위에 '옷 공방' 간판이 붙어 있었다. 그곳에서는 군대가 입을 군복과 제사 때 제관이 입을 옷을 주문할 수 있었다. 그것들을 주문했다.

좀 더 앞으로 나가자, '장비 공방'이 나타났다. 그곳은 각종 장비를 만드는 곳이었다. 나는 그곳에서 군대가 쓸 장비와 제사에 쓸 제기들을 주문했다. 내가 주문한 것들이 빠른 속도로 만들어졌다.

이상미가 카메라의 필름을 돌려주었다. 더글러스 맥아더(1880년 1월 26일~1964년 4월 5일, 향년 84세) 장군이 옥수수 파이프를 물고 화면에 나타났다.

"메타버스에 소속되어 비혼자 여신의 휘하에 있는 거기장군입니다. 더글러스 맥아더 원수님을 면담하고 싶습니다."

나는 켐프 마켓의 창장이 썼던 사무실로 그를 만나러 갔다. 그는 일본인 부인과 함께 있었다.

맥아더 장군이 안경 넘어로 나를 바라보았다.

나는 그가 권하는 대로 둥근 테이블 앞에 앉았다. 일본인 부인이 차와 과자를 테이블 위에 놓았다.

이때 벤츠에 타고 있던 이승만(1875년 3월 26일~1965년 7월 19일) 대통령이 벤츠에서 내려 창장실로 들어왔다. 더글러스 맥아더 장군이 의자에서 일어서 이승만 대통령을 맞았다.

"각하, 무슨 일로 이곳에 오셨습니까?"

"역사 왜곡을 막기 위하여 이곳에 왔소."

"안심하십시오. 역사 왜곡은 없을 것입니다."

"그렇지 않소. 미국은 미국의 국익을 위하여 역사를 왜곡할 것이고, 소련은 소련의 국익을 위하여 역사를 왜곡할 것이고, 중공은 중공의 국익을 위하여 역사를 왜곡할 것이고, 김일성은 김일성을 위하여 역사를 왜곡할 것이요. 지금 김일성은 6.25 남침을 내가 북침했다고 선동하고 있고, 항미원조(抗美援朝)하고 있다고 중공의 괴수 모택동이 역사를 왜곡하고 있소."

나는 이승만 대통령이 하는 말이 타당성이 있는 말이라고 생각하였다.

"역사 왜곡을 막아야지요."

맥아더 장군이 말했다.

"원수님, 언제 이곳에 오셨습니까?"

나는 맥아더 장군에게 물었다.

"장진호에서 열차가 전사자들의 영을 싣고 캠프 마켓에 오던 날 열차 도착 시간에 맞추어 이곳에 왔소."

그런데 나는 놀랍게도 그 사실을 모르고 있었다.

"한국 역사에서 선대(先代)의 고리의 장군은 왜 무슨 이유로 후대(後代)의 미국 장군인 나를 만나자고 했습니까?"

"지금 나는 역사의 호출을 받고 메타버스를 운영하는 비혼자 여신을 경호하는 호위부대의 부대장의 직무를 수행하고 있습니다. 제가 가지고 있는 부대의 규모는 증강된 1개 여단입니다. 또한 나는 메타버스 영역 수어(守禦)부대의 장도 맡고 있습니다. 장진호에서 이곳에 후송된 미군이 메타버스의 평온을 해치고 있어 그들을 진정시켜 달라고 통보하러 왔습니다."

"그렇소? 그들이 미국인에게 맞지 않는 이상한 요구를 하고 있어 내가 고민하고 있습니다."

맥아더 장군이 난처하다는 듯이 말했다.

"장군, 그게 무슨 말이요?"

이승만 대통령이 물었다.

"그들이 제사를 지내 달라고 요구합니다."

"그들이 요구하면 제사를 지내주면 되지 않소?"

이 대통령이 말했다.

"기독교인들이 우상숭배라고 반대할지도 모릅니다."

내가 말했다.

"그럼 소문 내지 않고 제사 지내면 되겠군."

이 대통령이 말했다.

"맥 장군께서 찬성한다면 제사를 지내겠습니다."

내가 말했다.

"찬성합니다. 그러나 장병들의 생각을 확인하여 결정하기로 합시다."

맥아더 원수는 부관에게 장진호 전투를 지휘한 사령관을 부르라고 지시했디. 제10군단장 에드워드 알몬드 소장(1892

년 12월 12일 ~ 1979년 6월 11일)이 나타났다. 우리는 둥근 테이블에 둘러 앉아서 회의를 시작했다. 나는 메타버스의 현황을 설명한 다음에 켐프 마켓의 절반을 끊어내어 인천시가 만든 붉은 메타버스에 대해서도 설명했다.

"지금 부평 메타버스가 위기에 처해 있습니다."

내가 설명을 마치고 말했다.

"붉은 메타버스에 김일성이 있소?'

이승만 대통령이 내게 물었다.

"아직 그런 징후는 보이지 않습니다."

내가 대답했다.

나는 가방에서 『매트릭스 교차로』를 꺼내어 펼쳤다.

"이 책은 부평 메타버스의 사상부에서 만든 역사서입니다. 정사를 다루지 않고 이면사를 기록했습니다. 여기에서 역사 칼럼 하나를 읽어 그리겠습니다."

내가 읽은 칼럼은 다음과 같다.

이승만과 기독교적 자유민주주의

이승만 연구자들은 대한민국을 이승만이 세운 자유민주주의 기독교 국가라고 말한다. 그가 대한민국을 세우는 과정에서 행한 과단성 있는 일련의 조치들을 학생들이 독재로 오해했기 때문에, 그가 국부(國父)로서의 자격이 충분함에도 불구하고 독재자라는 오명을 쓰고 국민들로부터 버림을 받았다고 말한다. 나는 이 주장에 동의한다.

당시에 국민이 무식하였기 때문에 이승만이 누구인가를 제대로 알지 못하여 그가 당하지 않아도 될 일을 당하게 된 것이다. 그가 부정선거를 하라고 지시한 적이 없었다. 그는 자유당이 저지른 부정선거에 책임을 지고 하야하였다. 국민은 그를 무자비하게 권좌에서 끌어내려 나라 밖으로 추방하였다. 이 일의 배후에 공산주의자들의 준동이 있었다.

우리 헌법에 기재되어 있는 자유 민주는 한국에만 있다고 한다. 우리 헌법을 이런 헌법으로 만든 사람이 이승만이다. 우리는 그에게 너무나 큰 죄를 지었다. 그는 독재자가 아니라 기독교 신자가 말하는 주의 종이다. 그는 대한민국을 기독교 국가로 만드는 데에 성공하였다.

정치가 국민을 억압할 때는 기독교의 자유민주주의 사상으로 과잉 정치를 억제해야 하고, 정치가 국민으로부터 이탈할 때는 정치를 국민의 발아래 잡아 두어야 한다는 것을 기독교인은 기독교 정신으로 이해하고 있다. 작금에 일어나는 주사파 정부의 퇴진을 요구하는 기독교인이 이러한 사상적 배경을 가지고 있다.

이제 대한민국의 기독교는 자유와 민주와 시장을 도둑질하여 폐기처분 하려는 주사파 도둑 떼들과 청와대 앞에서 이전투구(泥田鬪狗)를 장기화 하였다.

지금 이 나라에서 가장 절실하게 요구되는 것은 훼손된 자유민주주의를 복원하는 일이다. 나는 우리 국민이 이런 단순한 이치를 모르고 헤매는 이유가 철학을 공부하지 않아서, 국가철학, 역사철학, 문화철학을 갖지 못한 때문으로 본다.

국가철학은 국가 정체성을 세우기 위하여 국가에서 국민에게 가르치는 철학이고, 역사철학은 역사에서 조상으로부터 우리의 정통성을 배우는 철학이고, 문화철학은 전통문화에서 개인이 스스로 개인의 자유를 신장하기 위하여 배우는 철학이다. 철학은 이렇게 나에게 꽂힌 3개의 파이프로 국가, 역사, 문화에서 배워야 한다.

"장병들이 요구하는 것은 무엇인가?"
맥아더 장군이 알몬드 소장에게 물었다.

"미국으로 복귀하기 전에 전통 한국식으로 제사(祭祀)를 지내 달라고 요구하고 있습니다."

"군목(軍牧)이 집전하는 예배만으로는 부족하다는 말인가?"

"그렇습니다."

"시골 교회에서 예배나 보던 그들이 한국의 전통 제사를 어떻게 알아?"

"한국의 해드 샤먼(무당)들이 그들의 영에 들어와 마더 샤먼(巳母)의 메시지를 전하고 간 때문입니다."

"그게 무슨 말인가?"

이 말을 이해하는 사람은 그 자리에 나 하나 외에 다른 사람은 없었다. 내가 설명해야 하였다.

"한국에는 해드 샤먼의 최고 조상인 마더 샤먼이 있습니다. 한국인은 그를 사모라고 말합니다. 한국인은 사모의 후손입니다. 사모의 후손을 풍이족(Fengyi people)이라고 합니다. 풍이족은 인류의 조상 인종입니다. 사모는 풍이족의 어머니입니다. 사모가 그의 후손에게 나타나서 무엇인가 메시지를 전한 것입니다."

"처음 듣는 말인데."

맥아더 장군이 말했다.

"맥아더 장군의 성 맥아더의 머리글자 맥은 한자로 쓰면 맥(貊)입니다. 맥은 풍이족에 속하는 인종입니다. 맥은 한국인의 조상이기도 하지요. 맥족이 세운 나라가 맥조선(貊朝鮮)입니다. 한국전에 참전한 미국의 원주민 인디언은 조상이 맥족 입니다. 이들의 영에 마더 샤먼의 메시지가 전해졌을 것입니다. 사모는 풍이족의 문자인 뱀을 뜻하는 사(巳)자를 만든 분입니다. 그는 문자의 신(神)입니다. 사자에서 많은 한자가 파생되어 나왔습니다."

나는 사자에서 파생된 많은 문자를 테이블에 써서 보여주었다. 여(女), 모(母), 민(民), 충(虫), 형(兄), 묘(卯), 안(安), 풍(風), 한(桓), 치(蚩), 등이 사(巳)의 파생문자(派生文字)이자 가차문자(假借文字)다. 무수하게 많은 풍이문자가 어디에선가 캠프 마켓의 연병장으로 쏟아져 들어왔다. 경이로운 광경이었다.

"저 문자는 사모가 보낸 사모군(巳母軍)입니다."

문자들이 모두 군인으로 변하더니 정렬했다. 나는 말을 이었다.

"제사(祭祀)의 사(祀)자에는 사(巳)자가 부수(部首)로 들어가 있습니다. 이 사자에는 풍이족의 장자(長子)라는 뜻이 있습니다. 풍이족의 장자는 제사 지낼 때 제관이 됩니다."

맥아더 장군이 머리를 끄덕였다.

"제사 여부는 누가 결정합니까?"

"사모입니다."

"제사 지낼 수 있게 사모에게 건의하여 조치해 주시오."

"그렇게 하겠습니다. 그전에 우리가 할 일이 있습니다."

"그게 무엇이요?"

"아마 틀림없이 김일성이 방해할 것입니다. 그가 제사를 방해하지 못하게 사전 조치해야 합니다. 제가 조치하겠습니다."

나는 사모군에게 붉은 메타버스를 공격하여 붉은 세력을 전멸시키라고 명령하였다. 내게 포로는 용납되지 않았다. 사모군의 지휘관들이 작전계획을 가지고 내게 왔다. 나는 작전을 승낙했다. 우리는 출동 준비가 모두 끝난 상태에 있었으므로 공격 하는데 별문제가 없었다.

"김일성이 남침한 시간에 맞추어 되갚아 주자."

이승만 대통령이 말했다.

나는 새벽 4시에 공격 명령을 내렸다.

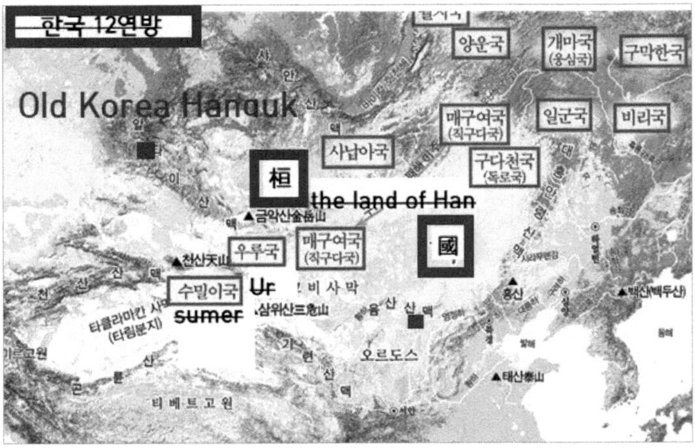

13 제사 준비 중에 생긴 일

나는 연병장 한쪽에 몽골천막을 치고 집무실로 쓰기 작했다. 나는 나의 식구들과 둘러앉았다. 사모가 성주산을 떠나 순간이동으로 우리가 있는 곳에 왔다.

“삼헌관(三獻官) 제사로 하라.”

사모가 말했다.

삼헌은 헌관 3인을 말한다. 헌관 3인은 초헌(初獻), 아헌(亞獻), 종헌(終獻) 3인의 제관이다.

“향관(享官)은 몇 사람이 필요한가요?”

“향관이 3인, 집사(執事)가 2인, 시자(侍子)가 2인, 팽주(烹主)가 1인, 찬창(贊唱)이 1인, 알자(謁者)가 1인, 기타 행사 보조자 여러 명이니까 “인원이 한 15명쯤 필요하다.”

“제례의궤(祭禮儀軌)의 기록대로 제례의 격식을 갖추어야 합니다."

운전자가 말했다.

"대통령들을 제관으로 쓰자."

사모가 말했다.

"제상을 차릴 장소를 어디로 정하면 좋겠습니까?"

내가 사모에게 물었다.

"만덕 대부인에게 맡겨."

"제가 알아서 하겠습니다."

월하가 말했다.

매트릭스의 통로가 빛으로 부풀어 오르는가 싶더니, 여러 색깔의 말을 탄 기병들이 매트릭스 교차로로 쏟아져 나오고, 용마(龍馬)를 탄 백동수가 용들이 이끄는 정조 대왕의 비어가를 모시고 나타났다. 이어서 백선엽 장군이 이끄는 군대와 채명신 장군이 이끄는 군대가 쏟아져 나오고 나서 매트릭스 통로는 조용해졌다.

부평 공원 쪽에서는 사모군이 김일성의 군대와 모택동의 군대를 소탕하느라고 쏘아대는 포 소리가 간간이 들리고, 사모군이 쏘는 레이저 총에 맞마 불타는 영의 냄새가 캠프 마켓으로 넘어왔다. 불쾌하고 불결한 냄새였다.

미혼자 여신이, 내게 4.3폭동의 주동자를 색출하여, 그들의 정체성을 이승만대통령이 세운 대한민국의 정체성으로 바꾸지 않은 자들을 모두 처형하라는 지시가 떨어졌다. 다른 지시도 있었다. 북한에 있는 열사릉을 수색하여, 광주 폭동에 동원되었다가 죽어 열사로 묻힌 자들을 모두 색출하여, 그들의 영을 처형하라는 지시도 떨어졌다. 나는 곧 작전에 들어가야 하였다.

4.3폭동은 이미 1947년 미군정 하에서 4월 3일 03시에 남조선 로동당이 영주 산상고고에 봉화를 올리고 제주도 안에 있는 지서와 경찰서를 습격하면서 시작되었다. 이 폭동은 1954년 9월 21일까지 계속되었다.

군 수뇌부는 1948년 10월 19일부터 10월 27일까지 당시 전라남도 여수시에 주둔하고 있던 제 14연대에 진압 명령을 내렸으나, 남로당에 몰래 가입한 부대원 2,000명이 중위 김지회, 상사 지창수의 지휘하에 출동을 거부하고, 여수 시내에서 경찰과 우익 인사를 죽이면서 경찰과의 무력 충돌을 벌여 여수 시내를 쑥대밭으로 만들었다. 남로당의 김달삼 등이 4.3사건에 개입하여 사태가 확산되었다. 북한에서 남하한 북한 출신의 청년 조직인 서북청년회가 남로당을 쳐부수겠다는 명분을 내세우고 이 사건에 개입하였다. 1948년 5월 10일 제주도의 북제주군에서 치러진 2개 선거구는 제주 4.3사건의 여파로 무효가 선언되었다. 재선거는 이듬해인 1949년 5월 10일 치러졌다. 도민들은 반란 가담자나 반란 진압에 참여한 자를 제외하고, 상당수의 무고한 국민이 가해자가 된 대한민국 정부군과 남로당 그리고 북조선유격대로부터 인명과 재산과 가정이 파괴되는 엄청난 피해를 당했다.

종북 정부 때의 기록에 따르면, 제주4·3사건은 "1947년 3월 1일 경찰의 발포사건을 기점으로 하여, 1948년 4월 3일 남로당 제주도당 무장대가 무장 봉기한 이래, 1954년 9월 21일 한라산이 전면 개방될 때까지, 제주도에서 발생한 무장대와 토벌대 간의 무력 충돌과 토벌대의 진압과정에서, 25,000~30,000명이 희생당했다고 하였다. 기록은 남로당이 4.3일 새벽 3시에 봉화를 올리고 반란을 일으켰다는 기록을 하지 않았고 토벌대에게 희생당했다는 것만을 기록하였다. 희생자의 많은 수(약 78%)가 토벌대에 의해 죽임을 당했고, 이 중에는 어린이·노인·여성이 약 30%를 차지하여 남녀노소를 가리지 않은 과도한 진압 작전이 전개됐음을 알 수 있다고 하였다. 희생자 후손들에 대한 연좌제 피해도 극심하였다고 하였고, 죄의 유무와 무관하게 4·3사건 때 군경 토벌대에 의해 죽임을 당했다는 그 이유 하나만으로 희생자의 가족들은 연좌제로 감시당하고 사회활동을 제약받았다고도 하였다. 반면에 제주도 진압작전에서 전사한 군인은 180명 내외로 추정된다고 하였고, 또 경찰 전사자는 140명으로 파악되고 있다고 하였다. 4·3사건 당시 희생된 경찰과 군인 및 우익단체원들은 모두 '국가유공자'로 정부의 보훈 대상이 되고 있다고도 하였다.

피해당한 제주도민을 위로하고 추모하기 위하여, 2008년 3월 28일 제주시 명림로 봉개동에 제주 4.3공원의 조성을 마치고 개원(開園)하여, 지금은 매년 4.3사건 추모행사가 열리는 관광 코스가 되었다고도 하였다.

4.3폭동의 주동자는 제주도 출신의 김달삼이다. 그가 없었다면 4.3 폭동은 일어나지 않았을 것이다. 그는 일본군 소위 출신이었다. 김달삼의 프로필은 다음과 같다.

김달삼(金達三): 본관 고부 이씨 본명 이승진(李承晉) 키 170cm

직책: 남조선 로동당 제주도당 총책. 남조선 로동당 제주도당 군사부장

생존기간: 1923년 8월 4일 ~ 1950년 3월20일(26세)

출생지: 전라남도 제주도 대정면 영락리 987번지(현 제주특별자치도 서귀포시 대정읍 영락리)

사망지: 강원도 정선군 여량면 봉정리 승지골 (김달삼 모가지 잘린 골)

학력: 주오대학 경제학 학사. 일본제국 육군 복지산. 육군 예비사관학교. 강동정치학원 수료

종교: 무종교 (사회주의)

경력: 일본제국 육군 소위. 대정중학교 상업과 교사. 남

로당 대정면 조직부장. 남로당 제주도당 도당책. 남로당 제주도당 군사부장. 남로당 제주도 대표자회의 제주도 대표. 조선최고인민회의 제1기 대의원. 조선 헌법위원회 위원. 조선 인민유격대 태백산지구 김달삼부대장(제3군단장)

조선인민유격대를 토벌할 부대의 지휘관이 내가 임시로 집무실로 쓰는 몽골 천막에 도착했다. 그는 국방경비대의 백선엽 부대장이다.

나는 그를 보자 안심이 되었다. 그가 존경받는 군인의 일생을 살다 세상을 떠난 분이기 때문이다.

"나를 이곳에 부른 사람이 당신이요?"

그가 불평하듯 내게 물었다.

"아닙니다. 장군을 부른 분은 비혼자 여신입니다."

"비혼자 여신? 여신의 명단에 그런 분도 있소?"

"메타버스라는 새 우주가 생겼는데, 이 새 우주에 처음 생긴 여신입니다."

"세상이 많이 변했군."

"그렇습니다."

"비혼자란 무슨 뜻이요?"

"비혼자란 혼인 안하고 혼자 사는 자라는 뜻입니다."

백선엽 장군이 고개를 끄덕했다.

"그 여신이 왜 나를 불렀소?"

"백선엽 장군을 결자해지(結者解之)의 적임자로 보고 부른 것일 것입니다. 이건 저의 추측입니다만, 4.3사건으로 생긴 앙금과 원한을 장군께서 풀어주시라고요."

"알았소."

박 대통령 시해 사건 때 궁정동 안가에서 함께 사망한 경호처장 정인형이 몽골 텐트 안으로 박정희 대통령을 수행하여 들어왔다. 그들은 야전 의자에 앉았다. 몽골 텐트 안은 전직 대통령과 장군들로 꽉 찼다.

"저는 메타버스의 수어 부대장으로 있는 안중근이라고 합니다. 여러 분을 환영합니다. 앞으로 여러분과 동거동락 할 것을 비혼자 여신으로부터 명령받았습니다. 역사가 되풀이 되어, 또 다시 붉은털원숭이와 싸워야 하게 되었습니다."

나는 비혼자 여신이 내게 보낸 전문을 읽었다. 우리는 머리를 맞대고 비혼자 여신의 명령에 대하여 상의했다. 이승만 대통령과 박정희 대통령은 국군을 이끌고 제주도로 가기로 하고, 나는 흰 나비부대를 이끌고 열사능으로 가기로 했다.

부평 공원이 사모군에게 평정되어 본의군과 갑골군은 성주산으로 복귀했고, 푸른 메타버스는 금문군이 방어하기로 하였다. 나는 흰 나비부대원들을 벤츠에 붙이고 북한의 애국열사릉을 향하여 출발했다.

애국렬사릉은 북한에 있는 대한민국의 국립묘지 급에 해

당하는 묘역으로 평양시 형제산구역 신미동에 있다.

형제산 구역은 평양시의 서북쪽 외곽에 위치한다. 북쪽에 보통강이 형제산을 감싸듯이 흐르고, 이 강은 서해로 연결된다. 보통강의 동쪽에 간리역이 있고, 간리역의 동쪽에 신미리 애국렬사릉이 접하고 있다. 신미리 애국렬사릉의 동쪽은 평양 화천간 고속도로가 남과 북을 이으며 수직으로 지나고 있다. 남쪽으로 산음역이 있다.

신이리 애국렬사릉 쪽으로 순안구역, 동쪽으로 룡성구역, 서성구역, 남쪽으로 만경대구역, 서쪽으로 평안남도 대동군과 접한다.

형제산구역은 1960년에 서성구역, 만경대구역, 룡성구역의 각 일부와 평안남도 순안군 대양리(大陽里) 일부를 병합하여 구역이 신설되면서 형성된 지명이다. 이는 구역의 남서쪽에 위치한 대동군 남형제산면(南兄弟山面)에서 유래하였는데, 남형제산(南兄弟山, 143m)은 구역의 형산리(兄山里)와 제산리(弟山里)의 경계에 있는 산으로 대형제산(大兄弟山, 또는 형산(兄山), 143m)과 소형제산(小兄弟山, 또는 제산(弟山), 127m) 두 개의 봉우리에서 비롯된 지명이다. (나무위키) 형제산으로 오는 철도는 평의선이 통과하고 있는데, 간리역과 서포역이 개설되어 평양~순안간 통근열차가 다니고 있다. 이곳에 정찰총국 본부와 애국렬사릉 등이 있다.

애국렬사릉은 대성산혁명렬사릉과 함께 북한의 양대 국립

묘지로 꼽히지만 북한에선 혁명렬사릉에 비해서 한 급 낮게 취급한다. 실제로 애국렬사릉의 비석에는 '돌사진'이 붙어 있지만, 대성산 혁명렬사릉에는 반신상이 놓여 있어서, 그들의 신분과 업적을 차별하고 있음을 알 수 있다. 대한민국에 있는 국립호국원(國立護國院, National Cemetery)과 닮은 형태를 보여준다. 신미리 애국렬사릉은 1986년 개관하였다. 이 릉이 신미리에 있어서 '신미리 애국렬사릉'이라고 칭하기도 한다.

우리가 애국렬사릉에 도착하기 전에 비혼자 여신이 릉을 공격하여 영들을 모두 죽이고 불태우라고 내린 명령이, 김달삼을 죽이지 말고 살려서 전향시키라는 명령으로 변경되었다. 나는 왜 김달삼을 잡아 전향시키라는지 의문이 들었다. 궁금하지 않을 수 없었다.

이상미가 카메라로 김달삼의 비석이 서있는 곳을 스캔하였다. 그곳에선 그를 찾을 아무런 단서가 발견되지 않았다.

그런데 존재를 알 수 없는 티끌같은 것이 애국렬사릉을 덮고 있었다. 나는 내 쌍안경으로 티끌을 확대하여 보았다. 그것은 엄청난 수의 인민군과 중공군의 영이었다. 그들 속에 김일성과 모택동이 있었다. 아무래도 우리의 공격 계획이 누설된 것 같았다. 나는 흰 나비를 트랜스포머 부태로 회복시켜 비노출로 만들었다. 저들은 우리가 왔다는 것을 아직 눈치채지 못하고 있었다.

"김달삼이 보이지 않습니다."

운전자가 내게 보고했다.

그가 이곳에 없다면 그가 가 있을만한 곳이 다른 데 있다고 생각되었다. 그곳은 아마 그가 국군에게 목이 잘려 죽은 곳일 것이다. 나는 흰 나비부대에 공격명령을 내렸다.

나는 가방에서 『메타버스 교차로』를 꺼내 펼치고 칼럼을 읽었다.

> 이승만주의로 건국한 대한민국의 아킬래스 건 한국공산주의
>
> 우리나라 공산주의 역사를 보면, 먼저 1918년 2월에 러시아지역에서 한인사회당이 창립된 것이 시초였다. 다음에 일본유학생들이 사회주의사상을 받아들였으나 당을 만들어 활동할만한 수준은 되지 못하였다. 국내에서는 1919년에 조선공산당(중립당)이 창당되었으나 이 역시도 사회적으로 활동할 만한 수준은 되지 못하였다.
>
> 공산당이 국내에서 창당되어 사회적인 활동이 가능진 때는 1920년대로 소련 이르크추크에서 생간 공산당과 중국 상해에서 생긴 공산당의 2개 공산당이 고려공산당이라는 이름으로 활동을 시작하면서부터였다.

두 공산당은 노선에 차이가 있어서 통합이 되지 않았다. 이르추크 공산당은 동시혁명론을 주장하였고, 상해 공산당은 연속혁명론을 주장하였다. 두 공산당이 통합의 기미를 보이지 않고 분열상태로 있자. 코민네른에서 조선의 대표로 인정하지 않고 코민테른 극동부 산하에 코르뷰로[高麗菊]를 설치하여 코르뷰로의 지도하에 조선공산당을 조직할 것을 지시하였고, 국외의 공산주의자들이 국내에 잠입하여 활동하기 시작하였다. 당시에 공산주의자 단체로 화요회, 북풍회, 조선노동당, 무산자동맹회의 4개 단체가 있었는데, 이들 단체가 연합하여 1925년 4월 17일 조선공산당을 창당하였다.

1920년대에 조선 사회주의자들이 가지고 있는, '필연적으로 사회주의가 도래한다'는 '유물사관'에, 혁명이론인 '마르크스주의'가 정착하였다. 이로써 일제식민지로부터 민족해방운동의 이론적인 근거가 되었다.

㈜ 이 시기에 이승만은 민족해방의 이론적인 근거를 자기 스스로 기독교의 선지자가 되어 미국의 건국 이념인 기독교적 자유민주주의에서 찾았다. 그는 대한민국 건국의 모델을 미국이라는 민주주의국가의 국가 이념과 시스템에서 찾았던 것이다.

조선공당이 공산당 활동을 시작하면서 일제로부터 대량으로 검거되는 등 탄압을 받았다. 코민테른은 조선공산당을 조선 지부로 승인하였다. 조선공산당은 국내 민족주의 세력과 연합하여, 민족협동전선으로 신간회(新幹會)를 창설하였다.

1928년 코민테른이 '12월 테제'를 발표하여, 공산주의 운동은 인텔리 정당을 벗어나 노동(勞農)자계급정당이 되기 위하여 조선노동당 재건 운동을 벌렸다.

1931년 이후 조선공산당은 적색노동조합, 적색농민조합의 조직을 확대하고 강화하는 데에 주력하였다.

1930년대 중,후반에 이재유 그룹, 권영태 그룹, 박헌영의 경성 콤 그룹, 자유와 독립 그룹, 경성의 공산주의자 협의회, 건국동맹 등이 활동을 계속하다가 일제로부터 해방을 맞았다.(자료 근거: 한국 사회주의의 역사적 기원과 종말-DAUM 백과)

일제로부터 해방이 된 후에 이승만은 남한에서 미국를 모델로 한 국가건설에 성공하였고, 이를 저지하고 공산주의 국가를 세우려했던 박헌형은 실패하여. 월북하여 김일성에게 미국 간첩으로 몰려 처형당했다.

1980년대 중반 이후에 대학가에 주사파(主思派)가 등장했는데, 김일성 개인 숭배사상인 주체사상(수령론)을 받아들여 이승만사상을 타도하고 공산주의 국가로 대한민국의 체제를 붕괴시키고 조지오웰 식의 공산주의 국가를 만들자는 것이 이들의 목적이었다.

이들은 중공과 북한의 공작과 지원을 받으면서 언필층 촛불혁명을 일으켜 대한민국 역사에서 가장 결백한 박근혜 대통령을 온갖 음해로 모략하고, 국정농단이라는 사기 탄핵으로 몰아 파면하고, 경제공동체라는 이상한 형사범죄 용어를 만들어 형사범으로 몰아서 투옥하였다.

"무엇을 그렇게 열심히 읽는가?"
이승만 대통령이 내게 물었다.
"대한민국 역사의 맥을 세워주신 이승만 대통령께서 제압하신 한국 공산주의의 역사를 읽고 있습니다."
나는 이승만 대통령에게 『매트릭스 교차로』를 넘겨주었다. 이승만 대통령은 그 기록을 읽고 박정희 대통령에게 넘겨주었다. 박정희 대통령은 그 글을 읽었다.

이때 흰 나비부대는 개인화기로 레이저를 쏘아 티끌을 모두 불태워버렸다. 시간이 오래 걸리지 않았다. 나는 『메타버스 교차로』를 가방에 넣고 트랜스포머를 흰 나비로 축소 변형시켜 벤츠에 붙이고 그곳을 출발하였다. 이번의 목적지는 "강원도 정선군 여량면 봉정리 김달삼모가지잘린골이다.

정선에서 축제가 벌어지는지 시끄러운 소리가 들려왔다. 정선종합운동장에서는 축제가 벌어지고 있었다. 정선아리랑 축제였다. 관광객까지 모여들어 사람들이 제법 북적거렸다. 본부석 뒤쪽에서 난장이 벌어져 음식을 팔고 있었다. 나는 종합운동장 일대를 수색해 보기로 하고, 흰 나비부대 3개 중대를 제1중대는 임계면(臨溪面)에, 제2중대는 신동읍(新東邑)에, 제3중대는 고한읍(古汗邑)에 보냈다. 남면(南面)은 1중대가 맡도록 했고, 여량면(餘糧面)은 2중대가 맡도록 했고, 북평면(北坪面)은 3중대가 맡도록 했다. 나는 본부 중대를 화암면(畫岩面)을 수색하도록 했다. 이제 남은 사람은 나와 이상미와 운전자 3인이었다. 우리는 정선군 종합운동장 안에 있었다.

축제가 본부석을 바라보며 트랙 안에서 벌어지고 있었다. 그것은 굿판이었다. 무당을 자세히 보니, 사모가 틀림없었다. 내가 성주산에 있는 내 집에서 모시는 사모가 정선의 정선아리랑 축제에 와서 굿을 하고 있었다.

"이번 기회에 상제님에게 헌주 1 잔을 올려라."

사모가 내게 명령했다.

나는 얼결에 조무가 따라주는 술 1잔 받아 상제님에게 올렸다.

"비혼자 여신님에게도 헌주 1잔을 올려라."

사모가 또 명령했다.

나는 조무가 따라주는 술 1잔을 비혼자 여신에게 올렸다.

"사모님에게도 헌주 1잔 올려야죠."

내가 사모에게 말했다.

"그래. 사모에게도 헌주 1잔 올려라."

사모가 내게 말했다.

나는 조무가 따라주는 술을 사모에게 바쳤다. 사모가 내가 바치는 잔을 기울여 술을 마셨다.

"여량면으로 가라!"

사모가 소리쳤다.

나는 굿판을 떠났다. 여랑면으로 갔다. 김달삼 목잘린골에 들어섰을 때, 머리가 없고 복장이 남루한 거지 귀신이 이상미의 카메라에 잡혔다. 그가 때가 낀 베옷을 입고 있었다. 베옷이 헤어져 너덜거렸다. 웃옷은 적삼이고 아래옷은 바지였다. 다 떨어진 신을 신고 있었다.

"김달삼, 머리는 어디에 두고 몸만 돌아다니느냐?"

내가 소리처 물었다.

그가 낙담한 듯 땅에 주저앉았다.

"내 머리 좀 찾아 주시오."

"어디에 가면 네 머리를 찾을 수 있느냐?"

"골짜기에."

"어느 골짜기야?"

김달삼은 우리 앞서 걸어갔다. 걸음이 굉장히 빨라 몸이 나는듯했다. 그가 도착한 곳은 거대한 바위가 버티고 있는 골짜기였다. 바위와 풀과 나무 이외에 다른 것은 보이지 않았다.

"이 바위 밑에 내 머리가 짓눌려 있소."

머리를 꺼내려면 바위를 파괴해야 하였다. 운전자가 광선총으로 김달삼의 머리를 누르고 있는 바위의 밑 부분을 파괴했다. 그러자 해골이 된 머리를 꺼낼 수 있었다. 이제부터는 이 머리를 몸에 붙이는 것이 문제였다. 나는 그의 머리를 그의 몸에 붙일 능력이 없었다.

나는 월하에게 문자를 보냈다.

"외과의를 대기시켜 주시오. 김달삼의 머리를 몸에 붙여야 해요."

곧 문자가 왔다.

"메타버스에 병원이 있습니다. 수술이 가능합니다."

나는 머리를 양손에 받쳐 든 김달삼을 벤츠의 뒷좌석에 태우고 캠프 마켓으로 돌아왔다. 의료진이 김달삼의 매트릭스 교차로에 와서 그를 실어 가려고 대기하고 있었다. 나는 벤츠를 세우고 내려서 그를 의료진에게 인계하였다. 의료진이 차에 그를 싣고 떠났다. 김달삼의 머리와 몸의 봉합 수술은 실수 없이 끝났다. 머리는 다행스럽게도 영이 죽지 않고 살아 있었다.

사모가 여러 명의 무당을 데리고 와서 춤을 추게 하고, 장진호에서 온 영들에게 그들이 입을 군복을 나누어주고 있었다. 영들이 차례로 와서 옷을 받았다. 옷을 받은 영들은 옷을 입었다.

"한국의 여자를 달라고 청원한 자들은 앞으로 나와라."

사모가 명령했다.

캠프 마켓의 게이트로 여자들이 들어왔다. 그들이 여자들의 손을 잡자, 메타버스를 덮고 있는 그물에 맺어진 고가 풀리는 것이 보였다.

나는 김달삼이 목을 부드럽게 움직일 수 있을 때까지 몽골텐트 안에서 기다렸다. 드디어 그가 내 앞에 나타났다. 월하가 그가 새 옷을 입을 수 있도록 도와주었다. 그가 새 옷으로 갈아입자 새 사람이 된듯한 느낌이 들었다.

"우리는 시대를 초월한 고향 사람이야."

월하가 김달삼에게 말했다.

김달삼이 머리를 끄덕였다.

그는 목 안에 숨어 있는 소리를 내는 기관이 결절되어 말이 어눌했다.

"거짓말을 하지 못하고 선전 선동을 하지 못한다면 빨갱이로서는 죽은 거나 마찬가지지다. 네가 말을 잘 하지 못하는 건 빨갱이들에게 내리는 하늘의 벌이다."

내가 말했다.

"김일성의 사자(使者)가 왔습니다."

운전자가 말했다.

김일성이 보낸 사자가 몽골 천막 앞에 서 있었다. 나는 그를 몽골 텐트 안으로 들어오라고 말했다. 그가 몽골 텐트 안으로 들어왔다.

"위대한 김일성 수상께서 김달삼을 북조선에 넘기라고 지시하셨습니다. 김달삼 동지를 북조선에 보내 주기 바랍니다."

"그렇게 할 수 없어. 벙어리가 된 김달삼을 무엇에 쓰려고 그래?"

내가 화를 내었다.

"그는 일본제국의 육군 소위입니다. 군사적으로 쓸 데가 많습니다. 또 그는 인민군 제3군단장입니다. 김일성 수상이 그를 달라고 하는 것은 그런 이유 때문입니다."

나는 2 분 대통령에게 김달삼에 대하여 말했다.

나는 붉은 메타버스에서 열사릉을 소각중에 있는 3명의 대대장들에게 메시지를 보냈다.

"김일성이를 잡아 오라."

"그자가 한자(漢字)의 밀림 속으로 들어가 숨어서 수색합니다."

하는 문자가 왔다.

나는 문자의 밀림 속으로 문자 부대를 추가로 파견해야 하였다.

"갑골군은 은허(殷墟)로 가고, 금문군(金文軍)은 대문구(大汶口)로 가라."

나는 내 집 주변을 지키는 성주산 주둔군인 풍이문자 군을 출동시켰다. 그들이 작전을 하려면 문자국으로 가야 하였다. 문자국에는 통과해야 할 국경의 문이 있었다. 그 문의 이름이 풍이문자 문이다. 문의 동쪽에는 한(桓)자 깃발이 걸려 있는데, 일(日)자가 사(巳)자로 써있고, 문의 서쪽에는 한자 깃발이 걸려 있는데, 일(日)자가 일(日)자로 써 있다. 사(巳)자가 써진 한자는 풍이문자의 단사(單巳)라는 뜻이고, 일(日)자가 써진 환(桓)자는 한(漢)나라 환(桓)자라는 뜻이다. 이들 한자는 한(桓)나라의 주인인 풍이족의 한(桓)자와 한(漢)나라의 주인인 지금은 사라져 존재하지 않는 한족(漢族)의 환(桓)자가 된다.

"갑골군이 은허로 출동합니다."

"금문군이 대문구로 출동합니다."

2개의 문자 부대로부터 출동 보고가 왔다.

"김일성 동지를 잡아다 어떻게 하려고요?"

김달삼이 내게 글로 써서 물었다.

“세상에 생겨서는 안 될 나라를 세웠음으로 반역의 벌을 받아야지.”

내가 문자로 써서 보여주었다.

다음에 나는 『매트릭스 교차로』를 펴서 김달삼에게 보여주었다. 거기엔 다음 칼럼이 등재되어 있었다.

반기독교인과 주사파가 알아야 할 대한민국 건국의 역사

빚에는 누구나 갚을 수 있는 빚이 있고, 또 누구든지 갚고 싶어도 갚지 못하는 빚의 2가지의 빚이 있다. 갚을 수 있는 빚은 돈이나 물건으로 갚을 수 있는 빚이다. 그러니 이런 빚을 갚으면, 마음의 짐을 덜게 된다.

그러나 부모가 나를 낳아 준 빚은 아무리 갚고 싶어도 갚을 수 없는 빚이다. 그러니 언제나 마음의 빚으로 남게 된다. 나라나 시대에 대해서도 이런 말을 할 수 있다. 대한민국에서 태어난 사람은 대한민국에 출생의 빚을 지고 있다. 우리가 그런 생각을 가지고 살아 나갈 수 있는 이유는 그가 갖게 된 정체성이 타당성을 갖고 있기 때문이다. 그 타당성을 보장해 주는 것이 헌법이다.

위에서 말한 빚은 개인이 국가에 대하여, 부모에 대하여 지게 되는 빚이다. 그 빚의 실체가 자유민주주의이다. 자유민주주의는 기독교라는 어머니에게서 태어난 이념이다. 산파의 일을 해준 사람은 대한민국 탄생에 헌신한 기독교인들이고, 미국이다. 놀랍고도 가슴이 숙연해지는 일이자, 기이한 일이 아닐 수 없다. 그러나 조금이라도 주체사상에 물든 자들은 이런 생각 자체를 갖지 않는다. 그들은 동물농장의 농장주가 되기를 원한다.

요즈음은 신문이나 TV를 보지 않고 유투브 방송을 시청하는 사람들이 많다. 기존의 언론이 거짓말을 밥먹듯 해왔기 때문에 거짓말에 귀를 덴 사람들이 유투브 방송을 시청하는 것이다. 이 방송을 보고 듣는 사람은 이 방송만 선호한다. 이 방송을 보고 듣다 보면, 나름대로 몇 개의 시청자 파일을 만들 수 있는데 그중 하나가 대한민국 건국 파일이다.

대한민국건국 파일을 열어 보면, 기독교와 미국을 빼고는 대한민국 역사가 만들어지지 않는다는 것을 알게 된다. 대한민국 건국비사(建國祕史)를 만들어 낸 것이 기독교와 미국이다.

대한민국 건국에 미군정(美軍政)이 산파역(産婆役)이 되었다는 것은 대한민국 정사(正史)에 나오는 기록이다. 당시에 군정 사령관 하지 중장이 군정 정부를 구성하고 1948년 정부가 수립되자 정부에게 정권을 이양하였다. 그리고 에치슨 라인을 선포하고 6.25사변이 일어나기 바로 전해에 한국을 떠났다.

유투브 방송에 나오는 운정 참존교회의 고병찬 목사는 그가 한 설교 "국운이 다 되어가는 대한민국"에서 8.15 해방 전후 시대에 기독교인들의 종교인으로서의 정치 활동상황을 전한다. 이 이야기는 인터넷에서도, "한 선교사 가족이 한국 건국사에 끼친 영향"이라는 제목으로 검색이 된다.

1905년에 미국에서 한국으로 건너와 공주에서 공주를 기반으로 사역을 시작한 사이리시(Alice H. Sharp) 선교사 가족의 이야기이다. 사이리시 선교사는 유관순을 발굴하여 세상에 알린 분이기도 하다. 그의 남편은 샤프 윌리엄스(F.E.C. Williams, 한국명: 우리암) 선교사였고, 부부는 미국 선교부에서 한국으로 파송을 받았다. 부부는

1906년 2월, 논산지방에서 부흥회를 인도하고 돌아오다가, 전날 장례를 치른 상여가 보관된 상여 막 임을 모르고 비를 피해 잠시 쉬었는데, 장티브스에 걸려, 1906년 3월 34세의 젊은 나이로 세상을 떠났다. 이때 선교사의 장남(George Zur Williams, 한국명: 우광복)의 나이가 2살 때였다.

사에리시 선교사는 과부가 되어, 미국으로 돌아갔다가 2년 후에 자녀를 데리고 다시 공주로 돌아왔다. 그는 공주에 큰 교회를 세우고 47년 동안 선교했다.

사에리사 선교사는 유관순을 양녀로 삼고, 명선여학당에서 2년간 공부시켰다. 그 후에 이화학당 3년에 편입시겼다.

우광복의 어린 2 동생도 공주에서 풍토병으로 사망하여, 영면 동산에 묻혔다. 여동생 올리브는 11살에 사망하였다.

우광복은 공주에서 태어나 초등학교부터 중학교까지 공주에서 다녔고, 미국으로 건너갔다가, 다시 한국으로 나왔다. 그는 군정 시절에 해군 군의관 중령으로 한국의 사정을 잘 안다는 이유로 군정청장 존 리드 하지 중장의 참모를 지냈고, 6.25동란 때는 군의관으로 근무했다.

우광복은 1994년에 87세를 일기로 세상을 떠났는데, "공주 영면 동산 내 동생 곁에 나를 묻어 달라는 유언"을 남겼고, 영면 동산에 잠들어 있다.

우광복이 하지 중장의 참모로 있을 때, 미국의 급선무는 한국 땅에 미국과 같은 자유민주주의국가를 세우는 일이었다. 그 일을 도울 수 있는 사람들은 미국에서 파송한 선교사들과 이들이 키워낸 기독교인들이었다. 하지 중장은 우광복에게 앞으로 한국의 지도급 인사가 될 인물 50명을 추천하라고 지시하였다.

우광복은 어머니 사에리시와 상의하여 50명을 추천하였다. 50명 중에서 48명이 기독교인이었다.

1948년 5월 10일 제헌국회의원 선거를 치렀는데, 유권자 총 7,840,871명 중에 투표율은 95.5%였다. 입후보자수 942명 중에서 뽑은 의석 정수는 200 의석이었다. 대한민국 역사에서 민주적 선거로 국회의원을 뽑은 것이다. 당선한 의원들은 거의 다 기독교인들이었다. 기독교인인 이승만을 추종하는 대한독립촉성국민회가 총의석의 27.5%인 55석을 차지하여 가장 많은 당선자를 내어 제1 세력이 되었다.

이승만이 제헌국회의 개원을 이끌었는데, 속기록에 다음과 같이 기록되어 있다.

1948년 5월 30일, 이승만은 이윤영 목사에게,

"대한민국 독립민주국 제1차 회의를 여기서 열게 된 것을 우리가 하나님에게 감사해야 할 것입니다. 나는 먼저 우리가 다 성심으로 일어서서 하나님에게 감사를 드릴 터인데, 이윤영 의원 나오셔서 하나님에게 기도를 올려 주시기를 바랍니다."

라고 기도로 국회를 열 것을 주문한다.

이윤영 목사의 기도문은 다음과 같다.

"이 우주와 만물을 창조하시고 인간의 역사를 섭리하시는 하나님이시여, 이 민족을 돌아보시고 이 땅에 축복하셔서, 감사에 넘치는 오늘이 있게 하심을 주님께 저희들은 성심으로 감사하나이다.

오랜 시일 동안 이 민족의 고통과 호소를 들으시사, 정의의 칼을 빼서 일제의 폭력을 굽히시사, 하나님은 이제 세계만방의 양심을 움직이시고, 또한 우리 민족의 염원을 들으심으로 이 기쁜 역사적 환희의 날을 이 시간에 우리에게 오게 하심은 하나님의 섭리가 세계만방에 성시하신 것으로 저희들은 믿나이다.

하나님이시여, 이로부터 남북이 둘로 갈리어진 이 민족의 어려운 고통과 수치를 신원(伸寃)하여 주시고, 우리 민족 우리 동포가 손을 같이 잡고 웃으며, 노래 부르는 날이 우리 앞에 속히 오기를 기도하나이다."

이때 기독교인이 전 국민의 5%가 안 되는 때였다. 그러나 세상에 태어난 이 어린 생명을 집어삼키려는 공산주의자들이 이 땅에는 너무 많았다. 결국 그들의 두목 김일성은 38선을 남침하여 6. 25동란을 일으켰다. 지금은 민주 세력의 탈을 쓴 주사파가 날뛰고 있다. 그들의 정체성은 대한민국에 없다. 그들이 대한민국의 헌법을 없애고 주사파 헌법으로 국민을 기만하며 바꾸려고 했기 때문이다.

"김달삼, 네가 경제를 공부하지 않았다면 공산주의자가 되지 않았으리라는 생각을 해 본 적이 있는가?"

내가 물었다.

"없습니다."

"이승만 대통령은 자유를 공부했기 때문에 자유민주주의 국가를 세울 수 있었던 거야. 김일성은 소련군이었기 때문에 스탈린의 괴뢰가 되어 공산주의 국가를 세웠던 거야. 남한 국민은 그래서 자유대한민국의 국민이 되었고, 북한의 주민은 김일성이 조선인민공화국을 세워 북한의 인민이 된 거야. 나라는 마치 나를 낳아 준 어머니와 같은 존재지. 내가 숙명적으로 어머니를 버리지 못하듯이 사람은 그가 태어난 나라를 버리지 못해. 김달삼은 태생이 제주도이므로 대한민국 국민이라 이 나라의 체제를 공산주의로 바꾸자고 무장폭동을 일으켜서는 아니 되는 것이야. 이 나라가 싫으면 김일성의 나라로 가야지 무슨 권리로 폭동을 일으키는 거야? 앞으로도 네가 김일성의 수족이 되어 4.3폭동과 같은 폭동을 또 일으킨다면 내가 용서하지 않을 것이다."

나는 김일성이 내게 보낸 사자가 들으라고 이 말을 하였다. 나는 김일성이 보낸 사자를 빈손으로 돌려보냈다. 캠프마켓은 조용해졌다. 나는 오래간만에 노래를 하나 들어야 하겠다고 라디오를 켰다. 한 여자가수가 '찔레꽃'이란 노래를 부르고 있었다. 찔레꽃은 1942년에 가수 박단아가 처음 부른 '찔레꽃'의 카버 곡으로, 많은 가수가 부르고 있어서, 국민적인 사랑을 받는 노래다. 오늘은 퓨원정이란 가수가 부르고 있다.

찔레꽃

찔레꽃 붉게 피는 남쪽 나라 내 고향
언덕 위에 초가삼간 그립습니다.
자주 고름 입에 물고 눈물 흘리며
이별가를 불러주던 못 믿을 사람아

달뜨는 저녁이면 노래하던 세 동무
철의 객점 북두성이 서럽습니다.
작년 봄에 모여앉아 매일 같이
하염없이 바라보던 즐거운 시절아

14 경연

쿼크가 빠져나간 나의 몸이 허리를 꺾고 만덕 기념관 내실의 벽에 기대어 앉아 있었다. 내가 여러 날을 잠을 자지 못했다는 생각이 들었다. 내게 짐이 된 이상한 부대들이 나를 잠으로 끌어들였다. 나의 쿼크가 이상미의 귀에 대고 속삭였다.

“당신만 믿어요. 나는 자꾸 졸려서 당신이 내게 상황보고를 해 주어야 해.”

나는 이상미가 상황 보고 해 주기를 기다렸다. 이상미가 전투 현장 사진을 찍어서 내게 보고하지 않고 만덕 부인을 찍어 보내 주었다. 만덕 부인이라면 정조 대왕 곁에 있어야 할 사람이다.

“제가 거기장군에게 오게 된 것은…”

하고 만덕 부인이 내게 말했다.

"알겠어요. 무슨 문제가 있나요?"

"저는 배고픔은 못 참아요. 군대가 굶지 않나요?"

나는 깜짝 놀랐다.

군대가 굶고 있으리라는 생각을 하지 못했던 것이다.

그가 북쪽 바다를 가리켰다. 육지에서 온 군량을 실은 보급선이 부두에 정박해 하역을 기다리고 있었다. 나는 각 부대의 보급관을 소집하여 보급선으로 보냈다. 그들이 타고 온 트럭에 보급 물품을 싣고 자기 부대로 갔다. 만덕 부인은 보급선을 타고 육지로 돌아갔다. 나는 또 잠이 쏟아졌다.

"태풍이 발생했대요."

이번엔 월하가 내게 말했다.

"규슈로 상륙해서 도쿄로 가는 태풍의 진로가 예상된답니다. 그러나 변수가 생기면 서귀포로 상륙할지도 몰라요."

만약에 태풍이 제주도를 공격한다면 큰일이다. 작전을 연기해야 한다.

"필리핀에서 발생한 열대성 저기압이 태풍으로 돌변하는 것은 시간의 문제다. 태풍을 중국으로 돌릴 수 있는 매개변수(媒介變數)를 찾아라."

비혼자 여신이 문자를 보내왔다.

매개변수란 고와 같은 것이다. 고를 찾아 풀면 매개변수가 풀린다.

"붉은 털 원숭이들이 거짓말을 너무 많이 해서 하늘이 천벌을 내릴 때가 되었다. 그자들이 거짓말하도록 내버려 둔 너희가 석고대죄(席藁待罪)해야 해."

비혼자 여신의 화가 난 목소리가 들렸다.

"상제님이 내리시는 벌인가요?"

내가 멍청한 질문을 하였다.

"그자들이 거짓말을 밥 먹듯 하니까 나라도 벌을 내리겠다."

비혼자 여신의 목소리가 높아졌다.

"그렇군요."

"내가 도와줄까?"

태풍의 신이 나타나 내게 물었다.

"매개변수를 찾고 있습니다."

"어떻게 하려고?"

"붉은털원숭이를 가지고 논 그자들을 벌하려고요."

"내가 기침을 3번만 하면 그자들이 데굴데굴 구를 거야."

"아! 3수로군요. 알았어요."

"데굴데굴"

붉은털원숭이들이 굴러가는 것이 보였다.

"주먹밥과 반찬을 가득 담은 도시락이 곧 제주성(濟州城)에 도착할 것입니다."

또 만덕 부인이 나타나 말했다.

"군수품이 또 왔군. 이러다 메타버스가 거덜 나는 것 아냐?"

내가 물었다.

"그렇지 않아요."

나는 갑자기 말총으로 만든 말총 갓이 떠올랐다. 그것은 제주도에 있는 토종말의 말꼬리로 만든 빳빳한 모자였다. 그것을 만덕 기념관에 보내야 하였다. 그런데 그 일을 잊고 있었다.

"아! 말총갓!"

내가 소리쳤다.

"내가 이미 갓을 사서 보냈습니다."

내가 다른 일에 몰두해 있는 동안 월하가 갓을 구입하여 만덕 기념관에 보냈다는 것이었다.

대풍이 불어 닥쳐 관아(官衙)가 물에 잠기기 전에 모든 준비를 마쳐야 하였다. 나는 졸린 눈으로 쌍안경을 눈에 대고 적정(敵情)을 살폈다.

"받은 만큼 돌려주고 싶은데, 어떻게 돌려줄 것인가를 고민하고 있어. 이번에도 4.3사태 때처럼 무지한 사람들이 죽어야 하기 때문이야. 이번에도 또 그들의 후손이 죽게 할 수는 없지 않아."

"그러나 신의 세계는 선과 악의 구별이 명확하고, 오악(五惡)의 구별이 명확함으로 주인께서 이 신들의 기준을 무시할 수 없을 것입니다. 신의 편에 서는 것이 선이고 신의 반대에 서는 것이 악입니다."

오악은 인간이 수행을 통하여 깨달은 악의 개념으로 불교에서 정한 오계(五戒)를 범하는 것을 말한다. 오계는 『불교사전』에 따르면, " 판차 실라(panca sīla)를 번역한 말로서, 재가인(在家人)이 지켜야 할 5종의 계를 말한다. 계란 본래 '관습이 된 행위'라는 뜻인데 술어(術語)로서는 '행위의 규범'을 가리키며, 더욱이 자발적으로 지키는 것, 자기 행위에 대한 '경계', 혹은 자기 행위에 대한 '맹세'를 뜻한다. 또한 계의 기본적인 입장은 좋은 일을 하고 나쁜 일은 하지 않는다는 뜻이며, 따라서 그 규정은 신구의(身口意)의 3업(三業) 중 어느 하나와 관련된다. 오악은 1 살(殺): 죽임, 2. 도(盜): 도둑질, 3. 음(淫): 부정한 정교(情交), 4. 망어(妄語): 거짓말, 5. 음주(飮酒): 술을 마시다 이다. 오악에서 우리가 인간으로서 보편적으로 지켜야 할 것은 살, 도, 부정한 정교, 거짓말의 4가지라고 생각된다. 그러나 공산주의는 거짓말로 인간을 현혹하고 속이고 죽여 체제를 전복하는 사상으로, 오악 중에서 살과 망어를 범하고 있으므로 공산주의를 탐익하는 자들은 죽어 마땅하다고 생각된다.

나는 사상부장에게 사상 감별사들을 지원해 달라고 요청하였다. 엄청난 수의 사상 감별사들이 도착했다. 나는 각 사단에 이들을 보내 각 분대에 이들이 배속되도록 하였다. 그들을 다 배치한 후에 작전회의를 하여 무고한 자를 죽이는 일이 없도록 시시하였다. 나는 공격 준비 사항을 비혼자 여신에게 보고했다.

“김달삼을 거기장군에게 배속시켜 거기장군을 도울 수 있도록 하라.”

비혼자 여신이 지시했다.

“그렇게 하겠습니다.”

나는 김달삼을 내게 배속했다.

“공격 개시 시간이 새벽 3시입니다. 남로당 패거리가 4월 3딜 새벽 3시에 지서(支署)를 습격하여 순경들을 죽였습니다.”

운전자가 말했다.

이상미가 캡처한 사진에 남로당 패들이 지서를 습격하는 장면이 찍혀 있다.

“공격 시간이 03시입니다.”

백선엽 장군이 이승만 대통령에게 보고했다.

“기습시간이 03시입니다.”

채명신 장군이 박정희 대통령에게 보고했다.

백선엽, 채병신 두 장군은 유격전의 달인이다. 두 장군은 병력을 동원하여 그물을 쳤다. 각 부대는 비노출로 은밀하게 움직였다.

지난 번 선거 때, 라디오가 대통령 선거가 끝났음을 보도하고 있었다. 간발의 차이로 우파가 승리했다. 천우신조(天佑神助)다. 주사파 정부가 우파를 때려잡아 온 검찰총장을 대통령 후보로 만들어 출마시켰다. 다음 정부에서 우파 국민을 질식시켜 킬링 필드를 만들 계획이었다. 그렇게 하면 주사파는 손에 피를 묻히지 않고 이 나라를 김일성이 꿈꾸던 주체국가(主體國家)로 만들 수 있을 것이다. 그들은 희희락락(嬉嬉樂樂)했다. 그러나 새 대통령이 어떤 꿍꿍이를 가지고 있는지 아는 사람이 아무도 없었다. 그를 주사파의 머슴 정도로 생각하는 자들이 많았다.

"과연 그렇게 될까?"

비혼자 여신이 내게 문자를 보냈다.

나는 정신이 헷갈려 머리 속이 뒤엉킨 것 같았다.

"큰일 났습니다."

내가 문자를 보냈다.

"만약에 새 대통령이 내 의도대로 움직이지 않으면 그대를 출동시켜 참수(斬首) 시킬 거야. 그때가 오지 않게 그대가 도와줘."

"미국이 가만히 있을까요? 중공은요? 러시아는요?"

"그때는 상제님께서 지구 멸망의 날을 선포하시겠지."

"알겠습니다."

나는 어깨에 힘이 빠져 대답하였다.

그가 대통령이 되어 제일 먼저 한 일은 청와대에 김정일의 졸개들이 숨겨 놓은 도청장치가 많아서 집무를 할 수 없다고 청와대를 국방부 청사로 옮긴 것이었다. 그날의 역사를 『매트릭스 교차로』는 다음과 같이 말했다.

용산(龍山)에서의 한미동거(韓美同居)는 간태합덕(艮兌合德)의 완성

대한제국의 고종황제가 일본제국의 이토 히로부미(伊藤博文)의 협박에 넘어가, 나라를 일본에 넘겨주었을 때, 대한제국 백성의 대부분은 미국이 우리를 도와서 일본으로부터 나라를 찾아 줄 것이라는 이상한 믿음을 가지고 있었다. 그들에게 이러한 믿음을 심어 준 사람이 있었다. 그가 당시에 보천교(普天敎)의 정신적 지도자였던 탄허(呑虛, 1913~1983) 스님이었다. 탄허 스님은 주역에서 산택손괘(山澤損卦)의 간태합덕(艮兌合德)을 풀어, 언젠가 미래의 어느 날 이 나라에 오게 될 한미동거(韓美同居)를 말한 것이었다. 그때 조선의 인구는 약 2,000만 명이었고, 보천교의 신도 수가 600만 명일 때였다. 그러므로 조선의 성인 남녀가 거의 모두 간태합덕에 대하여 알고 있었다는 말이 되는 것이다.

주역에서 산택손괘(山澤損卦)를 풀어 보면, 산(山)에는 멈춘다는 뜻이 있고, 택(澤)에는 바다처럼 거대하게 넓은 호수라는 뜻이 있다. 여기에서 한일미(韓日美)의 지정학적(地政學的)인 의미를 찾아보면, 산은 일본을 뜻한다고 볼 수 있고, 택은 미국을 뜻한다고 볼 수 있다. 이들 두 강대국 사이에 낀 조선은 일본에 나라를 빼앗겨 국가로서의 존재가 아예 없었다. 미국에서 보면 일본에 붙은 하나의 식민지로서 변방일 뿐이었다.

澤을 해체하면 氵+四+幸이 되는데, 사방이 물이라 조선이 빠져 죽게 생겼는데, 四에 신(臣)이라는 뜻이 있으므로, 요행(僥倖)으로 미국이 신하가 되어 물에서 건져주는 사람이 되므로, 조선이 미국의 구조로 생명을 부지하게 된다는 뜻으로 풀이할 수 있다. 그러므로 조선이 생명을 부지하게 되나, 산택(山澤)의 결과가 막대한 손해(損害)를 보게 되는 것은 숙명적인 일이라고 보게 되는 것이다.

그런데 간태합덕(艮兌合德)이란 무슨 뜻인가? 산택손괘에서 간(艮)은 산에 가로막혀 청년이 걸음을 멈추게 된다는 뜻이다. 태(兌)는 바다와 같은 호수인 택(澤)인데, 여덟 개의 다양한 성(姓)을 가진 처녀들의 커뮤니티로 구성된 국가로 설명이 되고 있다. 그러니까 오지랖이 넓은 명문거족(名門巨族)의 처녀 집합체가 되는 것이다. 택에는 음기(陰氣)가 충만하다는 뜻도 있다.

이 택에는 상당히 신화적인 의미가 있다. 우리는 성(姓)을 가지고 사는 데, 인류 최초로 생긴 성을 축융팔성(祝融八姓)이라고 한다. 축융팔성은 1차로 풍이족으로서 한국(桓國)을 세운 한인천제(桓因天帝) 때 생겼고, 2차로 배달나라의 전욱고양(顓頊高陽) 때 생겼다. 이들 팔성의 후예가 모두 택(澤)인 미국에 집결해 있는 것이다. 조선의 지정학적인 위치가, 사신(死神) 백호(白虎)의 자리에 있는 지나(支那)와 욱일승천(旭日昇天)하는 청룡(靑龍)의 자리에 있는 일본(日本)이 용호상박(龍虎相搏)하는 한가운데에 끼어, 곰작 달삭 하지 못하는 형상이 되어 있다. 일본은 명치유신(明治維新)으로 열강(列强)에 들어가더니, 그 시범으로 장님 상태에 있는 조선을 먹어치워 식민지를 만들었다. 준수하게 생긴 청년 하나가 청룡에게 잡아먹혔는데, 팔조상(八祖上)의 지위에 있는 미국이 음기가 넘쳐 힘이 왕성한데, 이를 바다 건너에서 바라만 보고 있을 수 없게 되어 있는 것이다.

결국에, 힘이 넘쳐 방자해지기 시작한 일본이 미국의 배꼽인 진주만(珍珠灣)을 습격하자, 매를 불러들인 꼴이 되고 말았다. 일본은 리틀보이(나가사키와 히로시마에 떨어진 핵폭탄) 2발을 맞고 역학적(易學的)으로 태녀(兌女)가 된 미국에게 항복하였다. 이리하여 조선은 힘센 처녀의 도움으로 기사회생(起死回生)하고, 일제로부터 해방될 수 있었다.

그러나 스탈린의 괴뢰가 된 철부지 공산주의자들이 한반도에 나타나, 미국이 한반도를 떠난 틈을 타서 6.25사변을 일으키자, 미국이 다시 한반도로 돌아와서, 이번엔 북방의 현무(玄武-북방의 군대)에 가로막혀 꼼짝하지 못하는 대한민국을 구출하였다. 우리가 이러한 불운을 당하게 되는 원인 중의 하나가, 조선의 법궁(法宮)인 경복궁과 대한민국의 본궁인 청와대가 풍수상으로 화해방(禍害方)에 앉은 데 그 이유가 있다고 볼 수도 있다.

앞으로 대통령실이 용산으로 옮겨 가면, 풍수상으로 미국의 대사관이 대통령궁의 이웃으로 이사 갈 것으로 전망되는데, 이는 신랑과 신부가 합방(合房)하는 것으로, 간태합덕의 실현으로 볼 수 있다. 이리하여 일본이 간절하게 바라는 욱일승천(旭日昇天)은 일본에서 실현되는 것이 아니라 한국에서 실현된다고 보아도 될 것이다. 왜냐하면, 대통령이 화(火)의 자리로 이동했으니, 일본이 목(木)의 자리에 변동이 없으므로 화극목(火克木)이 되기 때문이다.

여기에서 참고로 말하면, 우리가 그토록 싫어하는 욱일승천은 동이족(東夷族)인 구이(九夷)의 탄생 신화를 의미하는 사자성어(四字成語)라는 것을 알아야 한다는 것이다. 사실 일본 제국주의와는 아무 상관이 없는 문자라는 말이다.

비혼자 여신은 내 어깨를 두드려 비몽사몽(非夢似夢)에 빠진 나를 깨워주었다. 비혼자 여신이 깨워주지 않았다면 언제까지 갈지 모르는 비몽사몽이었다. 내 곁에는 이상미와 운전자가 있었다. 김달삼에게는 1개 분대의 감시 요원이 붙어 있었다.

"이 중차대(重且大)한 시기에 비몽사몽이라니 무슨 일이 있었던 거야?"

비혼자 여신이 물었다.

나는 속이 불편했다. 미세한 반응이었다. 그것의 정체가 무엇인지 파악되지 않았다.

"아무래도 네게 미약(媚藥)을 태워 연기를 보내는 자가 있는 것 같다."

비혼자 여신이 냄새를 맡으며 말했다.

내게 이런 야비한 술수를 쓸 수 있는 자라면 붉은 메타버스에서 은밀히 활동하는 심리전 부대일 가능성이 있다. 비혼자 여신은 사상부 부장에게 적의 모략전술에 대비하라는 지시를 내렸다. 나는 약방에서 미약의 효력을 없애는 약을 조제해 먹었다.

나는 4.3사태 대책본부를 김만덕기념관(金萬德紀念館)'으로 옮겼다. 2층짜리 낮은 건물 1동이 김만덕기념관이었다. 정문에 '김만덕기념관'이라고 쓴 현판 붙어 있었다. 우리가 비노출로 은밀히 행동했으므로 생명이 붙어 숨 쉬는 인간은 우리가 제주도에 진주했다는 것을 눈치챈 사람이 없었다.

"짐이 왔는데, 명월은 어디에 간 거냐?"

만천 대왕이 김만덕을 찾았다. 만천 대왕은 김만덕이 마중을 나오지 않아 약간 기분이 상한 듯했다.

"소장이 안내하겠습니다."

백동수가 말했다.

백동수가 만천 대왕과 두 분의 대통령을 1층에 있는 만덕이 살았다는 방으로 모시고 갔다. 방은 김만덕과 그의 측근을 미니어처로 만들어 문 가까이 앉히고 전등을 켜 기념관을 찾은 관람객이 볼 수 있도록 만든 방이었다. 미니어처를 한쪽으로 치워야 출입이 자유로울 수 있었다. 나는 김만덕의 영이 김만덕 미니어처로 들어가는 것을 보았다. 그의 영이 자유자재로 움직이고 있었다.

김만덕 미니어처가 자리에서 일어서 만천 대왕과 두 대통령을 향하여 인사했다.

"누지(陋處)에 오신 것을 환영합니다. 곧 의자를 준비하겠습니다. 불편하시더라도 잠시만 참아 주십시오."

켐프 마켓의 비밀 공방에서 가져온 기물(器物)이 도착했다. 의자를 방 안에 들여놓았다. 왕과 두 대통령이 의자에 앉았다. 다른 사람들은 바닥에 앉았다. 회의장소가 좁고 불편했다.

상황보고가 올라왔다. 필리핀에서 발생한 태풍이 오키나와(沖縄)를 강타하고 있다는 보고였다. 곧 대풍(大風-颱風) 대비책 논의로 들어갔다.

"이번 태풍은 상제님의 경고다."

비혼자 여신으로부터 문자가 왔다.

"아무래도 칠머리당에 가서 칠머리당영등굿을 해야 할 것 같습니다."

놀랍게도 김만덕 미니어처가 말했다.

"또 대풍이 온다고?"

만천 대왕이 한숨을 쉬었다. 그가 두려워하는 것은 태풍으로 인하여 흉년이 들고, 백성이 굶어 죽는 것이다. 그래서 생전에 태풍에 대한 트라우마를 갖고 있었다.

"만천 대왕께서는 걱정하지 않으셔도 됩니다. 제가 경제개발 5개년계획을 세울 때부터 이미 대비책이 서 있습니다. 지금 공무원들이 잘 할 겁니다."

박정희 대통령이 뜻밖의 말을 하였다.

"어떤 대비책이요?"

"농촌진흥청을 만들어 그곳에서 국민이 굶는 고통을 대부분 해결했습니다. 통일벼를 개발하여 쌀 수확량을 늘렸고, 우장춘 박사가 강원도의 감자를 개량하여 수확량이 늘었고, 무와 배추도 개량하여 채소 부족 현상을 극복했습니다. 씨 없는 수박도 만들었는데, 크기가 엄청나게 굵어졌습니다."

"놀랍군."

만천 대왕이 마음을 놓는 듯했다.

박정희 대통령은 영주 상상고고를 점령하고 있는 제14연대의 잔당을 토벌해야 할 사단과 경찰 부대가 서쪽 해안에 도착하기를 기다리고 있었다. 이승만 대통령의 백선엽 장군 부대와 함께 합동작전으로 산상고고를 공격하게 되어 있었다. 이들 부대가 한라산을 봉쇄했다는 보고가 들어왔다. 백선엽 사단은 제주도의 남북을 나누어 동쪽을 점령했고, 채명신 사단은 제주도의 남북을 나누어 서쪽을 점령하도록 했다. 사모군은 남과 북을 잇는 중앙 부에 배치하여, 중앙부의 좌우를 갑골군은 북쪽에서 훑어 올라가고, 금문군은 중앙선의 좌우를 남쪽에서 훑어 올라가기로 했다.

박정희 대통령이 만천 대왕과 이승만 대통령에게 그분들의 사후 시대의 역사의 흐름을 알려드리자는 목적으로 역사

콘서트를 열자고 제안하였다. 말하자면 각각의 시대마다 해온 경연(經筵)을 요즈음 말로 역사 콘서트라고 말한 것이다. 각 왕조가 경연청이라는 관청을 두고 이 일을 하였다. 유교의 관점에서 본 왕조사를 공부했다고 볼 수 있다. 경연에는 고위직 관리들이 참석하도록 했다. 박 대통령이 이번 경연을 주선할 것을 내게 맡겼다.

"박 대통령님과 친분이 있으신 기업인 몇 분과 관료를 지내신 학자 몇 분을 초대하여 그분들을 중심으로 이야기를 진행하는 것이 어떨까요?"

"그거 괜찮은 생각이군. 내 정부 때 월간수출진흥회의를 했지. 그 성과가 좋았어. 그때 참석했던 분들을 초대하면 되겠지."

나는 그분들의 명단을 뽑아 박 대통령의 결재를 맡았다. 그 명단엔 정주영, 이병철, 남덕우, 오원철 외 여러분이 들어갔다. 나는 흰나비 부대원들에게 이상미가 촬영한 그분들의 사진을 주고 경연장으로 모셔 오라고 시켰다. 흰나비 부대원들이 그분들을 찾아서 모셔왔다.

나는 비혼자 여신이 김달삼의 생명을 회복시켜 준 의도를 아직 모르고 있으므로, 그의 의도가 무엇인지 알아보기 위하여 김달삼을 경연에 참석시켜 보는 것이 좋겠다는 생각이 들었다. 나는 김달삼을 경연에 참석시키기로 하였다. 만약에 그가 공산주의를 포기하지 않고 난동을 부린다면 그에게 사상교육 시키고 전향할 때까지 감금해 둘 생각이었었다.

"세상은 경제적으로 유능한 자와 무능한 자가 섞여 사는 곳이다. 경제적으로 무능한 자에게 맞는 체제는 공산주의가 맞고, 경제적으로 유능한 자에 맞는 체제는 자본주의가 맞다. 이들이 섞여 살면, 공산주의자에게서 양심이 없어지고, 자본주의자를 적대시하고 약탈하려는 성향이 생긴다. 그들의 양심이 제거되고 증오심이 자리 잡게 되는 것이다. 이런 이유로 경제적으로 무능한 자들이 만들어가는 반인륜적이고 반도덕적인 사회로 타락해 가는 공산화 현상을 막고, 양심적인 자본주의 체제를 유지하기 위하여, 양심이 살아 있고 증오심을 자비심으로 대체한 개선된 자본주의 체제가 필요하다. 도덕적으로 개선된 양극체제를 좌익(左翼)과 우익(右翼)이 마찰 없이 공존하도록 개혁한 신조이족(新鳥夷族)을 만들겠다는 것이 비혼자 여신의 생각이다. 나는 김달삼을 회복시켜 그가 1만년 전에 역사에서 풍이족에게 흡수되어 사라진 조이족을 회복시켜 신조이족을 만들려는 것이야."

"알겠습니다. 신좌익이 생성되어 이 나라가 양 날개로 가는 신조이족의 나라가 될 수 있도록 노력하겠습니다."

나는 비혼자 여신이 내게 보낸 문자를 경연에 참석한 분들에게 공개했다. 참석자들이 비혼자 여신의 의도에 공감했다.

나는 김달삼을 경연장에 불러들였다. 그가 말끔한 모습으로 경연장에 들어왔다. 나는 김달삼의 이력을 참석자들에게

짧게 소개했다. 김달삼이 좌정하자, 내가 오늘 경연을 열게 된 취지를 설명하고 박 대통령이 인사말을 하였다.

나는 경연 오픈멘트로 오늘 우리가 보호해야 할 것이 첫째가 자유민주주의의 이념적 가치이고, 둘째가 시장경제의 경제적 가치라고 생각한다고 말하였다. 이 2개의 가치를 추구한 분들이 이승만 대통령과 박정희 대통령이다. 이념적 가치를 우선하는 이유는 아직도 빨갱이들이 국가를 전복하려고 혈안이 되어 날뛰고 있기 때문이고, 다음에 경제적 가치를 우선하려는 이유는 국민이 배고프면 국가 체제가 유지되지 않기 때문이다. 나는 설명하고 나서 참석자에게도

"무엇을 우리가 보호해야 할 가치로 정해야 할까요?"하고 물어보았다.

박 대통령이 내 말에 동의해 주었다.

토론은 박 대통령이 먼저 시작하였다.

"나는 통치 기간 중에 부국강병(富國强兵)을 국시로 정하였습니다. 나의 경쟁 상대인 김일성은 강병부국(强兵富國)으로 국시를 정했습니다. 그때는 북한이 남한보다 경제 상태가 좋았습니다. 나의 목표는 우선 북한의 경제를 따라잡는 것이었습니다. 김일성은 군대를 키워 남한을 굴복시키고 약탈하자는 것이었습니다. 김일성이 군비를 확장하는 동안 나는 경제개발 5개년계획을 세워 경제를 키워 나갔고, 농업국가를 중화학공업국가로 만들고 군대를 강군으로 만들었습니다. 결

과는 대성공입니다. 우리는 북한에 경제를 이기고 민주주의 체제를 공고히 하게 되었습니다. 저의 재임 중에 이 나라의 1인당 GDP가 1만 달러를 넘어섰습니다. 국민 1인당 GDP 1만 달러를 달성하면 국민이 자유와 여가(餘暇)를 요구한다고 합니다. 김재규가 나를 쏘았을 때가 우리 나라가 GDP 1만 딸라를 막 넘었을 때였습니다. 경제학자들이 하는 말입니다."

박 대통령이 말을 마쳤다.

"박 대통령님께서 강병에 관한 말씀은 슬쩍 넘어가셨는데, 제가 미국 아이젠하워 대통령의 말을 인용하겠습니다. "박정희가 민주주의의 마지노선을 지켰다."고 말했는데, 저는 이 말이 아이젠하워 대통령이 박정희 대통령에게 주는 최고의 찬사라고 생각합니다."

내가 말했다.

『매트릭스 교차로』에는 다음과 같은 칼럼이 있다.

자유민주주의의 마지노선을 지키는 박정희주의는 주사파의 넘사벽

러시아의 푸틴 대통령은 우크라이나를 침략하여 1년 반이 지나갔다. 그의 우크라이나 침략은 1950년의 스탈린의 한국침략을 재현한 것이었다. 스탈린과 푸틴의 타국을 침략한 군사 행동은 무력 침공이라는 측면에서 같지만, 내용 면에서는 전혀 다른 점이 있다. 당시에 스탈린은 군사 행동의 전면에 나서지 않고 뒤에 숨어 모택동을 앞세웠고, 푸틴은 자기가 직접 군사 행동의 전면에 나섰다.

푸틴은 김일성이 스탈린을 대리하여 남한을 남침했을 때처럼 이 전쟁에서 단시일 내에 우크라이나를 점령할 것이라고 오판하였다. 대한민국 안에, 이승만과 박정희와 미국 대통령들이 구축한 민주주의의 마지노선이 있기 때문이다. 그것은 주사파가 아무리 용을 써도 넘을 수 없는 넘사벽(넘을 수 없는 4차원의 벽)이다. 이제 푸틴은 이 넘사벽을 넘어야만 신냉전시대에 미국과 대결할 수 있다는 것을 깨닫기 시작하였을 것이다.

소련의 한국 침략 때와 러시아의 우크라이나 침략 때와 다른 점은, 한국이 자유민주주의의 최전방에서 자유민주주의 마지노선의 방어를 담당하고 있다는 현실이다. 지금의 우크라이나는 자유민주주의 마지노선이 없는 국가다. 러시아라는 맹수 앞에 노출된 먹이와 다름이 없다. 그를 도와줄 동맹을 맺은 국가도 없다. 이웃 국가들의 자비심에 기대는 것 이외에 달리 기댈만한 것이 마땅치 않다. 신냉전의 현실이 이렇다.

한국은 이런 현실에서 배워야 할 것이 있다. 허술한 안보를 튼튼히 다져야 한다는 것이다. 대한민국 안보의 적은 민주투사의 탈을 쓰고 나라 안에 게릴라처럼 깔린 안보의 좀비들이다. 국민이 국가의 굳건한 안보를 원한다면, 이들 좀비와 싸워서 이길 각오를 해야 한다.

한국은 앞으로 이 신냉전의 시대를 살아남기 위하여, 주사파와 결별하고 반공 국가로 가지 않으면 아니 될 위기에 봉착했다. 눈만 뜨면 주사파들이 날뛰는 세상을 보아야 하기 때문이다. 요즈음 대한민국은 주사파 잡범이 민주투사 행세를 하는 세상이 되었다. 대한민국 역사에서 이처럼 가치관이 전도된 시대는 없었다.

이 시점에서, 자유민주주의의 마지노선을 지켜낸 박정희주의와 무조건 나라를 망치려 드는 주사파가 앞으로 한동안은 피 터지게 싸워야 할 것으로 생각한다. 자유민주주의 국가 대한민국이 망하지 않으려면 그 외에 다른 도리가 없기 때문이다.

우리는 앞으로 박정희주의라는 가치관을 확립해야 한다. 안보의 좀비를 타도하려면 박정희 대통령이 선포한 아직 미완성의 한국적 민주주의를 확립해야 하기 때문이다. 주사파는 1945년 한국 해방 이후에 스탈린이 아바타로 내세운 김일성이 대한민국의 전복을 시도하면서 세상에 머리를 내밀었다. 이제는 그 머리를 가차 없이 쳐내야 할 때이다.

한국이 자유 진영의 마지노선을 지켜낼 수 있도록 돕고 지켜 준 나라는 미국이었고, 이때 미국이 한국을 돕도록 일을 한 사람이 이승만 대통령이었다. 한국이 경제적으로 자립해야 할 때, 한국이 공업 국가로 입국할 수 있도록 도운 나라는 일본이었다. 일본이 한국을 돕도록 일을 한 사람은 박정희 대통령이었다. 반자유민주주의 사상을 가지고있는 주사파가 미국과 일본을 원수로 여기는 이유가 바로 여기에 있다. 또한 주사파가 이승만 대통령과 박정희 대통령을 친일파 프레임을 씌워 역사에서 지우려 하는 의도도 여기에 있다.

박정희주의는 자유민주주의를 기반으로 한 부국강병(富國强兵)이다. 박정희주의는 인간이 보편적으로 가지고 있는 양심에서 출발한다. 그러나 이 양심은 종교적인 양심이 아니라, 자본주의를 키울 수 있는 자본주의 시장경제의 기본적인 양심이다.

요즈음 다행스럽게도 윤 대통령은 미국과 일본과 밀월(蜜月)의 시대를 맞고 있다. 한미일의 삼각동맹을 구상하는 듯한 행보를 보인다. 이는 국가 발전과 안보를 위해서 찬양할 만한 일이라고 생각된다. 윤 대통령이 박정희 대통령의 뒤를 이어 바톤 터치를 제대로 했다고 볼 수 있는 증거라고 생각한다. 이제는 박정희주의의 뒤를 이은 윤석열주의가 나와야 하리라고 생각한다.

우크라이나 젤렌스키 대통령은 한국에 대하여 6.25 한국 전쟁을 상기시키면서 군사적 도움을 요청하였다. 우리는 한국 전쟁 때, 연합국의 도움을 받았다는 빚을 지고 있다. 우리는 지금 국제사회로부터 이 빚을 갚으라는 요구를 받고 있다. 그러나 우크라이나의 어제는 양심이 없는 공산주의 체제의 양심 없는 국가였다. 우크라이나는 그들이 양심을 회복했다는 것을 보여주어야 대한민국에 대하여 그런 요청을 할 수 있는 자격이 생겨난다고 생각한다. 지금은 신냉전시대로 진입했다고 생각되는 시대이기 때문이다. 자유민주주의와 공산주의 대결은 양심과 비양심의 대결이다.

나는 이 칼럼을 박정희 대통령에게 읽도록 해 드렸다. 박정희 대동령과 함께 궁정동 안가에서 총 맞아 죽은 동생의 형의 입장에서 읽도록 해 드린 것이다.

"독재자에게 과분한 평가를 했군. 박정희주의라…"

박정희 대통령이 말했다.

"자원이 아무 것도 없고 자본도 없는 이 나라에서 이 나라를 경제대국을 만들고 민주주의를 성공할 수 있게 해준 은혜에 대한 평가입니다."

"독재자라는 주사파의 프레임에 대해서는 어떻게 생각하는가?"

"그것은 민주주의로 가는 불가피한 과정이라고 생각합니다. 일제가 없애버린 자신감을 '하면 된다'는 말로 회복시켜 준 것입니다. 그 탄압은 국민에 대한 탄압이 아니라 김일성주의를 탄압한 것이라고 생각합니다. 이미 좌파 작가인 백기완이 그렇게 말했지요."

"그대도 백기완처럼 생각하는가? 그대도 한때 나를 독재자라고 했지? 생각이 왜 그렇게 변했어?"

"그때는 민주주의로 가는 길에 만나게 되는 역사의 불가피성이라는 것을 이해하지 못했기 때문입니다."

나는 문득 김달삼의 생각은 어떤가를 들어 보고 싶은 생각이 들었다.

"김달삼, 당신의 생각은 어떤가? 경제 전공자로서 말해봐."

나는 김달삼의 심경에 변화가 있기를 바라며 물었다.

“경연이 끝날 때 말씀 드리겠습니다.”

그는 직답을 피했다.

나는 그가 하는 말이 경연을 망칠지 모른다는 생각을 한 때문이라고 생각하였다.

나는 경연을 계속했다.

경제의 1번은 쌀이다. 쌀의 의미는 시대에 따라 변한다. 이승만 시대에는 이팝이라 불리는 쌀이었다. 박정희 시대에는 철로 불리는 쌀이었다. 전두한 시대에는 반도체로 불리는 쌀이었다. 이팝을 배불리 먹게 해준 곳은 박정희 시대의 농촌진흥청이었다. 철을 만들어 중화학공업시대를 연 곳은 포항제철이었고, 이 일을 한 사람은 박태준이었다. 정주영은 이 철로 배와 자동차를 만들어 수출입국을 도왔고, 중동에 나가서 중동을 건설하여 중동 붐을 일으켰다. 이병철, 이건희 부자는 기흥에서 반도체라는 쌀을 만들어 IT시대를 열었다.

“이제부터 쌀을 주제로 하여 콘서트를 계속하겠습니다. 앞으로도 쌀을 주제로 하여 경연을 계속하겠습니다. 포항제철 박태준 회장께서 쌀에 대하여 발표해 주십시오.”

내가 다음 발표자를 지명하였다.

박태준 회장은 그때 현역 군인이었는데, 박정희 대통령이 군복을 벗겨 민간복으로 갈아입히고, 포항의 허허벌판 모래밭에 보내어, 제철소를 지으라고 명령하였다. 그해가 1968년 4월이었다. 그는 일본사람들을 설득하여 1970년 7월에 조강 연산 103만 톤 규모의 제1기 용광로를 만들었다. 다음 1976년에는 제2기, 1978년에는 제3기, 1981년에는 제4기로, 1차, 2차, 3차, 4차 설비를 차례로 준공하였다. 그때 포항제철은 연산 910만톤의 철을 생산하였다.

박태준 회장은 포철에서 쇠 쌀을 생산하여 나라가 중화학공업 시대로 들어갈 수 있게 한 역사를 소상하게 설명하였다.

"박 회장은 쇠를 무엇이라고 생각하오?"

박정희 대통령이 박태준 회장에게 물었다.

"산업 시대의 쌀이라고 생각합니다."

"맞는 말이요."

박정희 대통령이 문득 김만덕 부인 미니어처를 바라보았다. 경연 참석자들이 무엇인가를 기대하는 얼굴이 되었다. 놀라운 일이었다.

"만덕 대부인은 박 회장이 생산한 산업 시대의 쌀을 가져다 대륙에 장사를 할 수 있습니까?"

"네. 할 수 있습니다."

김만덕 미니어처가 대답했다.

"좋아요. 누구에게 파시렵니까?"

"정주영 회장님에게 팔아야지요. 그래야 자동차도 만들고 배도 만들고 하실 것입니다."

"그거 좋은 생각입니다. 그렇게 하세요."

정주영 회장이 미소 지었다.

"정주영 회장의 생각을 말해 보시오.",

박정희 대통령이 말했다.

"저는 쇠를 사서, 배를 만들고 자동차를 만들어, 다른 나라에 팔겠습니다."

"여러분의 생각이 다 좋습니다. 여기까지가 부국(富國)입니다. 다음에 강병(强兵)에 대하여 채명신 장군이 말하세요."

내가 말했다.

"학자들이 하는 말은 생략하고 우리나라의 건군 이면사를 하나 말 보탭니다. 제가 월남에 가서 싸울 때, 북한이 강병부국 하느라고 우리보다 국방력이 강했지요. 우리는 월남에서 싸우다가 무기 망실보고(亡失報告)를 내고, 무기들을 분해하여 포장해서 1개 사단이 무장할 수 있는 수량을 본국에 후송했습니다. 물론 미국이 눈감아 주었으니, 가능한 일이었습니다."

채명신 장군이 말했다.

"다음에 반도체가 산업시대의 전자 쌀이라는 말씀을 이병철 회장님에게서 들어야 하는데. 이병철 회장님이 말씀하시지요."

내가 다음에 말할 분을 지명했다.

이병철 회장이 기흥(器興)에 반도체 단지가 들어서게 한 역사를 이야기하였다. 나는 이병철 회장의 반도체 이야기가 끝나자 김달삼에게 자기의 생각을 밝히도록 하였다. 그는 크게 감동을 받았다고 말하고, 덧붙여 전향하겠다고 말했다. 그러나 그가 비혼자 여신의 의도를 받아들여서 그런지 박정희 대통령과 김일성의 체제전쟁에서 박정희 대통령이 이겨서 그런지는 밝히지 않았다.

내가 오늘의 경연이 종료했음을 선언하자 오늘 초대된 사람들이 순식간에 홀을 빠져나갔다. 이상미는 동영상 촬영을 마쳤다.

"수고했어요."

내가 이상미에게 말했다.

우리는 김만덕 기념관을 나왔다. 밤바람이 시원하게 느껴졌다.

15 신조이족 창설

우리는 기념관에서 나와 벤츠가 있는 곳으로 왔다. 그곳엔 벤츠와 함께 비어가와 박 태통령의 전용차가 대기하고 있었다. 박 대통령의 전용차 곁에는 경호원들이 대기하고 있었다. 장용충의 무사들도 비어가의 곁에 있었다.

모모타로(桃太郎)가 보낸 스파이 꿩이 내 머리 위로 날아와 맴돌았다. 나는 손바닥을 폈다. 꿩이 쪽지를 하나 떨어뜨려 주고 갔다. 그것은 도화(桃花)였다. 도화는 동이족을 상징하는 꽃이다. 모모타로가 도착했다는 전언이다.

우리는 서문시장으로 이동하였다. 그곳에 내가 예약한 주점이 있었다. 도새끼 고기를 굽고 막걸리를 마시는 집이었다. 제주댁으로 불리는 여자가 주점을 열고 있었다. 나는 주점 문을 밀고 안으로 들어갔다. 내 뒤를 따라서 경연에 참가

한 분들이 주점 안으로 들어왔다. 우리는 딱딱한 의자에 앉았다.

“식사 시간이 많이 지나서 도수가 약한 술로 드리겠습니다.”

제주댁이 말했다.

“그런 술도 있나?”

박정희 대통령이 물었다.

“술집에 무슨 술은 없겠어요?”

“음…”

“국밥과 막걸리를 주시오.”

내가 말했다.

비혼자 여신에게서 내게 문자가 왔다.

“한국에서 7천원 하는 국밥을 헐리웃 스타들이 헐리웃에서 4만원을 주고 사먹는 시대가 올 것이다.”

“그 시대가 언제 옵니까?”

내가 문자를 보냈다.

“신조이족 시대.”

우리는 국밥을 먹고 막걸리를 마시고 헤어졌다. 나는 식사를 마치고 김만덕기념관으로 돌아왔다. 우리는 홀에 차린 작전본부에 자리를 잡고 앉았다. 13호 태풍 보고가 들어왔다. 한반도를 감싸고 있는 더위가 13호 태풍을 샹하이 쪽으로 몰아내고 있었다. 13호 태풍은 제주도 상륙이 불가능할 것 같았다.

각 사단이 현재의 상황을 보고해 왔다. 국군 2개 사단은 포위한 지역을 조여가고 있었고, 만월이 영주 상상고고를 밝히고 있었다.

"30도 내외의 늦더위가 상상고고를 달구고 있습니다."

기상부대에서 보고가 들어왔다.

사모군의 금문군에서 영주 상상고고의 매트릭스를 점령했다는 보고가 들어왔다. 그곳에 매복한 적은 없다고 하였다. 하긴 적이 매트릭스의 존재를 알 리 없었다. 아직 장용부대는 회복해야 할 책임 구역이 없이 대기상태에 있었다. 나는 만천 대왕에게 장용군을 상상고고를 점령하는 강습부대로 쓰겠다고 말했다. 만천 대왕이 승낙했다. 나는 김달삼을 선무(宣撫) 부대에 배속시켜 장용군과 함께 출동시켰다. 백동수가 장용군을 이끌고 하늘로 솟아올랐다. 장용군은 상상고고로 날아갔다.

사모군의 본의군으로부터 붉은 메타버스를 모두 불태웠다는 보고가 들어왔다. 나는 비혼자 여신에게 탈북자로 조이족을 창설할 것을 건의했다. 비혼자 여신이 그렇게 하라고 승낙했다. 나는 탈북자 대표를 불러 조이족을 창설하라고 지시했다.

"탈북자들이 양심적인 좌익의 역할을 맡아야 합니다. 경제적 능력자는 이념적인 우익에게 넘겨주고 이념적 우익에게서 경제적 무능력자를 받아들여야 합니다."

내가 탈북자 대표에게 말했다.

탈북자 대표가 그렇게 하겠다고 말했다.

이 제도가 성공하려면 좌익과 우익 간에 소통과 교류가 빈번해져야 하였다.

『매트릭스 교차로』는 다음과 같은 칼럼을 실었다.

> **불교계가 원효 스님의 '중도중행사상'으로 중도우파 세력이 되면, 기독교계의 자유 우파 세력과 협력하여, 친중종북 주사파에게 망해가는 나라를 살릴 수 있다.**

『백도백과』는 신라의 원효 스님을 다음과 같이 소개한다.

> 元晓(617-686)朝鲜三国时代新罗僧人，华严宗思想家。俗姓薛，幼名誓幢，法名元晓。三十一岁受戒，先后住庆州皇龙、芬皇寺。认为"一心"即"真如"，是某种不生不灭的.永恒而不可破坏的绝对精神实体，是世界的本原。宇宙万物，由于它的存在而产生和发展。在"同"(同一)与"异"(差异)的关系问题上。提出："差异"是对"同一"而言，"同一"是对"差异"而言；"同一"只有在"差异"之中才能辨别，"差异"只有在"同一"之中才能辨别，"差异"可以说成"同一"，同样，"同一"也可以

说成“差异”。他的“一心”这个根本概念吸取佛教各派的观点，创立了佛教的宗派——“海东宗”，为在新罗建立一乘佛教，打下了理论基础。著作宏富，有一百余部共二百四十多卷佛经注疏，主要有《大乘起信论疏》（2卷）、《金刚三昧经论》（2卷）、《法华经宗要》、《十门和净论》（2卷）、《无量寿经宗要》、《中边分别论疏》（3卷），在因明方面著有《瑜伽论中实》、《掌珍沦宗要》等。

원효(元晓, 617-686)는 조선 삼국시대 신라의 승려, 화엄종 사상가. 속성은 설, 어린 이름은 서당, 법명은 원효다. 31세에 계를 받고 경주 황룡, 분황사에 거처했다. '일심' 즉 '진여'는 일종의 불생불멸이며 영원하고 파괴할 수 없는 절대적인 영적 실체가 세계의 근원이라고 생각했다. 우주 만물은 그것의 존재로 인해 생겨나고 발전한다. '동(同)'과 '이(異)'의 관계 문제. '차이'는 '동일'에서, '동일'은 '차이'에서만 구별할 수 있고, '차이'는 '동일'에서만 구별할 수 있으며, '차이'는 '동일'이라고 할 수 있으며, 마찬가지로 "동일"도 "차이"라고 할 수 있다. 일심(一心)이라는 근본 개념은 불교 각 파의 관점을 받아들여 불교의 종파인 해동종을 창시함으로써 신라에 일승불교를 세울 수 있는 이론적 토대를 마련했다. 저서는 매우 풍부하여 100여 편, 240여 권의 불경의 주(注)와 소(疏)가 있으며, 주로 『대승기신론소(大乘起信论疏)』(2권), 『금강삼매경론(金刚三昧经论)』(2권), 『법화경종요(法华经宗要)』(2권), 『십문과 쟁론(十门和净论)』(2권), 『무량수경종요(无量寿经宗要)』(3권), 『중변분별논소(中边分别论疏)』(3권), 인명 방면에서는 『유가론중실(瑜伽论中实)』 『장진륜종요(掌珍沦宗要)』 등이 있다.

원효 스님의 저서 중에서 『십문과 쟁론(十门和净论)』의 요지는 다음과 같다.

宋代禅僧大随元静对修行僧所示诫之十种因缘。即：(一)须笃信有'教外别传'之旨。(二)须了知有'教外别传'之因缘。(三)须领会'有情说法'与'无情说法'无二无别。(四)须见性如观掌上，了了分明。(五)须具备择法之眼目。(六)须入于断绝消息踪迹犹如鸟道玄路之境地。(七)须文武兼济。(八)须摧邪显正。(九)须大机大用。(十)须向异类中行。［禅苑蒙求卷下］

송나라 선승이 원정(元静)을 따라 수행승에게 훈계한 열 가지 인연. 즉, (1) 반드시 '교외별전(教外别传-가르치는 것 이외에 달리 전해 오는 것)'의 취지를 굳게 믿어야 한다.

(2) '교외별전'의 인연(因缘)을 알아야 한다. (3) '유정설법(有情说法)'은 '무정설법(无情说法)'과 다른 2개가 아니니 구별하지 말아야 한다. (4) 눈에 보이는 것(见性)은 손바닥 보듯(观掌上) 분명하다. (5) 반드시 구비(具备)하고 선택(選擇)하는 방법을 터득하는 안목(眼目)을 갖추어야 한다. (6) 소식(消息)과 종적(踪迹)을 끊는 것(断绝)은 조도현로(鸟道玄路-사람이 갈 수 없는 길)와도 같은 경지에 들어가야 한다. (7) 반드시 문무(文武)가 서로 도움이 되어야 한다. (8) 반드시 악을 물리치고(摧邪) 바른길을 보여야 한다(顯正-显正). (9) 반드시 큰 그릇(大机-大器)은 크게 써야 한다(大用). (10) 반드시 다른 종류는 중도(中道)로 가야 한다. [선원몽구 권하(禅苑蒙求 卷下)]

원효(元曉, 617~686)의 『십문화쟁론(十門和爭論)』은 산스크리트어로 번역되어 인도에 소개되었다.

원효스님의 불교 사상은 잡다한 불교 이론의 통일론이다. 다른 것은 다르게 보이나 같은 것이라는 생각이 그의 불교 철학에 깔려 있다. 『십문화쟁론』은 그의 생각을 구체화한 것으로 볼 수 있다. 그는 가르치는 것과 별전으로 전해 오는 것도 같은 것이라고 말한다. 그래서 교외별전의 인연을 알아야 한다고 말한다. 구비하고 선택하는 안목을 길러야 한다고 말한다. 그러므로 절대로 인연을 끊어서는 아니 된다고 말한다. 큰 그릇은 크게 쓰라고 말한다. 서로 다른 것은 중도를 취하라고 말한다. 그의 사상을 한 마디로 줄여 말하면 '중도중행론(中道中行論)'이라고 말할 수 있다. 원효 스님의 중도중행론을 본 칼럼에서 소개하고자 하는 이유는 편식성(偏食性)이 심해 비상식적인 인종이 되어버린 이 나라 국민의 몰상식한 주사파 이념 성향을 정상화하자는 데에 있다.

김일성을 신격화하기 위하여 황장엽이 만든 주체사상은 모본(母本)이 되는 택스트가 『성경』임을 탈북자로서 기독교에 귀의한 사람들이 이구동성(異口同聲)으로 말한다. 『성경』은 예수님의 사랑을 가르치는데, 주체사상은 공산주의의 증오를 가르친다. 공산주의자는 존재하지 않는 적대계급(敵對階級)을 조작하여 악으로 매도하는 것이다. 존재하지 않는 악과 적대계급을 만들어 자유 우파를 타도하자는 것이 주사파 이념의 목표다. 황장엽의 주체사상은 김일성을 증오의 하나님 자리에 올려놓았다. 대한민국에 국적을 가진 주사파가 대한민국에 존재하지 않는 적대계급에 대한 증오심으로 들끓는 것은 허황하기 짝이 없는 김일성의 적대계급에 대한 증오심이 남한의 머리가 텅 빈 국민에게 이심전심(以心傳心)이 되어 체질화되었기 때문이다. 그들은 박근혜 대통령을 탄핵 몰이로 헌법을 위반하여 헌법재판소에서 파면하여 감옥으로 보냈고, 다수의 공무원을 박근혜 대통령과 함께 적대계급으로 몰아 감옥에 보냈다.

원효 스님은 서로 다른 것은 중도(中道)를 택해서 중행(中行)하라고 말한다. 원효 스님은 중도와 중행을 책으로 말했다. 대한민국에 만연한 주체사상의 증오심을 닦아내려면 원효 스님의 말씀대로 주사파들이 중도를 택하여 행동으로 중행하도록 이끌어 줄 불교계의 현실 참여가 필요하다. 국민이 중도가 무엇인지 모르고 그래서 중행이 불가능한 이유다. 그들의 눈을 가리고 있는 증오의 하나님 김일성에게서 전수한 증오심을 버려야 대한민국이 잔명을 보존할 수 있을 것이다. 고군분투하는 전광훈 목사의 기독교의의 현실 참여만으로는 현실 개선이 역부족이다. 부족한 기독교계의 현실 참여를 보완하여 이 나라에 중도사상을 보급하여 극단적인 좌파로 기울어진 국민성을 순화하는 것이다. 지금 이 나라의 망국 풍조인 극단적인 이념을 버리지 못한다면 이 나라가 앞으로 어디로 가게 될지 알 수 없다. 사리(事理) 분별(分別)을 하지 못하는 정부의 수수방관(袖手傍觀)으로 내전(內戰)으로 갈 수밖에 없게 될 것이다.

그러나 국가의 잔명이 풍전등화(風前燈火)임에도 불구하고 대한민국 안보 기능은 오불관언(吾不關焉)하고 낮잠을 자고 있다. 현재 대한민국에서 주사파가 갖고 있는 증오심의 최정점에는 윤 대통령이 있다. 주사파는 눈만 뜨면 거짓말로 국민을 속이고 있고, 윤 대통령의 탄핵을 노래부르고 있다. 주사파들이 금년에 5.18 기념식에 참석한 윤 대통령의 면전(面前)에서 윤 대통령의 탄핵을 외쳐대었다. 이런 것은 5.18정신이 아니다. 윤 대통령이 적대계급의 최고 정점에 있다고 보기 때문에 그들은 온갖 모략 전술로 윤 대통령을 탄핵으로 몰아 대통령의 직에서 끌어내리려 한다. 그들이 멀쩡한 영부인을 모략하며 물고 뜯는 이유도 윤 대통령을 끌어내리기 위한 전술 전략임을 건전한 생각을 가진 국민은 다 알고 있다. 주사파가 하는 일은 나라에 대한 사랑이 없어 그들을 낳아준 대한민국을 배은망덕(背恩忘德)하게 파괴하려는 것이다.

최근(2024년 5월 20일)에 윤석렬 대통령의 영부인 김건희 여사가 나라를 위하여 특히 현실 감각이 없는 불교계의 위상 회복과 훼손(毁損)된 나라 역사 회복을 위하여 무슨 일을 했는지 신문에 보도된 것이 있다. 불교계가 풀지 못한 고 하나를 풀게 된 것이다. 영부인의 노력으로 미국의 보스턴 박물관에 소장되어 있던 여러 고덕대승의 사리가 4월 16일 양주 회암사지(楊州 檜巖寺址)에 환지본처(還至本處)하여 5월 19일 양주 회암사지에서 열린 '회암 사리 이운 기념문화축제 및 3 대화상 다례재'에 참석했다는 보도다. 이런 일은 증오심으로 들끓는 주사파들은 할 수 없는 일이다. 깊은 학자적인 전문성과 역사에 대한 이해와 나라에 대한 사랑이 없이는 불가능한 일이다. 만약에 영부인에게 이런 자질이 없고 주사파들이 가지고 있는 탐욕과 저질의 허영심으로 가득 차 있다면 감히 이런 일은 생각하지 못했을 것이다.

『민족대백과사전』의 회암사지에 대한 세세한 기록은 오늘날 우리에게 시사하는 바가 크다. 죄의식이 전무하여 이 나라를 손바닥 뒤집듯 쉽게 멸망시키려는 공산주의자들이 날뛰는 오늘의 이 나라 현실에서 특히 그렇다. 김건희 여사가 일제에 의하여 이 나라를 떠났던 가섭불(迦葉佛), 정광불(錠光佛), 석가불(釋迦佛), 지공선사(指空禪師), 나옹선사(懶翁禪師)의 사리가 귀환하여 본래에 있었던 회암사로 돌아오게 된 것이 특히 영부인의 열의와 정성에 의하여 이루어진 것이라면 오늘날 환지본처의 국가적 상징성을 생각해 보아야 할 일이다.

원효스님의 불교 통일론은 회삼귀일(會三歸一)이었다. 불교의 삼교의(三敎義)인 대승(大乘), 소승(小乘), 삼장(三藏)을 일불승(一佛乘)에 회귀시키는 작업이 원효스님이 하고자 한 일이었다. 불교의 잡설이 만연했던 시대에 원효 스님은 불승론의 통일에 성공하였다. 그러나 지금은 그로부터 1400여 년의 세월이 흘렀고, 그 시대엔 접해 보지 못한 기독교가 불교보다 우파 이념 참여에 앞서가는 세상이 되었고, 불교가 기독교보다 뒤처져 기독교를 따라가는 세상이 되었다. 우리의 현실에서 기독교적 우파가 대승(大乘)으로, 친북 친중공 주사파가 소승(小乘)으로 포진하고 있는데, 앞으로 불교계가 원효 스님의 중도중행을 기반으로 한 불교적 중도 세력으로 결집한다면, 좌우 극단 대립으로 가는 이 나라의 이념을 불교계의 삼장(三藏)으로 중심을 잡아 줄 수 있을 것으로 본다. 이 글이 적절한 비유가 되지 못할 수 있으나, 중요한 것은 원효스님의 저서 『십문화쟁론』에 기초한 중도중행사상(中道中行思想)이 이 땅에서 전 세계를 향하여 퍼져나간다면 인류에게 득이 될 중도 이념의 생성이 가능할 것으로 보는 것이다.

기독교와 첨예하게 대립하고 있는 주사파가 판을 치고 있는 이 나라에서, 나는 영부인이 우리 정신세계와 역사에 보인 불교계에서 꼬인 매듭을 풀어준 쾌거가, 원효 스님이 『십문화정』에서 보인 중도중행사상이 중도 이념을 확립할 수 있게 하는데 도움울 주리라고 생각한다. 불교계는 일부 좌익 승려들의 주사파적 현실 참여를 버리고 영부인이 실천하여 보여준 원효 스님의 중도중행사상으로 정치 참여, 현실 참여, 이념 참여를 고려하여야 할 때라고 생각한다. '인지심리학'은 "몸의 움직임이 사람을 움직인다"고 하였다. 이 나라의 앞날이 어느 방향으로 흘러갈 것이냐는 불교계의 권토중래(捲土重來)의 움직임에 달려 있다고 보아야 한다. 그래야 기독교계의 염원에 직무유기(職務遺棄)로 오불관언하던 국가가 원효 스님의 중도중행을 따라가게 될 것으로 보는 것이다.

나는 이 문제를 해결하는 솔루션을 만천 대왕에게서 찾아야 하겠다고 생각했다. 그러나 만천 대왕은 영주 상상고고로 떠난 후였다. 나는 아쉬운 생각이 들었다. 이 문제를 상의할 사람이 없을 것이라는 생각을 했기 때문이다.

"터미네이터들이 상상고고로 쏟아져 내려오고 있습니다."

정인형 경호처장이 밖에서 기념관의 홀로 들어와서 박정희 대통령에게 보고했다.

"메타버스에서 오는 터미네이터일 것입니다. 그들은 12지신들의 형상을 하고 있습니다."

내가 말했다.

12지신의 형상이라면 쥐, 소, 호랑이, 토끼, 용, 뱀, 말, 양, 원숭이, 닭, 개, 돼지를 말한다. 우리는 그들의 자손을 천손(天孫)이라 해왔다. 그들은 천신들이었다. 다만 지상에 사는 동물의 탈을 쓰고 있을 뿐이다.

나는 그들이 왜 무슨 이유로 이곳에 나타났을까? 하는 의문이 들었다. 비혼자 여신의 의도를 파악해야 하였다. 나는 12지신의 출동을 비혼자 여신에게 보고하였다.

"모모타로와 상의하라."

나는 비혼자 여신의 의도대로 모모타로 부대가 배를 대고 있는 바닷가로 갔다. 그 바닷가는 제주기지(濟州基地)로 불리는 곳인데, 대한민국 제주특별자치도 서귀포시 강정동에 있다. 대한민국 해군의 군항이다. 민간의 선박을 대는 관광 항구가 공용으로 사용되고 있다. 이 해군기지를 건설할 때는 중공과 북한의 지원 받는 주사파가 목숨을 걸다시피 기지 건설을 방해하였다. 공사는 2010년에 착공하여 2016년 2월 26일 준공하였다. 면적은 축구장 75개 크기로 해군 함정 20여 척과 15만톤급 크루즈선 2척 크기의 선박을 탤 수 있다. 모모타로가 이끌고 온 11척의 목선은 조선의 전선(戰船) 판옥선(板屋船)보다 크기가 작고 높이가 낮은 관선(關船-せきぶね)으로 불리는 배로 기지 한쪽에 정박해 있었다. 관선의 옆에는 제7기동전단에 속한 전함들과 잠수함사령부에 속한 1개 잠수함 전대의 일부가 정박해 있었다. 이외에도 해병대사령부 예하 부대인 해병 제9 여단이 주둔해 있었다.

비혼자 여신의 의도에 따라 4.3폭동의 부활을 막기 위하여 새로이 편성된 부평 메타버스군이 완전 비노출과 스텔스로 포진하고 있었다. 메타버스군이 쏘아대는 상제국 군대의 전파가 그들에게는 잡히지 않았다. 말하자면 유령부대였기 때문이다.

모모타로는 기함 모모타로에 타고 있었다. 내가 기함 앞에 도착했다고 알리자, 모모타로가 앳띤 청년의 모습으로 소선

(小船)을 타고 나와서 기지의 선창(船艙)으로 올라와 나를 맞았다. 모모타로는 기비의 아사카와 출신이었다. 나는 모모타로의 고향이 아사가와(朝江)라는 것을 알고 있었다. 아사가와는 모모타로가 복숭아씨에 들어가 고조선에서 떠내려온 강이다. 이 강은 고조선 시대에서 모모타로가 태어난 강호시대(江戶時代)까지 이어져 내려오다가 어느 날 갑자기 사라졌다. 나는 그가 누구의 명령을 받고 이곳에 왔는지 물어보았다.

"비혼자 여신의 명령을 받고 왔습니다."

내가 예상한 대로 그가 대답했다.

"무슨 이유로 비혼자 여신이 그대를 이곳에 불러들였는가?"

"잘못 쓴 문자를 바로잡기 위해서라고 합니다."

"어떤 문자를 잘못 썼다는 거야?"

"고조선의 문자 아사카와(朝江)를 아사카와(淺川あさかわ)로 잘못 썼다는 것입니다."

"조강은 어디에 있는가?"

"한강과 임진강이 만나는 곳."

"거기까지만 가겠다는 것인가?"

"그렇습니다. 거기에 가면 비혼자 여신이 임무를 주겠다고 했습니다."

"그대가 찾아야 할 문자는 사(巳)자다. 풍이족을 뜻하는."

"어디에 가서 그 문자를 찾지요?"

"풍이족의 문자로 들어가야지. 조이족을 만나면 그 문자를 찾을 수 있을 것이다. 내가 명령하는 대로 움직이면 돼."

나는 모모타로 부대를 떠나 해변을 순시했다. 바위 사이에 오래된 굴이 하나 보였다. 이상미가 굴을 촬영했다. 그곳은 영들이 집합해 있는 곳이었다. 다른 영들은 왕래가 끊어진 듯했다. 그 앞쪽에 성이 있다. 이상미가 성터를 촬영하였다. 남자처럼 건장한 여자들이 보였다. 나는 한 여자를 불렀다. 그 여자가 내게 왔다.

"이 외진 곳에 무슨 이유로 여자들이 와 있는 것이요?"

그곳은 조선시대에 건장하게 생긴 제주 여자들이 지키던 성터였다. 남정(男丁)들이 힘을 쓰지 못하여, 물일하고 농사짓는 여자들이 부녀대(婦女隊)를 만들어서 군사 업무를 보조해 왔다. 그곳은 4.3 공원이 들어선 곳에서 멀리 있지 않았다. 부녀대가 사라진 지금 붉은털원숭이들이 그곳에 출몰했다.

"저자들이 무언가 음모를 꾸미고 있군."

박정희 대통령이 말했다.

"저자들이 무슨 음모를 꾸민다고 생각하는가?"

만천명월주인옹 정조 대왕이 내게 물었다.

"저자들이 하고자 하는 것은 군중 조작입니다."

"그게 뭐야?"

정조 대왕이 물었다.

"백성을 속여 자기 뜻대로 써먹으려는 것입니다."

"백성이 속을까?"

"백성이 속습니다. 속은 자들이 자기의 생각을 왜곡하여 허상을 만들어냅니다. 대중 조작으로 왜곡된 그들은 왜곡된 허상을 실상으로 착각합니다."

"그럴 수도 있겠군."

박정희 대통령이 말했다.

"저자들이 무기를 가지고 있는 것으로 보아서, 어디를 습격하려는 것으로 생각됩니다."

백선엽 장군이 말했다. 나는 그들이 왜 무슨 이유로 이곳을 지켜온 부녀대를 몰아내고 성터에 진을 치고 있는지 그 이유를 알아야 하였다.

16 매개변수

나는 국민이 저들에게 얼마나 많이 왜곡 당했는지 그것이 궁금했다. 또 다시 촛불로 왜곡당하면 안 될 것으로 생각했다.

대풍이 불어 닥쳐 관아(官衙)가 물에 잠기기 전에, 병력을 운용하여 저들의 왜곡을 차단하기 위하여, 작전회의에서 김달삼을 대표로 보내어 저자들에게 항복을 받아내도록 결정하였다.

“그자들이 그대의 멀쩡하게 복원된 머리를 보면 놀라서 혼란에 빠질 것이다.”

내가 김달삼에게 말했다.

“아마 저들이 놀랄 것입니다.”

운전자가 말했다.

나는 김달삼에게 멋진 말을 한 마리 지급했다. 또 그에게 말 탄 호위병 6명을 붙여 주었다. 이들의 전투 능력은 무한대에 가까웠다.

사상부장으로부터 문자가 왔다. 전직 대통령의 연설문이었다.

『존경하는 국민 여러분, 4·3 생존 희생자와 유가족 여러분, 제주도민 여러분. 73주년 4·3 희생자 추념일 제주 전역에 봄비가 다녀가고 있습니다.

생존 희생자와 유가족들의 아픔이 비와 함께 씻겨가기를 진심으로 기원하며 이 자리에 섰습니다.

국방부 장관과 경찰청장도 함께했습니다. 정부에서 주관하는 공식 추념식 참석은 사상 처음입니다.

당연히 해야 할 일이지만, 첫걸음인 만큼 특별한 의미가 있습니다.

군과 경찰의 진정성 있는 사죄의 마음을 희생자와 유가족, 제주도민들께서 포용과 화합의 마음으로 받아주시기 바랍니다.

국가가 국가폭력의 역사를 더욱 깊이 반성하고 성찰하겠다는 마음입니다.

유가족들의 아픔을 조금이나마 달래드릴 수 있기를 바라며, 국민과 함께 4·3 영령들의 안식을 기원합니다.

오늘 '4·3 특별법'의 개정을 보고드릴 수 있게 되어 매우 다행입니다. 추가 진상규명과 피해자의 명예회복, 국가 폭력에 의한 희생자 지원 방안을 담았습니다.

특별법 개정으로 이제 4·3은 자기 모습을 찾게 되었습니다.

제주도민들이 겪어야 했던 참혹한 죽음과 이중 삼중으로 옭아맨 구속들이 빠짐없이 밝혀질 때, 좋은 나라를 꿈꿨던 제주도의 4·3은 비로소 제대로 된 역사의 자리를 되찾게 될 것입니다.

이번에 개정된 특별법은 4·3이라는 역사의 집을 짓는 설계도입니다.

아직 가야 할 길이 멀지만, 정부는 4·3 영령들과 생존 희생자, 유가족과 국민의 염원을 담아 만든 설계도를 섬세하게 다듬고 성실하게 이행해 나갈 것을 약속드립니다.

국민 여러분, 제주도민 여러분. 4·3에는 두 개의 역사가 흐르고 있습니다.

국가폭력으로 국민의 생명과 인권을 유린한 우리 현대사 최대의 비극이 담긴 역사이며, 평화와 인권을 향한 회복과 상생의 역사입니다.

완전한 독립을 꿈꾸며 분단을 반대했다는 이유로, 당시 국가 권력은 제주도민에게 '빨갱이', '폭동', '반란'의 이름을 뒤집어씌워 무자비하게 탄압하고 죽음으로 몰고 갔습니다.

'피해자'를 '가해자'로 둔갑시켰고, 군부 독재정권은 탄압과 연좌제를 동원해 피해자들이 목소리조차 낼 수 없게 했습니다.

그러나 4·3은 대립과 아픔에 갇히지 않았습니다.

살아남은 제주도민들은 서로를 보듬고 돌보며 스스로의 힘으로 봄을 되찾기 위해 노력했습니다.

화해의 정신으로 갈등을 해결하며 평화와 인권을 향해 쉼 없이 전진했습니다.

가재도구조차 남김없이 모든 것을 잃은 사람들은 이웃 마을의 도움으로 품삯을 얻어 생계를 이어나가고, 목수를 빌려 새로 집을 지을 수 있었습니다.

부모를 잃은 아이들은 가까운 친척과 이웃이 키웠고, 나무하기, 밭갈기, 제사와 결혼식, 학교 세우기 같은 큰일은 마을이 함께 힘을 모아 치렀습니다.

육지로 떠난 이들도, 심지어 타국으로 떠난 이들도 물건과 돈을 보내 고향 사람들을 도왔습니다.

상생의 정신으로 서로를 일으켜 세웠고, 마침내 4·3의 진실을 깨울 수 있었습니다.

반세기 만에 금기를 풀고, 김대중 정부에서 진상규명과 명예회복의 초석을 다질 수 있었던 것은 용기를 낸 증언과 행동이 지속되었기 때문입니다.

2003년 노무현 정부가 정부 차원의 진상조사보고서를 확정하고, 대통령으로서 최초로 과거 국가 권력의 잘못에 대해 유족과 제주도민들에게 공식 사과할 수 있었던 것도, 그리고 우리 정부에서 4·3의 진실에 더 다가갈 수 있었던 것도, 오랜 세월 흔들림 없이 이웃과 함께하며 한걸음 한걸음 나아간 제주도민과 국민들이 계셨기 때문입니다.

이번 '4·3 특별법'의 개정 역시 4·3을 역사의 제자리에 바로 세우기 위해 모든 산 자들이 서로 손을 잡았기에 할 수 있었습니다.

제주도, 제주도의회, 제주도교육청을 포함한 124개 기관과 단체, 종교계, 학생, 정당을 비롯하여 다양한 분야의 제주도민들이 한마음 한뜻으로 '4·3 특별법 개정 쟁취를 위한 공동행동'을 출범시켜 힘을 모았습니다.

'전국 시도지사 협의회', '전국 시도의회 의장단 협의회', '전국 시도교육감 협의회'가 특별법 개정에 한 목소리를 냈고, 전국 곳곳의 시도의회에서도 각각 촉구결의안을 채택해 제주도민의 염원을 이루는 데 힘을 보탰습니다.

국회도 여야 없이 힘을 모았습니다.

'4·3 특별법' 개정이 여야 합의로 이뤄진 것은 21대 국회의 가장 큰 성과 중 하나로 평가받게 될 것입니다.

이 자리를 빌려 특별법 개정에 힘을 모아주신 각계각층 모든 분들께 깊은 감사와 존경의 인사를 올립니다.

국민 여러분, 제주도민 여러분, 이번 특별법 개정으로 1948년과 1949년 당시 군법회의로 수형인이 되었던 이천오백서른 분이 일괄 재심으로 명예를 회복할 길이 열렸습니다.

이미 2019년과 작년, 두 차례의 재심을 통해 생존 군법회의 수형인 스물다섯 분이 무죄선고를 받고 70년 세월 덧씌워진 굴레를 벗으신 바 있습니다.

지난달 16일에는 행방불명 수형인 삼백서른세 분과, 일반재판 생존 수형인 두 분이 재심 재판에서 무죄 판결을 받았습니다.

살인적 취조와 고문을 받은 뒤 이름만 호명하는 재판을 거쳐 죄인의 낙인이 찍힌 채 살아온 70여 년, 어린 소년들이 아흔 살 넘은 할아버지가 되어서야 비로소 '무죄'라는 두 글자를 받아안게 되었습니다.

가족을 잃고, 명예와 존엄, 고향과 꿈을 빼앗긴 이천백예순두 분의 특별재심이 아직 남아 있습니다.

정부는 한 분 한 분의 진실규명과 명예회복, 배상과 보상을 통해 국가폭력에 빼앗긴 것들을 조금이나마 돌려드리는 것으로 국가의 책임을 다해 나갈 것입니다.

그 무엇으로도 지나간 설움을 다 풀어낼 수 없겠지만,

정부는 추가 진상조사는 물론, 수형인 명예회복을 위한 후속 조치에도 만전을 기하겠습니다.
배상과 보상에 있어서도 공정하고 합리적인 기준을 마련하기 위해 최선을 다하겠습니다.
지금도 행방불명된 가족을 찾지 못해 애태우는 유가족이 많습니다.
며칠 전 가시리에서 유해를 발굴한 세 분을 포함해 지금까지 유해로 돌아오신 사백여덟 분 중 이백일흔다섯 분은 아직까지 신원을 확인하지 못하고 있습니다.
정부는 유해 발굴 사업과 함께 유전자 감식을 지원하여 반드시 고인들을 가족의 품으로 돌려드릴 것입니다.
지난해 5월부터 '4·3트라우마센터'가 시범 운영되고 있고, 개소 9개월 만에 만2천여 분이 트라우마센터를 다녀가셨습니다.
희생자 어르신들과 유가족들께서 다시 떠올리기 싫은 그 날의 기억들을 꺼내놓고, 혼자 안고 살아야 했던 응어리를 풀어가신다니 늦게나마 보람 있는 일입니다.
상처 입은 분들의 마음을 치유하기 위해 애써주신 제주 4·3평화재단과 4·3트라우마센터 관계자 여러분께 진심으로 감사드립니다.
정부는 관련 법률이 제정되는 대로 국립 트라우마센터로 승격하고, 많은 분들의 아픔이 온전히 치유되도록 지원하겠습니다.

존경하는 국민 여러분, 4·3 생존 희생자와 유가족 여러분, 제주도민 여러분. 4·3 평화공원 내 기념관에는 여전히 이름을 갖지 못한 백비가 누워있습니다.

제주도에 일흔세 번째 봄이 찾아왔지만, 4·3이 도달해야 할 길은 아직도 멀리 있습니다.

비어있는 비석에 어떤 이름이 새겨질지 모르지만, 밝혀진 진실은 통합으로 나아가는 동력이 되고, 되찾은 명예는 우리를 더 큰 화합과 상생, 평화와 인권으로 이끌 것이라는 점만은 분명합니다.

마침내 제주도에 완전한 봄이 올 때까지 우리 모두 서로의 손을 더욱 단단히 잡읍시다.

감사합니다.』 (ses@yna.co.kr)

나는 이 연설문을 읽자, 팩트와 왜곡이 뒤섞여 있어, 머리가 아파졌다. 그가 점령한 국가의 역사에 대한 증오심이 노출되어 있어, 마음이 불편했다. 나는 『매트릭스 교차로』에서 다음 칼럼을 읽었다.

이념사기죄(理念詐欺罪) 신설의 필요성

김일성이 6.25사변 때 권력을 장악하는 과정에서 연안파를 숙청해, 북한 공산주의 역사에서 의지할 데 없는 나그네를 만들어버렸다. 그들이 모택동의 휘하에서 장개석에게 밀려 연안으로 쫓겨 갔다가, 장개석 정권의 부정부패로 권토중래(捲土重來)하게 된 팔로군 세력이다. 모택동은 장개석 군대를 대만으로 쫓아 보내고, 중원의 거대한 땅을 장악하였다.

이때가 막 1950년대가 시작될 무렵인데, 김일성이 박헌영과 둘이서 스탈린을 찾아가서, 모택동처럼 한반도를 통일하겠다고 스탈린을 설득하여, 6. 25 동란을 일으켰다. 6. 25 동란은 그가 주체적으로 수행한 통일전쟁이 아니라, 소련군 대위로서 스탈린의 아바타가 되어, 수행한 공산주의 세력 확장의 대리전쟁이었다.
모택동은 이제 중국 땅에서 앞으로 골칫거리가 될 것이 뻔한 조선족을 팔로군이라는 이름을 붙여 김일성에게 지원하였다. 김일성은 팔로군에 붙은 세력인 연안파들을 6.25 사변 중에 써먹을 만큼 써먹고, 모택동처럼 토사구팽(兎死狗烹)시켜 버렸다. 그래서 그들이 오갈 데 없는 역사의 고아가 되어버렸다.

문재인 정권에서는 이들을 한국 역사에 받아들이기 위하여 역사 왜곡을 시도하였다. 이들 외에도 일제에 항거하여 독립군으로 활동한 세력에 공산주의 아나키스트들이 섞여 있었다. 문재인 정부는 이런 세력으로 활동하다 공산주의 국가에서 사망한 자들을 대한민국에 정신적 지주로 입적시키고자 여러 꼼수를 썼다. 소위 주사파의 정통성을 만들어내자는 데에 이들을 이용하고자 했다고 볼 수 있다.

홍범도 장군이 비록 일제에 항거하기는 했으나, 소련 공산당에 몸을 담았던 사람이고, 육군사관학교와는 아무 상관이 없는 공산주의자임에도 불구하고, 육사 교정에 한 자리를 차지하고 있게 된 것이, 주사파의 정통성 세우기에 동원된 이유 때문이다.

육사의 뒷산 불암산은 김일성이 탱크를 몰고 서울로 내려왔을 때, 육사 생도들이 결사 항전하다가 산화한 곳이다. 그들은 공산주의자 김일성이 보낸 북한 괴뢰군과 싸우다가 피를 뿌리고 산화했는데, 문재인 정부는 국제공산주의자를 육사로 보내어, 순결한 처녀에게 강간을 시도한 것이나 다름없는 짓을 하였다. 주사파가 그렇게 한다고 주사파의 정통성이 생겨나는 것이 아님에도 불구하고 말이다. 주사파와 육사와는 연결고리가 없다. 주사파는 북한 김일성이 만든 주체사상의 사생아일 뿐이다.

구로동 천왕산 자락에 만든 간첩 신영복 공원도 주사파의 꼼수가 성공한 경우라 할 것이다. 통영에 있는 윤이상도 같은 경우라 할 것이다. 이번에 새만금 잼버리가 이념 사기가 들통이 나지 않고 성공했다면, 또 다음 단계로 무슨 꼼수를 쓰려할지 알 수 없었던 일이다.

이들 작품 제작의 하일 하이트는 아무래도 정율성 추모공원 조성의 성공일 것이다. 정율성은 KBS에서 다큐멘터리로 제작하여 방영하는 등 상당한 성과를 내는 중이었다. 게다가 중공에서는 지명도가 높은 음악가이고 정율성을 존경하는 사람도 많다. 그러나 그는 대한민국에 음으로나 양으로나 눈에 보이지 않는 피해를 줄 사람이다. 윤이상의 경우와 같다고 할 것이다.

과감하게 이런 일을 추진하는 자들은 주사파로서 정계에 진출했거나, 법조계에 진출했거나, 국가공무원이 된 자들이다. 이들이 저지르는 일은 법을 제정하여 단속하지 않으면 근절 불가능하다. 그들은 이념 사기범들이다. 그들이 확신범이기 때문에 국가는 이들을 철저하게 배제하는 정책을 수립하여 수행하지 않으면 아니 된다.

대한민국에 이념 사기범들이 만든 공공시설이 몇 개 있

다. 앞에서 말했듯이 구로동 올레길에서 한신대 쪽으로 천왕산 자락에, '처음처럼'이라는 소주의 로고를 만든 신영복(1941. 8. 23~2016.1.15)의 추모공원이 있다. 신영복은 간첩죄로 형을 받아 수감 중에, 좌파 정부가 들어서 출소하여 살다가 사망한 사람이다. 그가 쓴 서체(書體)로 그가 남긴 명언이라는 것들이 공원의 여기저기에 입간판으로 만들어져 공원을 찾는 이가 읽을 수 있도록 해 놓았다. 그는 공산주의자이고, 김일성을 찬양하는 자이다. 그러므로 그의 글이 어떤 글인지 짐작이 된다. 소주를 마시는 사람은 아마 그의 로고를 쓴 술을 마신 사람이 한둘이 아닐 것이다. 그런 것이 기생충처럼 자유민주주의 대한민국을 좀먹는다. 이런 것이 공산주의자나 주사파가 바라는 세상이다.

광주에서는 광주시장이 나서서 추진 중인 팔로군 출신의 중공인 정율성을 기리는 기념공원 조성 기념사업 중단을 요구하는 전국학생수호연합(광주지부)의 집회가 정율성로에서 있었다. 이미 광주에는 그를 기리는 정율성로가 만들어져 있다. 정율성은 6.25사변 때, '중국인민군해방군가'를 작곡한 자이다.

광주시장은 국민 세금으로 정율성 추모공원을 만들고

있다. 그의 행위는 명백하게 형법에 조문이 없는 이념 사기에 해당한다고 볼 수 있다. 이념 사기를 처벌하려면 이념 사기를 법제화해야 한다. 이 일은 국회의 몫이다. 그러나 국회에 반국가 세력인 주사파가 포진하고 있어, 법안 발의 자체가 불가능할 수도 있다.

이념 사기를 의율 하려면 선행조건으로 불특정 다수를 향한 위장 이념 선동죄가 필요하다. 위장 이념 선동에 불특정 다수가 기만당해야 범죄 의율이 가능하다고 보기 때문이다. 대한민국에서 이념으로 사기 치는 자는 주사파는 개인이고, 정치인은 나라를 북한과 중공과 동급으로 만들려고 이념 사기 치는 국회의원들이고, 공기업인은 공기업에 침투하여 국가 경제를 망치기 위하여 이념 사기 치는 임원들이고, 공직자는 국가재정을 이념 사기로 거덜 내는 공무원이다. 이념 사기꾼은 이 나라 도처에 게릴라처럼 잠복해 있다. 그들은 이 나라에서 솎아내 없애야 할 암 덩어리다. 설사 이념 사기를 치지 않는다고 해도 그가 전교조나 민노총에 소속되어 있다면, 그들이 그런 단체에 소속되어 있다는 것만으로도 이 나라에 끼치는 해악이 또한 척결의 대상이 되지 않을 수 없게 되어 있다.

이들을 이 나라에서 추방하려면, 이들을 추방할 수 있도록 법을 제정해야 한다. 첫째 공직을 가지려는 자는 헌법을 위반하지 않겠다는 충성 선서를 해야 한다. 이 선서에는 헌법을 위반할 시에 당하게 될 불이익에 대하여 감수한다는 서약이 필수다. 특히 반국가적 이념, 나라를 해치는 안보와 국방에 대한 범죄를 공직자가 범했을 때는 비공직자가 범했을 때보다 무겁게 가중처벌 해야 한다. 특히 이념 사기가 있을 때는 국가 변란의 목적이 있다고 보아서 극형에 처하도록 해야 한다.

최근에 국가적 비난을 감수하지 않을 수 없게 만든 새만금 잼버리의 이념 사기와 광주시장의 공산주의자 추모공원 조성은 공직자의 이념 사기의 정점을 치게 되었다고 보지 않을 수 없게 하였다. 외국에 국민선동금지법은 있어도 이념사기죄를 규정한 법은 없을 것이므로, 이념 사기를 단속하려는 법을 만들려면, 심도 있는 연구가 필요하다고 본다. 이번에 발각이 된 새만금 이념 사기와 광주시장 중국공산당원 추모공원 조성 이념 사기와 같은 이념 사기를 공론화하여 집단지성으로 법제화해야 한다.

이념 사기의 원천 제공자는 북한이다. 이를 받아먹은 자

> 들은 주사파나 남한 간첩들이다. 원천적으로 불법 이념의 차단을 위하여 이념 교육이 필요하다. 우리에겐 주사파 교육을 하는 전교조가 필요한 것이 아니라, 우리의 이념을 교육하는 이념 교육기관의 설치가 필요한 것이다.

사상부장이 내게 다음과 같은 문자를 보냈다.

"그대가 나의 제자로 입문한다면, 신약품을 개발하여 저자들의 머리를 세탁하겠다."

나는 사상부장의 제안을 받아들었다. 그러자 또 문자가 왔다.

"나는 그대를 100% 믿기 힘드니, 내가 믿는 이상미를 설득해서 함께 와야 해."

나는 이상미를 설득해야 하였다. 나는 무거운 손을 들어 이상미에게 사상부장으로부터 내게 온 문자를 가리켰다. 이상미가 문자를 보더니, 승낙한다는 문자를 보냈다. 나는 갑자기 눈이 번쩍 떠졌다.

나는 내 영을 절반을 분리해서 사상부장에게 보냈다. 사상부장은 제자 입문 절차를 까다롭게 진행하였다. 내가 이념사기 범인과 싸우느라고 더러워진 반쪽 영이 연구실로 들어가면 아토피가 생긴다는 이유 때문이다. 그래서 사상부의 의사들이 내 몸을 세밀하게 체크하였다.

내가 연구실에서 하는 일은 아무것도 없었다. 연구원들이 주는 알약을 먹기만 하면 되었다. 내게 약을 갖다주는 연구원은 특이하게도 12지신상의 복장을 하고 12지신의 탈을 쓰고 나타났다. 자시에는 쥐 신상이 나타났고, 축시에는 소 신상이 나타났고, 인시에는 호랑이 신상이 나타났고, 묘시에는 토끼 신상이 나타났고, 진시에는 용 신상이 나타났고, 사시에는 뱀 신상이 나타났고, 오시에는 말 신상이 나타났고, 미시에는 양신상이 나타났고, 신시에는 원숭이 신상이 나타났고, 유시에는 닭 신상이 나타났고, 술시에는 개 신상이 나타났고, 해시에는 돼지 신상이 나타났다. 마지막으로 연구실 관리자가 나타났다.

"왜 무슨 이유로 12지신상이 내게 약을 가지고 오는 것입니까?"

나는 연구실 관리자에게 물었다.

"그들은 원 삼신산을 지키는 신상들입니다. 그들이 약을 가져오는 이유는 원 삼신산 입적(入籍) 절차를 시행하는 것입니다. 그래야 거기장군이 원 삼신산에 들어갈 수 있습니다."

"내가 사는 삼신산에서는 12지신상을 본 적이 없는데."

"원 삼신산이 있는 곳은 발해만입니다."

발해만에는 봉래, 영주, 방장이 있다. 조선이 멸망하여 삼신산을 운영하는 삼신인들이 소래로 들어와 소래산, 성주산, 할미산을 만들고, 삼신산이라 하였다.

"도대체 무슨 약을 내게 먹이는 것이요?"

내가 약간 짜증이 나서 물었다.

"지금까지 인간이 뱉어낸 시간을 다시 먹는 약을 드신 것입니다. 앞으로 이 약을 먹은 사람은 자기가 뱉어낸 시간을 먹게 될 것입니다."

"왜 이런 이상한 짓을 하는 것이요?"

"인간이 뱉어내 오염시킨 지구를 청소하려는 것입니다. 자기가 오염시킨 시간을 먹어 일종의 진공청소기 역할을 하는 것입니다."

그는 방을 나갔다. 내게 약을 먹일만큼 다 먹였는지 12지신들은 연구실에 더 들어오지 않았다.

"지금 보고가 들어옵니다."

운전자가 내 반쪽 영에게 말했다.

김달삼에게서 오는 보고였다.

"담판을 지어 공격을 유예했습니다. 저들이 제가 제안한 제안을 검토하고 있습니다."

나는 "결자해지(結者解之)로군."하는 생각이 들었다.

나는 김달삼의 회담 내용을 비혼자 여신에게 보고하였다.

"아무래도 좀 더 시간이 필요합니다."

"최후통첩을 보내라. 우리가 정해주는 날까지 결정을 하지 않으면 하나도 살아남는 자가 없을 것이라고 으름장을 놓아."

비혼자 여신이 단호하게 나왔다.

사상부장이 연구실에 나타났다.

“이상한 약을 먹느라고 수고했네.”

사상부장이 내게 말했다.

“저는 약을 12개나 먹었는데 건강에 이상은 없는 것입니까?”

“당연히 건강에 이상이 있지. 시간을 먹는데 차질이 생겨 밖으로 나온 영이 자기의 반쪽 영을 찾아가지 못할 수 있어.”

그렇다면 큰일이 아닐 수 없었다. 나는 고민이 되기 시작했다.

“그러나 걱정하지 말게. 해독제를 가지고 왔으니까.”

사상부장은 해독제 12개를 내게 주었다.

“약 12개를 매일 하나씩 먹게. 그러면 해독이 될 거야.”

나는 사상부장이 주는 해독제 알약 12개를 매일 하나씩 먹었다.

내가 해독제를 다 먹던 날 사상부장이 또 나타났다.

“이제부터 움직여야 해. 칠궁으로 가. 미군에게 제사를 지내주려면 칠궁 할머니들의 승낙을 받아야 해. 제사 장소를 칠궁으로 이동해야 하거든. 거기가 제일 안전한 곳이야.”

“부평에서는 제사가 안 됩니까?”

나는 놀라서 물었다.

“거기는 코앞에 붉은 원숭이들이 있어서 피하는 것이 좋아.”

"그곳은 곧 완전 청소가 될 텐데요."

"그래도. 어디에서 붉은털원숭이 선동에 넘어가 인생이 왜곡된 자들이 나타날지 모르니까."

"또 다른 이유는 없습니까?"

"있지. 제사의 권한을 풍이족의 장자가 쥐고 있는데, 지금 누가 풍이족의 장자인지 알 수 없는 시대가 되었으니, 칠궁 할머니들이 제사권을 내주는 자라야 제사를 지낼 수 있기 때문이야."

칠궁 할머니들이 제사권을 쥐고 있다니 금시초문(今始初聞)이었다.

칠궁은 청와대 영빈관 서쪽에 붙어 있는 궁인데, 임금님의 어머니로서 후궁 출신의 7분을 모신 사당이다. 칠궁은 청와대 영빈관 서쪽에, 좌향이 북좌남향(北座南向)으로 자리 잡고 있다. 냉천정(冷泉井-좌향이 북쪽인 우물)을 가운데에 두고, 서쪽에서부터 동쪽으로 저경궁(儲慶宮) · 대빈궁(大嬪宮) · 경우궁(景祐宮) 3채가 나란히 있고, 경우궁 앞에 덕안궁(德安宮) 등 2채의 사당이 있다. 냉천정이 딸린 중정(中庭)이 가운데에 있고, 동쪽으로 육상궁(毓祥宮)과 연우궁(延祜宮) 등 2채의 사당이 나란히 있어, 모두 7채의 사당이라, 칠궁이라 불린다. 칠궁(七宮)은 주소가 서울 종로구 창의문로 12이다.

칠궁은 원래 영조가 즉위하던 해인 1725년에, 어머니 숙빈 최씨를 기리기 위하여 지은 사당으로, 숙빈묘(淑嬪廟)라 했다가, 1744년(영조 20년) 상서로움을 기른다는 뜻의 육상(毓祥)이라는 묘효(廟號)를 내렸다가, 1753년(영조 29년)에 육상궁으로 승격하였다. 숙빈 최씨의 시호는 화경이다. 그녀는 일곱 살 때 궁궐에 들어와 무수리로 지내다 숙종의 눈에 들어, 1693년에 아들 영수를 낳았으나 두 달 만에 죽었다. 다음 해에 다시 임신했는데, 그때 낳은 둘째가 연잉군으로, 훗날 영조가 되었다. 최 씨는 무수리 신분에서 내명부 종4품 - 종2품 숙의 - 종1품 귀인을 거쳐, 숙종 25년 1699년에는 단종 복위를 축하하여, 정1품 빈의 지위를 받아, 숙빈 최씨가 되었다.

나는 칠궁에 가야 하였다.

"먼저 칠궁에게 상을 차려 대접하라."

비혼자 여신의 문자가 왔다.

나는 칠궁을 불쑥 찾아갈 수 없으므로 이 문제를 월하와 상의해야 하였다. 나는 월하를 불렀다. 그녀가 왔다.

"제사를 지내려면 칠궁의 승낙을 받아야 한다는데..."

"만천 대왕의 빈(嬪)에게 승낙으 받도록 하지요."

눈이 번쩍 떠지는 말이었다. 나는 칠궁을 대접할 제물상을 차려 칠궁으로 가지고 갔다. 벤츠가 칠궁 앞에 닿았을 때, 문 앞에 궁녀들로 보이는 영들이 조용하게 서 있었다. 비혼자 여신의 전언을 받은 듯 보였다. 그들은 마치 누군가 움직이게 해주어야 움직일 수 있는 사람들처럼 보였다. 귀기가 서려 있는 듯 무거운 분위기가 내 어깨를 내리눌렀다.

소복을 한 여인이 나를 향하여 손을 흔들었다. 칠궁에 사는 일곱 분의 할머니 중에 한 분인 듯했다.

"안녕하세요?"

나는 평소에 인사하듯 칠궁 할머니에게 인사하였다.

"어서 오게. 안으로 들어가."

무슨 행사를 하는지 육상궁(毓祥宮) 안에는 여자들이 많이 와 있었다. 아마 제사를 지내는 것이 아닌가 하는 생각이 들었다. 과연 제단이 차려 있었다. 제단에는 제물이 든 제기들이 진설 되어 있었다. 제단의 상단에는 칠궁 할머니들의 위패가 일렬로 놓여 있었다. 제단 앞에 비혼자 여신이 있었다. 나는 깜짝 놀랐다.

"상을 차려 왔습니다."

월하가 비혼자 여신에게 말했다.

"상을 올려."

비혼자 여신이 말했다.

내가 제단 밑에 상을 올렸다.

"우선 술 한잔 올려. 칠궁을 초헌하는 술잔이다."

비혼자 여신이 내게 말했다.

나는 제단에 술잔을 올렸다. 그리고 삼배 절했다.

"비혼자 여신님은 왜 여기에 오셨습니까?"

"대통령이 용산으로 떠난 후에, 청와대가 잡귀들 세상이 되어, 칠궁의 거주자들이 잡귀를 내쫓아 달라고 진정해서 내가 온 것이다. 거기장군(車騎將軍)이 군대를 보내어 이곳을 지켜 주어야 하겠다."

"알겠습니다. 곧 시행하겠습니다."

나는 내가 거느리는 사모군의 각 대대에서 10명 씩 30명을 차출하고 본부에서 1명을 차출하여 조선시대의 군복인 구군복(舊軍服)을 입혀 칠궁으로 보내라고 지시하였다. 왕의 호위무사(護衛武士)인 별감(別監)으로 보이게 하려고 구군복을 입히라고 한 것이다. 백마를 탄 기마병들이 칠궁에 왔다. 그들이 늠름하고 멋지게 보였다. 나는 그들에게 근무지침을 주고, 노출하여 근무하라고 지시하였다.

다음 잔은 7분의 빈(嬪)에게 차례대로 술잔을 올렸다.

①번으로 저경궁(儲慶宮·선조의 후궁 인빈 김씨)에게 올리고, ②번으로 대빈궁(大嬪宮·숙종의 후궁 희빈 장씨)에게 올리고, ③번으로 육상궁(毓祥宮·숙종의 후궁이자 영조의 생모인 숙빈 최씨)에게 올리고, ④번으로 연호궁(延祜宮·영조의 후궁 정빈 이씨)에게 올리고, ⑤번으로 선희궁(宣禧宮·영조의 후궁 영빈 이씨)에게 올리고, ⑥번으로 경우궁(景祐宮·정조의 후궁 수빈 박씨)에게 올리고, ⑦번으로 덕안궁(德安宮·고종의 후궁 엄씨)에게 올렸다.

7개의 헌잔을 끝내자, 칠궁이 모습을 나타내었다. 나는 칠궁이 흠향하기를 기다렸다가. 죽은 미군들이 제사 지내 주기를 원한다고 보고 하였다.

"조상으로부터 제사권을 계승한 자가 있는가?"

저경궁이 내게 물었다.

"지금 제사권을 가진 자를 찾는다는 것은 불가능합니다."

"사모를 불러라."

비혼자 여신이 말했다.

나는 사모에게 칠궁으로 오시라고 문자를 보냈다. 사모가 나타났다. 나는 사모에게 풍이족의 장손을 찾는다고 말했다. 사모는 내게 제사(祭祀) 문자를 한지(韓紙)에 크게 쓰라고 말했다. 나는 사모가 시키는 대로 한지에 크게 제사(祭祀)라고 썼다.

"이 한지를 소지(燒紙)하라. 그러면 사(祀)자 안에 들어 있는 사(巳)자가 문자로 현신할 것이다. 그러면 사자에 제관의 영상이 떠오를 것이다."

나는 무릎을 꿇고 앉아서 한지를 소지하였다. 종이가 불탔다. 제사 문자에 불이 붙으면서 사(巳)자가 분리되어 나왔다. 그러자 그 위에 영상이 하나 겹쳤다. 더글라스 맥아더 장군의 영상이었다.

"맥아더의 맥자에 맥(貊)이란 뜻이 있다. 맥은 맥족이라는 뜻이다. 맥족은 풍이족의 후손이다."

나는 맥아더 장군이 이 나라를 구하러 온 이유를 알게 되었다. 그가 풍이족의 후예인 맥족의 장자 신분으로 이 나라에 오게 되었다고 이해하게 된 것이다.

"삼헌관을 정해야 하는데 다른 두 헌관은 누구를 정하면 되겠습니까?"

"아헌은 이승만으로 하고 종헌은 박정희로 하라."

"장소는 어디로 하면 좋겠습니까?"

"칠궁의 육상궁과 연우궁의 전정(前庭)으로 하라."

사모는 말을 마치고 성주산으로 돌아갔다. 이제부터는 제사를 준비해야 하였다.

『매트릭스 교차로』에는 풍이족에 대하여 다음과 같은 칼럼이 있다.

마고의 후손 바람둥이 풍이족 어디로 갔을까

마고는 팔여의 음인 진동에서 태어났고, 마고의 진동에서 풍이족이 태어났다. 마고의 진동을 나타낸 문자가 풍(風)자이다. 바람이라는 뜻이다. 풍(風)자 안에 마고의 지손을 의미하는 문자 충(虫)자가 들어 있다. 마고가 바람을 피워 지손(支孫)들이 태어난다는 뜻이다.

여자들이 바람을 피우는 이유는 최고의 사내를 찾기 위해서라고 한다. 이 말은 최고 양질의 자식을 얻기 위하여 바람을 피운다는 말과 같다. 서양에서 이러한 일을 주관했던 여신을 아스타르라 하였다. 아스타르는 성창(盛娼)의 여신이었다.

아스타르 여신 때는 남자들은 전쟁터에 나가서 목숨을 바쳐 싸웠다. 전쟁을 끝내고 고향에 돌아오면, 여자들이 백색의 신복을 입고 신전 앞뜰에서 이들을 맞으며 성대한 성창의 향연을 베풀었다. 남자가 한 여자를 섹스의 상대로 선택하면 여자는 절대로 거역할 수 없었다고 한다. 이렇게 하여 태어난 자식들은 모두 아스타르 여신의 자식이 되었다.

우리 조상에게도 이런 성창의 풍습이 있었다. 양기(陽氣)가 극성한 단오(端午-음력 5월 5일 午時)에 남자는 씨름을 하고 여자는 그네를 탔다. 씨름에는 씨를 심는다, 몸을 신는다, 시룬다고 하는 뜻이 있다. 그네타기에는 여자가 나그네를 탄다는 의미가 있다. 이 두 문자를 합치면 섹스라는 의미가 나온다. 이날 최고의 씨름꾼과 최고의 그네 선수로 뽑힌 남녀는 '나그네를 타고 씨를 심는 행사'를 한다. 성창의식을 한 것이다.

최고의 신분을 가진 연상의 여인 소서노(召西弩)가 떠돌이 연하의 남자 고주몽(高朱蒙)을 만나서 성창의식을 함으로써 역사에 그들의 이름을 남긴 부부가 될 수 있었다. 이렇게 남녀가 바람피우기를 공인하는 국가 제도가 시작된 때가 마고시대에서 시작하여 풍이족과 조이족의 시대를 거쳐 삼국시대까지 이어졌다.

지금 한국인의 조상 바람둥이 풍이족은 어디로 갔는가? 그들은 전 세계로 퍼져나가면서 현지인과 결합하여 뱀 문명을 일으켰다. 성경에 나오는 아담과 하와 설화는 배달나라 시대에 풍이족의 뱀 문명이 남긴 유산으로 볼 수 있다. 이때가 풍이족의 나라 배달나라의 제6세 복희천왕 때다.

진주소씨(晋州蘇氏)의 문중족보서문인 「소씨상상계(蘇氏上上系)」는 풍이족에 대하여 다음과 같이 기록하였다.

"옛날에 소풍(蘇豊)이 계셔, 비로소 소씨의 조상이 되었다. 소풍의 호는 곤오(昆吾), 또 태하공(太夏公)이라고도 한다. 갑진년에 태어났는데, 풍이(風夷)의 후손이다. 고신(高辛)의 폭정이 막심하여 불함산 북쪽 숙신(肅愼)으로 옮겨 살았다." 이때가 단국(檀國)의 2세 홍제(洪帝) 때다. 홍제 8년에 고신 씨가 단국에 쳐들어와 의려장(義旅長)이 되어 수동(綏東)의 들판에서 격퇴하니, 단국의 홍제가

> 이를 치하하여, 그 공으로 소성(蘇城-지금의 중국 鄴城)에 봉하고 하백(河伯)이라 하였다."

이 글에 진주소씨가 풍이족의 후손으로 기록되어 있다. 그렇다면 풍이족은 누구인가? 풍이족은 풍이로 불리는 사람들이다. 암갈색 피부를 갖은 사람들인데, 모양이 황부인과 같다고 하였다.

황부인은 마고의 직계 후손인 황궁(黃穹)의 후예로, 그 형상은 피부가 좀 누렇고 코는 튀어나오지 않았으며, 광대뼈가 튀어나오고, 머리털은 검고, 눈은 펑퍼짐하며 청흑색이라 하였다.

역시 같은 소씨 문중의 족보 서문인 「동근구보서(東槿舊譜序)」에는 다음과 같은 글이 있다.

> "적제의 후손이 풍(風), 강(姜), 희(姬), 기(己)성 등 여러 성이 되었다. 적제의 61세 손인 태하공(太夏公) 호 곤오(昆吾) 휘 풍(豊)의 본성은 기(己)였는데 소성(蘇姓)으로 바꾸었다."

이 글에는 풍이족의 성이 風, 姜, 姬, 己 등 여러 성이 되었다고 하였다. 축융8성을 말한 것이다.

"중국에서 고대에 사(蛇-뱀)을 뜻하는 충(虫,-벌레)자, 사(巳,-뱀)자로 씨족의 성씨를 삼은 예가 적지 않았다. 이로써 뱀을 숭상하는 씨족(필자 주, 風族, 風夷)을 이루게 되었다. 사(蛇)자, 충(虫)자, 사(巳)자가 성씨로 통용되었고, 고어에서는 작은 뱀을 충(虫)이라 하였다. 때문에 고대의 치우(蚩尤), 축융(祝融), 우(禹)는 충(虫)자를 따랐다.(『복희문화』 중국사회출판사 35쪽 1994. 5)

풍이족은 뱀을 인종 아이콘으로 가지고 있었던 인종이었다. 이들이 지구 전체로 퍼져나가면서 지구에 뱀 문명을 일으켰다.

17 모모타로와 도부신인

만천 대왕은 백동수와 함께 4.3 공원에서 무력시위(武力施威)를 진행하고 있었다. 많은 남로당 패 영들이 장용군의 무력시위를 바라보고 있었다. 장용군은 기병이라 그들이 탄 말들이 땅을 박차고 달렸다. 그들은 마상(馬上)에서 활에 화살을 먹여 과녁을 향하여 쏘고' 창을 휘둘러 창술(槍術) 시범을 보였다. 그들이 휴대한 무기는 상제님의 시위(侍衛)들이나 휴대하는 최상의 무기들이었다. 그들은 살기가 등등했다.

붉은 메타버스를 탈출한 공산당의 잔당들이 성주산으로 몰려오고 있다는 보고가 성주산을 지키고 있는 사모군 소속의 본의군에서 내게 들어왔다. 성주산이 끝나고 소래산이 시작되는 곳에 삼신각(三神角)이 있고, 삼신각의 신단(神壇)을 백호(白虎)가 지키고 있고, 단군왕검이 백호 등에 비스듬히 기내어, 눈을 반쯤 감고, 쑥으로 만든 쇼올을 어깨에 걸치고 앉아 있었다. 백호의 머리 오른쪽에는 동녀(童女)가 복숭아를 들고 있고, 동녀의 곁을 동자(童子)가 지키고 있었다. 이곳으로 몰려오는 공산당의 잔당들이 놀랍게도 김일성과 모택동과 스탈린이었다.

그들이 오는 곳을 관찰하니, 삼신산으로 오지 않고, 소래로 빠지고 있었다. 그들은 소래포구에서 배를 타고 연태 쪽으로 방향을 잡았다. 그곳은 중공군 북부전구의 남쪽 끝에 해당하는 곳이었다. 산동반도를 지키는 중공군이 경기도의 중심부와 서울을 향하여 육군, 해군, 공군과 로켓부대를 배치해 놓고 있었다. 그들을 뒤쫓으려면 일전(一戰)을 불사(不辭)해야 하였다.

나는 나의 부대 1개 여단을 소래에 집결시켰다. 그리고 만천 대왕에게 소래로 오라는 메시지를 보냈다. 만천 대왕이 날개 달린 어가를 타고 소래에 도착했다. 장용군이 만천 대왕과 함께 왔다.

비혼자 여신이 만천 대왕에게 성주산(聖住山) 삼신각(三神閣)에 가서 복숭아를 들고 있는 동녀(童女)를 모시고 칠궁으로 가라고 문자를 보냈다. 동녀가 들고 있는 복숭아는 예사 복숭아가 아니었다. 신인(神人)의 씨(氏)가 들어 있는 복숭아였다.

이상미가 찍는 카메라에는 산동반도의 봉래(蓬萊)와 등주(登州)와 연태(煙台)를 출발한 중공군이 소래를 향하고 있었다.

"순망치한(脣亡齒寒)이야."

모택동이 중얼거렸다.

나는 모모타로군에게 중공군을 저지하라고 명령했다. 11척의 모모타로의 함대가 제주기지를 출발했다. 모모타로군은 귀신 토벌에는 일가견을 가진 부대였다.

"빨갱이와 싸워서 이겨야 해. 싸움에 이기면 아사가와(조강)에 닿게 해 주겠다."

내가 모모타로에게 약속했다.

중공과 일본이 빈번하게 발생하는 태풍과 지진으로 멸망기에 들어섰기 때문에, 나라에서 일본의 재해 난민을 받아들이지 않으면 아니 되게 되어 있었다. 현실이 이러함으로, 나는 모모타로가 조강에 갈 수 있게 해주겠다고 약속한 것이다.

모모타로는 꿩을 날려보내 적을 정탐했다. 모모타로는 원군(猿軍)과 견군(犬軍)을 전함에 싣고 가서 귀신이 우굴거리는 성을 공격한 적이 있었다. 그는 귀신 섬을 점령하고 약탈했다.

갑자기 모모타로의 수군이 모모타로상 노래 부르는 소리가 들려왔다.

桃太郎さん 桃太郎さん	모모타로 상, 모모타로 상
お腰につけたキビダンゴ	허리에 찬 기비당고(수수경단)
一つわたしに 下さいな	하나만 주세요
やりましょう やりましょう	줄게요. 줄게요
これから鬼の征伐に	이제부터 도깨비 정벌에
ついて行くなら やりましょう	따라간다면 줄게요
行きましょう 行きましょう	갑니다 갑니다
あなたについて どこまでも	당신을 따라 어디까지나
家来になって 行きましょう	하인이 되어 갑니다
そりゃ進め そりゃ進め	자 앞으로 나가자 자 앞으로 나가자
一度に攻めて攻めやぶり	한번에 공격 공격하는 모양새
つぶしてしまえ 鬼が島	박살 내라 귀신의 섬
おもしろい おもしろい	재미있어요 재미있어요
のこらず鬼を攻めふせて	남김없이 귀신을 공격하여
分捕物(ぶんどりもの)を えんやらや	노획물을 이영차 이영차

万万歳 万万歳	만만세 만만세
お伴の犬や猿キジは	함께 간 개와 원숭이와 꿩은
勇んで車を えんやらや	용감하게 차를 몰아라

소래포구(蘇萊浦口)에는 구한말 때 썼던 호구포(虎口砲) 몇 문이 배치되어 있었다. 아파트가 호구포가 거치된 곳보다 중국을 향하여 앞쪽에 지어져 있어, 안보상으로 대단히 취약하게 보였다. 나는 이 취약성이 노출되는 곳에 일부 병력을 동원하여 방어벽을 구축했다. 만약에 중공군의 공격으로 방어벽이 허물어진다면, 소래산과 성주산이 지척이 됨으로 이곳을 방어하지 않을 수 없었다. 나는 터미네이터 1개 소대를 차출하여 모모타로 부대를 지원하였다. 그들이 고난이도 기동을 하면서 자유자재로 중공군을 공격한다면 소래를 침범하는 중공군을 섬멸할 수 있으리라고 생각했다.

주력은 래국(萊國)에 상륙하여 점령하기로 하였다.

래국은 래이족의 국가라는 뜻이다. 래산 밑에 진한(秦)에게 BC 238년에 멸망한 진(眞)조선과 번(番)조선의 유민과 한(漢)에게 BC 108년에 멸망한 막(莫)조선의 유민이 삼한(三韓)시대에 살았던 땅이다. 그들이 래이족이다. 삼한시대에 그들이 소래로 건너와 마한(馬韓)을 세우고 마한이 백제(百濟)가 되어 삼국(三國)시대를 열었다. 한반도로 동천(東遷)하지 못하고 남은 유민의 후손은 오늘날 산동인(山東人)의 조상이 되었다.

내가 쌍안경으로 전황을 살펴보니, 아군과 적군이 싸우는 것은 상제의 군대와 인간의 군대가 싸우는 것 같았다. 그런데 어디에서 왔는지 그들을 돕는 부대가 있고, 그들이 안개에 가려 실체가 눈에 잘 드러나지 않았다. 미스터리 부대가 나타나 터미네이터를 돕고 있다니 놀라울 뿐이었다.

안개 속에서 번개 치듯이 불이 번쩍이고 태풍이 몰아쳐, 아무래도 천군(天軍)이 싸우는 것이 틀림없을 것 같았다. 내가 있는 쪽엔 아무런 영향이 없었다.

나는 이 사실을 비혼자 여신에게 보고하지 않을 수 없었다. 이상미가 사진을 촬영하여 비혼자 여신에게 보냈다.

"천군이 지원 나온 것 같습니다."

내가 문자를 보냈다.

"천군이 맞다."

하는 문자가 비혼자 여신에게서 왔다.

"산동반도의 동쪽 끝에 상륙하면 그곳이 옛날의 래국(萊國)이고, 래국의 서쪽에 있는 태산은 옛날의 중모국(中牟國)으로 번조선 땅입니다. 제가 처들어가면 중공군이 빼앗기지 않으려 할 것입니다. 역사를 회복하기 위하여, 이번 기회에 귀신 잡는 청룡부대를 보내 참전의 기회를 주었으면 합니다,"

내가 또 문자를 비혼자 여신에게 보냈다.

"청룡부대 장병들이 전교조 선생에게 교육받아 역사를 모르므로 왜곡된 역사가 그들의 머리에 각인되어 작전에 지장이 있을 것이다."

"청룡부대를 출동시켜 산동반도를 공격할 수 있게 해주신다면, 제가 청룡부대에 가서 부대 장병에게 역사와 지리를 교육하겠습니다."

비혼자 여신이 승낙했다.

나는 박정희 대통령에게 함께 청룡부대에 가자고 하였다. 박정희 대통령이 의아해 하였다.

"청룡부대는 왜?"

"박 대통령의 부국강병(富國强兵)을 마무리하려고 합니다."

박 대통령이 눈을 크게 떴다.

"내 머리에 들어갔다가 나왔는가?"

"노심초사(勞心焦思)하고 있습니다."

"국가안위노심초사(國家安危勞心焦思)라는 말을 안중근 의사가 썼지."

"그렇습니다. 저랑 함께 가시겠습니까?"

"가자."

나는 벤츠를 불렀다.

"래이족에 대한 역사 교육은 제가 하고, 부국강병의 숨은 뜻은 대통령께서 하세요."

'알았어."

나는 청룡부대의 통신망으로 들어가 사단장을 만났다. 그리고 지금 이 나라가 어떻게 돌아가는지 설명했다. 이 나라에는 생명을 가진 사람의 나라, 죽은 사람의 영만 사는 나라, 미래에 올 가공의 나라가 혼재되어 있다고 말했다. 박정희 대통령은 영의 나라에 살고 있고, 청룡부대는 실재의 나라에 살고 있다고 하였더. 나는 영의 나라, 현실의 나라, 또 미래의 나라 3개의 나라가 혼재된 나라가 대한민국이라고 말했다.

"만약에 사단장이 청룡부대를 동원하여 산동반도에 있다가, BC 238년에 진시황에게 멸망한 래국과 모국을 회복한다면, 앞으로 나와 같이 3개의 나라에 함께 살게 될 것입니다."

"불가사의한 일입니다. 대한민국에 존재감이 없는 것 같군요."

"이 나라 인구의 절반이 현재 붉은털원숭이들이 왜곡하여 조작된 국민이기 때문에 우리에게 적대감을 가지고 있습니다. 앞으로 그들이 정상적인 국민으로 살아가려면 자유민주주의와 시장경제라는 이념의 교화를 받아야 할 교화의 대상입니다. 지금 그들의 대다수는 전교조에게 조작당한 왜곡된 인간입니다. 그들은 김일성 주체사상이 낳은 사생아입니다. 그들을 대표하는 것이 주사파입니다."

나는 내가 말하는 동안 사모가 문자군을 동원하여 사단장의 머리에 잘못 입력된 문자들을 풍이문자로 갈아 끼우는 것을 보았다. 순식간에 일어난 일이었다.

"청룡부대장이 앞으로 거기장군의 명령을 듣게 될 것이다.

거기장군이 군대를 이끌고 그의 머리 안을 질주하라.”

사모가 내게 명령했다.

나는 사모가 명령하는 대로 1개 여단의 병력을 이끌고 그의 뇌를 질주하기 시작했다. 나의 병력은 내가 변하는 대로 따라 변했다. 나는 검은 말을 타고 있었고, 관우처럼 청룡도를 비껴들고 그가 지키는 뇌 안 영역에 깔려 있는 그물망의 고를 끊었다. 청룡도의 칼끝에 무수한 고가 풀려나갔다. 나의 병력이 일제히 내가 하는 대로 따라 하였다. 풀린 고에서 매개변수가 나타나기 시작하였다. 청룡부대의 하늘에 청룡이 나타나고, 번개가 치고 폭우가 쏟아졌다.

이제 나는 터미네이터 부대를 이끌고 청룡부대 본부가 있는 김포로 갔다. 나는 터미네이터 부대를 연병장에 대기시키고 사단장 집무실로 들어갔다. 회의실에는 장교와 간부들이 나와 박정희 대통령이 오기를 기다리고 있었다. 박정희 대통령이 채명신 부대를 이끌고 청룡부대에 도착했다. 박정희 대통령은 부국강병에 대하여 강의하였다. 그의 강병 속에 회복해야 할 역사가 들어 있었다. 나는 조선의 멸망을 강의했고, 그곳의 지리를 가르쳤다.

비혼자 여신이 월하를 시켜 내게 음료수를 보냈다. 그 음료수는 내가 비혼자 여신과 처음 만나던 날 성주산 혼캠 텐트 앞에서 내게 준 그 깡통 음료였다.

“비혼자 여신께서 장병들에게 보내신 것입니다.”

월하가 말했다.

나는 음료수를 장병들에게 나누어 주었다

"이 음료수는 메타버스의 관리자인 비혼자 여신이 여러분에게 보내신 귀중한 선물입니다. 여러분은 이 음료수를 마시면 앞으로 메타버스 출입이 수월해 질 것입니다."

그들은 4차산업 시대에 사는 사람들이라, 메타버스의 존재를 알고 있으나, 그 안을 몸으로 출입해 본 사람은 아니었다. 그들은 내가 하는 말에 흥미를 느끼는 듯 보였다.

"메타버스가 어디에 있습니까?"

사단장이 물었다.

"캠프 마켓에 있습니다. 그곳은 아픈 전쟁의 역사가 있는 곳입니다. 여러분이 래국과 모국을 회복하면 그곳이 메타버스가 될 것입니다."

월하가 그들에게 뱃지를 한 개씩 나누어 주었다. 그것은 청룡 뱃지였다. 이 뱃지가 그들을 신출귀몰(神出鬼沒)하게 만들 것이다.

만천 대왕이 성주산 삼신각에 도착했을 때, 폭우가 쏟아지기 시작하였다. 산신각의 문은 열려 있었다. 삼신각 안에는 산신이 된 단군왕검이 백호의 등에 기대어 만천 대왕을 바라보았다.

만천 대왕은 삼신각 안으로 들어갔다. 경우궁 수빈 박씨가 그의 뒤 따라 들어갔다.

"만천명월주인옹이라고 합니다. 제 곁에 있는 여인은 저의 수빈 박 씨입니다."

만천 대왕이 인사했다.

"만천명월주인옹이 누구인가?"

"조선의 왕 정조입니다."

백호가 입을 벌려 살짝 웃는 모습을 보였다. 단군왕검이 머리를 끄덕였다.

"백호가 정조 왕을 알아보는 모양이군."

"조선의 왕이 산신각이나 지키는 이 늙은이를 무슨 일로 찾아왔는가?"

"동녀를 모셔가려고 찾아왔습니다."

"동녀를?"

"그렇습니다."

"무슨 이유로?"

"비혼자 여신의 하명입니다."

"비혼자 여신?"

"그렇습니다."

"마고 대신이 부활했는가?"

"그건 잘 모르겠습니다."

"그럼 풍이족의 사모가 부활했는가?"

"그것도 잘 모르겠습니다."

"그럼 배달나라의 여와가 부활했는가?"

"그것도 잘 모르겠습니다."

"내가 듣기로는 정조 왕이 만권의 책을 읽었다고 하던데, 그 말이 정말인가?"

"책을 잘못 읽은 것 같습니다."

"동녀를 왜 데려가겠다는 것인가?"

"복숭아 씨에 미래 인류의 조상이 있습니다."

"그게 누구야?"

"도부신인(桃符神人)입니다."

"복숭아 씨에서 인간이 나온다고?"

"그렇습니다."

산신 할아버지가 백호의 눈을 내려다보았다. 백호의 눈이 반짝했다. 산신 할아버지가 산신각 문밖을 내다보았다. 청룡 부대가 소래 쪽으로 출동하고 있었다. 부대가 청룡을 따라가고 있었다.

"백호야. 저기 바다를 보아라."

백호가 소래포구 넘어 황해를 바라보았다. 발해에서 모모타로 함대가 황해 밖을 막고 있어 중공 함대가 한반도의 서해로 넘어오지 못하고 있었다.

"네가 저기에 가서 한번 부르짖으면 저자들이 얼이 빠져서 움직이지 못할 것이다. 그러면 모모타로를 등에 태워 이리로 오라. 모모타로는 도부신인보다 먼저 세상에 태어난 도부신인의 형이다. 그가 동녀를 지켜 주어야 동녀가 움직일 수 있다."

백호가 질풍노도(疾風怒濤)로 황해를 향하여 달려갔다. 갑자기 발해의 북쪽에서 적룡(赤龍)이 나타나 용룡상박(龍龍相搏)이 되었다. 적룡의 비늘이 번쩍거렸다. 백호가 크게 부르짖었다. 그러자 바다에서 모든 움직임이 멈추었다. 내가 쌍안경으로 백호를 보니, 백호가 모모타로가 탄 기함으로 뛰어올라가 모모타로 앞에 넙죽이 엎드렸다.

놀랍게도 모모타로가 백호가 오기를 기다렸다는 듯이 백호의 등에 올라탔다.

백호가 모모타로를 데리고 돌아와 산신 할아버지 앞에 내려놓자, 동녀가 움직이기 시작했다.

"동자는 동녀와 함께 가라."

단군왕검이 명령했다.

만천 대왕은 비어가에 동녀를 싣고 칠궁으로 날아갔다. 수빈과 동녀가 비어가에서 내렸다. 비혼자 여신이 동녀에게서 복숭아를 받아 수빈에게 주었다.

"이 복숭아의 주인은 수빈이다. 수빈이 먹어라."

수빈이 복숭이를 먹었다.

나는 터미네이터 부대를 이끌고 황해를 향하여 출발했다. 모모타로 함대가 주적(朱敵)들에게 공격을 퍼붓고 있었다. 주적이 불타 없어졌다. 터미네이터들이 해안에 상륙했다.

18 전향

영주 상상고고는 아직 싸움이 시작되지 않았다. 나와 박정희 대통령이 소래로 갔기 때문이다. 비혼자 여신이 내게 문자를 보냈다.

"영주산 상상고고로 오라."

나는 래산을 떠나 비혼자 여신에게로 갔다. 김달삼이 비혼자 여신에게 불려와 있었다.

"목이 아프지 않으냐?"

비혼자 여신이 김달삼에게 물었다.

"아프지 않습니다."

"목소리는 회복이 됐느냐?"

"됐습니다."

비혼자 여신이 머리를 끄덕했다.

나는 쌍안경으로 주변을 살폈다. 민주를 부르짖으며 붉은 자신의 속내를 숨겨온 대통령이 4.3 기념식에 와서 참지 못하고 이상한 말을 뱉어내고 가는 바람에, 그가 한 말이 씨가 되어 생겨난 붉은 기운이 음울하게 감돌고 있었다. 옛날에 김달삼과 한패였던 무리의 영들이 갑자기 각성하여 몸을 노출하기 시작했다. 붉은털원숭이가 보였다.

"저것이 무엇이냐?"

비혼자 여신이 내게 물었다.

그것은 붉은 털에서 뿜어내는 기운이었다. 그 기운의 중심에는 붉은털원숭이가 있었다.

"붉은털원숭이입니다."

"붉은털원숭이가 왜 여기에 와 있어?"

비혼자 여신이 화를 내었다.

그들은 대한민국 상공인이 수출실적 1만불을 돌파했을 때, 민주화를 부르짖던 세력의 그늘에 숨어 몸집을 키워 온 붉은털원숭이였다. 그들은 나라에서 제주기지를 만들 때 방해하던 세력이었다. 전국에서 붉은털원숭이가 모여들어 비열한 각종 수단을 동원하여 공사를 방해하였다. 정부는 제주기지를 완성할 때까지 그들을 건드리지 않았다. 제주기지가 완성되고 군함이 와서 정박하고 해병대가 주둔하자 그들은 붉은털을 숨기고 사라졌다. 4.3폭동 추모식 때 또 붉은털원숭이들이 나타났다. 붉은털원숭이 왕도 있었다. 붉은털원숭이가 나라의 곳곳에 숨어 있다가 나타난 것이다.

비혼자 여신이 김달삼에게 붉은털원숭이 외투와 탈을 주고 미션을 주었다. 김달삼은 붉은털원숭이처럼 보이도록 꾸몄다. 내가 그에게 말을 지급해 주었다. 그가 붉은털원숭이 왕처럼 보였다. 오늘은 겨울 냄새가 나는 날이라 영주 상상고고에 눈이 쌓였다.

"붉은털원숭이 왕을 잡아오라."

비혼자 여신이 김달삼에게 명령했다.

나는 김달삼에게 쌍안경을 들여다보게 하였다. 일제가 멸망하기 전에 파놓은 동굴 속에 붉은털원숭이 왕이 붉은털원숭이들에게 둘러싸여 있었다. 그가 있는 곳은 일제가 태평양 전쟁 때 제로센 전투기를 숨기기 위하여 파놓은 동굴이었다.

내가 이미 김달삼에게 붙여 준 6명의 터미네이터가 그를 호위했다.

나는 하월에게 문자를 보냈다.

"붉은털원숭이를 잡아먹을 수 있는 덩치가 큰 개코원숭이를 구할 수 있나요?"

"있습니다."

"수량은?"

"100마리입니다."

나는 개코원숭이를 보내달라고 하였다.

하월이 철창 100개에 개코원숭이를 넣어 보급선에 싣고

기지 부두에 나타났다. 개코원숭이가 음흉하고 사납게 보였다.

"개코원숭이만으로는 역부족이다. 육정육갑신(六丁六甲神)을 불러라. 그들이라야 붉은털원숭이를 잡아 없앨 수 있을 것이다."

비혼자 여신이 말했다.

그러나 나는 육정육갑신이 어디에 있는지 알지 못했다. 그래서 그들을 불러 부리는 방법을 알지 못했다.

"굿을 하면 육정육갑신을 부르는 방법을 터득할 수 있을 것이다. 그러나 무당들엔 사기꾼이 많으니까 사기꾼에게 걸리지 않도록 조심해."

나는 걱정이 되었다.

아무리 생각해 보아도 사기꾼이 아닌 진짜 무당을 구별하는 방법을 나는 알지 못했다.

"정신 나간 무당을 찾아라. 네가 만나게 되는 그 무당이 진짜야."

나는 이상미를 데리고 제주도에 있는 심방을 순방하였다. 여러 곳을 다니다 보니, 한 굿당의 벽에 육정육갑신 신부(神符)가 붙어 있었다.

육정육갑신들은 일제히 원형(圓形)의 진(陣)을 치고서, 동쪽을 주시하며 내가 오기를 기다리고 있었다. 음신(陰神)인 정신(丁神)이 갑주(甲冑)를 화려하게 차려입고, 양신(陽神)으로 격상한 내가 너무 늦게 왔다고 불평하였다. 음신은 대단히 멋지게 생긴 여장군이다. 신장들 왼쪽 어깨 위쪽에 삼주(三洲)라고 쓴 한자가 있다. 바다 가운데에 있는 3개의 섬이라는 뜻이다. 3개의 섬이 무슨 역할을 하는 섬인지 궁금했다. 삼주가 마고대신이 계신 삼신산(三神山)일까? 하는 생각이 들었다.

신단 위에 차린 음식 위를 배가 통통한 붉은털원숭이들이 돌아다니고 있었다. 인간이 신들에게 바친 음식을 그들이 도둑질하고 있었다.

나는 화가 나서 신장들에게 붉은털원숭이들을 잡으라고 명령하였다. 신장들이 붉은털원숭이들을 개코원숭이들이 모여 있는 쪽으로 몰았다. 개코원숭이들이 붉은털원숭이들을 잡아 물어뜯기 시작했다.

그러나 붉은털원숭이의 수가 너무나 많아 나는 참전한 각 부대에게 저들을 초토화 시킬 것을 명령하였다.

"붉은털원숭이 왕을 잡아라."

내가 가짜 붉은털원숭이 왕에게 명령했다.

육정육갑신장은 붉은털원숭이들을 몰아다가 3개의 섬에 가두었다. 3개의 섬은 유리절벽으로 만들어져 있었다. 붉은털원숭이들이 유리벽을 긁으며 탈출하려 했지만 밖으로 나올 수 없었다.

갑자기 한웅천왕이 나타났다. 한웅천왕은 촛불을 들고 있었다. 그 촛불은 내가 제사 지낼 때마다 제상에 올리는 촛대에 꽂힌 촛불이었다.

“자, 네가 내게 올렸던 촛불이다. 무여율법(無餘律法)을 시행하라.”

무여율법은 한웅천왕이 악귀(惡鬼)를 잡아 죽이라고 명령한 율법이다.

나는 한웅천왕이 내게 주는 촛불을 받아 섬 하나하나에 불을 붙였다. 3개의 섬이 모두 불타기 시작했다. 붉은털원숭이들이 아우성치고 있었다. 그들이 불타는 냄새가 고약하였다.

봉천산 꼭대기를 한 떼의 붉은털원숭이가 엉금엉금 기어 올라가는 것이 보였다. 가짜 붉은털원숭이는 그의 호위무사들과 함께 붉은털원숭이 왕의 뒤를 추격하고 있었다. 개코원숭이도 그들의 뒤를 따랐다. 물론 나도 병력을 풀어 붉은털원숭이의 시체가 널려 있는 주변을 소각하며 봉천산 정상을 향하여 올라갔다.

“김달삼. 당신에게 물을 것이 있다.”

“물으십시오.”

“제주도를 청정지역으로 만들려면 어떻게 했으면 좋겠느냐? 좋은 방안을 말해 보라.”

나는 우리가 붉은털원숭이를 소탕하느라고 어지러진 주변을 바라보며 물었다.

“청정지역이란 무엇을 말합니까?”

"무색(無色), 무취(無臭)의 지역이라는 뜻이다."

김달삼은 한동안 깊은 생각에 잠겼다.

이 고장 사람들이 좌우가 대립하는 이념을 버리지 않는 한, 이 고장을 청정지역으로 만든다는 것이 불가능할 것으로 생각되었다.

"제 머리에선 방안이 나오지 않습니다."

김달삼이 한숨을 쉬며 말했다.

그 말은 제로섬 게임 이외에 다른 방법이 없다는 말이다. 내가 자유민주주의를 얻는 만큼 반드시 나의 적이 김일성주의를 잃게 되는 게임이다.

갑자기 사상부장이 나타났다.

"붉은 병을 치료할 수 있는 약물과 푸른 병을 치료할 수 있는 약물 두 약물이 있다면, 둘 중에서 너는 어느 약물을 택하겠느냐?"

사상부장이 물었다.

"이번엔 푸른 약물을 택하고 싶습니다."

"왜 붉은 병을 치료할 수 있는 약물을 버리느냐?"

"버리는 것은 아닙니다만,"

"무슨 이유야?"

"지금 제 몸을 푸른 병을 치료하는 약물에 담그고 있기 때문입니다. 푸른 병을 치료하는 약물로 치료 중입니다. 상처가 낳을 때까지 결정은 보류입니다. 푸른 약물에 상처가 나으면 전향하겠습니다."

"다른 이유는 없느냐?"

"이제는 거짓말을 하고 싶지 않습니다. 증오심도 버리고 싶습니다. 파괴된 인성을 회복하고 싶습니다."

"거짓말을 하지 않겠다... 증오심도 버리겠다..."

"그렇습니다."

그가 하는 말이 내게는 전향했다는 말로 들렸다. 듣던 중 반가운 말이었다.

그가 말을 몰아 동굴 안으로 들어갔다. 동굴 안에서 한동안 소란스러운 소리가 들렸다. 붉은털원숭이 왕이 가짜 붉은털원숭이에게 체포당하는 과정이 순탄치 않다는 생각이 들었다. 그가 체포되어 동굴 밖으로 나왔다.

19 무색 무취 무촉

이제 나는 내가 할 일에 복귀해야 하였다. 백록담 안에 거대한 연못을 파는 일이 내가 할 일이다. 나는 연못 공사장을 둘러보겠다고 비혼자 여신에게 말하고 칠머리당영동굿전수관을 나왔다.

"나와 함께 가세."

사상부장이 나를 따라 나왔다.

"이번엔 어떤 발명품을 가지고 오셨습니까?"

"눈에 보이지 않는 것을 병에 담아 가지고 왔지."

"기대되는군요,"

"무색(無色), 무취(無臭), 무촉(無觸)의 방향제(芳香劑)야."

"그걸 무엇에 쓰려고요?"

"연못에 쓰려고."

"짐작 가는 게 있습니다."

"역시 자네는 내 마음에 들어. 이 일이 끝나면, 나와 함께 이곳을 떠날 준비를 하게."

"저를 받아만 주신다면 따라가지요."

"알았네. 그런데 조건이 있어."

"무슨 조건이요?"

"자네가 이상미를 설득해서 데려와야 한다는 것이야. 자네 혼자 온다면 쓸모가 없어서 그래. 이상미가 자네 곁에 있으면 음양조화(陰陽調和)가 되거든. 이상미는 곤(坤)이고 자네는 건(乾)이야. 곤건(坤乾)이 합치면 지천태(地天泰)가 되지. 그래야 두 사람의 염려지덕(念慮至德)으로 이 고장에서 자행되고 있는 지금의 문란한 질서가 바로 잡힐 수 있겠지."

"알겠습니다. 설득해 보지요."

우리는 연못에 도착했다. 연못엔 지키는 사람이 없었다. 하기야 지켜본들 지켜야 할만한 것도 없었다. 하늘에서 비를 내려 꾸준히 연못을 빗물로 채워 주었다. 그러나 엿못 물은 불어나지 않고 바닥에 물이 고인 그대로였다.

"이래 가지고 언제 물이 고이겠나."

사상부장이 한숨을 쉬었다.

"특단의 조치가 필요합니다."

"어떤 조치?"

"지하에서 삼다수를 끌어 올려 채워야지요."

우리는 공사 내역을 변경하여 새로 만든 연못에 삼다수를 끌어 올려 채웠다.

사상부장이 주머니에서 작은 병 하나를 꺼내더니 그 속에 든 액체를 연못에 부었다. 그러자 무엇인가 알 수 없는 기운이 연못에 감도는 것을 느낄 수 있었다.

"자네는 전생에 주역선생을 한 적이 있으니, 괘 한법 뽑아 보게. 연못의 앞날을 점쳐 보자는 것이야."

나는 연못의 주변을 둘러보고, 주변의 풍경에 맞는 괘를 하나 뽑았다. 화풍정(火風鼎)의 괘(卦)가 뽑혔다. 화에는 남쪽, 중년 여자라는 뜻이 있다. 풍에는 동남쪽, 젊은 여자, 어자가 피우는 바람이라는 뜻이 있다.

"화풍정의 괘가 뽑혔습니다. 대길(大吉)입니다."

"뜻밖이군. 나는 자네가 수풍정(水風井)의 괘를 뽑을 줄 짐작 했는데, 화풍정의 괘를 뽑다니 뜻밖이야. 역시 자네는 번 조선의 주역선생 선술자(善術者)가 틀림없어."

"만약에 제가 수풍정의 괘를 뽑았다면, 몸조심해야 하는데, 화풍정의 괘를 뽑았으니, 앞으로 과감하게 나가도 되겠습니다."

"그건 자네가 할 일이지."

"기분이 좋지 않습니다. 아무래도 붉은털원숭이가 무엇인가 좋지 않은 일을 만들어 그 책임을 우리에게 덮어씌울 음모를 꾸밀지도 모릅니다."

운전자가 말했다.

"어디에서?"

"교두보에서지요."

핸드폰을 열어보니, 모모타로로부터 교두보를 확보했다는 전문이 와 있다.

"모모타로가 교두보를 확보했으니, 저들의 꼼수가 하나 날아갔군."

내가 말했다.

이상미로부터 문자가 왔다.

"카메라에 잡히는 영상이 없습니다. 앞으로 영들이 찍히지 않을 모양입니다."

"원융무애(圓融無碍)야."

사상부장이 웃었다.

원융무애란 지구가 1년 동안 황도(黃道)를 무사히 통과해 제자리로 돌아왔다는 말이다. 이 말을 선승(禪僧)들이 쓰는 한마디 말로 줄이면 선(禪)이 된다. 또 이 말을 명상가(瞑想家)들이 쓰는 말로 다시 말하면 명상(瞑想)이 된다. 그러나 그 본뜻은 원효 스님이 말하는 중도중행(中道中行)에 가깝다.

나는 영주 상상고고를 수복한 각 부대에 무력시위를 하라고 통보했다. 각 부대는 무력 시위를 끝내고 바닷가에 가서 숙영에 들어갔다.

태풍 때문인가? 열대성 저기압으로 세찬 비가 오기 시작하여 백록담의 연못에 물이 불어나기 시작하였다. 연못에 언제 물이 다 찰지는 알 수 없다. 나는 비혼자 여신에게 무색, 무취, 무촉의 방향제를 연못에 투입했다고 보고했다.

노석태(필명 노중평) 문학인생

1985. 월간문학 단편소설 「정선아리랑」 등단

1987. 전우신문 『진한리 전설』 제목으로 연재

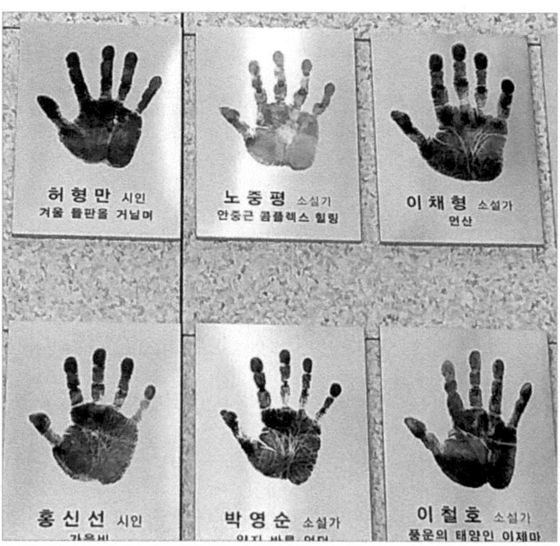

소월문학관 손도장 동판, 부천중앙공원에 있는 안중근 동상과 부천을 무대로 쓴 장편소설 『안중근 콤플렉스 힐링』.

1993.	『조선족여자』(1)
1993.	『천지신명』(2) (창우사) 국립중앙도서관 / 영지전문대도서관 / 정독도서관 / 남산도서관
1994.01.01.	『대통령의 아들』(삼신각) 국립중앙도서관 / 정독도서관 / 서울교육청 양천도서관
1997.03.15.	『괴강천하』(문학풍경)
1997.08.01.	『황후신당굿』(문화산책) 국립중앙도서관
1997.02.25.	『유적에 나타난 북두칠성』(백영사) 도봉도서관 / 서울교육청 남산도서관
2002.02.29.	『사라진 역사 1만년』(3권) (대한)
2002.02.29.	『고조선의 역사천문』(대한)
2002.12.01.	『고조선사람의 근원적 사유』(대한) 용산도서관
2003.01.03.	『고조선의 종교혁명』(대한) 캘리포니아대학 디지털화 2010.5.27.
2007,	『무교경전』(1) 흥덕도서관 / 부천 상동도서관 / 중앙도서관
	『칠석제의궤』(집문당) 부천 송내도서관 / 꿈빛도서관
2008.08.05.	『巫敎』(수서원) 국립중앙도서관 / 미시건대학 디지털화 2010.10.8. / 정독도서관 / 고려대학도서관
2009.06.15.	『남사고의 나라 우체모탁국』(수서원) 국립중앙도서관 / 『디지털부천문화대전』에 역사문화 자료로 영구

수록 / 네이버 『지식백과』 수록

2010.04.30. 『水戰의 맥』 (수서원) 국립중앙도서관 / 부천 한울빛 도서관 / 서울교육청 통합도서관

2012.05.16. 『마고』 (크로바) 동작도서관 / 서울교육청 강남도서관

2013.01.25. 『마고의 세계』 (수서원) 국립중앙도서관 / 정독도서관 / 용산도서관

2013.11.12. 『반도의 그림자 열도』 (휴먼컬처 아리랑)
『일본의 신도와 마쓰리』 (대한) 개정판 서울교육청 통합도서관

2014.01.01. 『전승무교』 (휴먼컬처 아리랑) 국립중앙도서관 / 서울교육청 동작도서관

2014.05.10. 『한국의 수군』 (수서원) 국립중앙도서관 / 부천 한울빛도서관 / 호주 중앙도서관 / 정독도서관

2014.03.10. 『중국이 숨기려 한 우리역사 주역에서 찾다』 (3) (휴먼철처 아리랑) 진주시립도서관(면암)

2014.08.27. 『뱀의 시대와 거인』 EBOOK (휴먼컬처 아리랑)

2015.10.06. 『감응주술』 (휴먼컬처 아리랑) 중앙국립도서관 / 국학원 브레인 미디어 연재

2017.01.02. 『안중근 콤플렉스 힐링』 (휴먼컬처 아리랑) 국립중앙도서관 / 서울교육청 구로도서관 / 국학원 브레인 미디어 연재 / 소월문학관 손도장 동판 수록

2018.03.28. 『집사람이 내게 준 시간』(휴먼컬처 아리랑)

2018.05.16 『고조선사람의 근원적 사유』(휴먼컬처 아리랑) 부천 심곡도서관 / 서울교육청 통합평생학습관 / 서울교육청 마포평생학습관 / 서울교육청 통합도서관 평생학습관

2021.12.28 『결혼없는 동거시대』(휴먼컬처 아리랑) 경북 교육청 정보자료센터

1995. 국방일보 건군 50주년 특집 '부대이름풀이' 연재

1997. 05. 08. 명원문화재단 덕수궁에서 [高麗燃燈會儀] 복원

1997.10. 03. 강북문화원 조선시대 [三聖祭禮] 복원 시행

1998. 07. 07. (음) 역사천문학회, 삼각산 봉황각 건너편 인수봉 밑에서 [七夕祭] 복원

2000. 02. 11. 사단법인 한배달 역사천문학회 [공동학습]

2011. 환타임스 우리별 이야기 연재 38편

2013. 브레이크 뉴스 칼럼 비결정치 연재

2018. ~ 출판 교육 문화 뉴스 오피니언 문화전문가 칼럼 연재 현재 240편

훈포장

1975.12.17. 제29262호 근정포장(대통령 박정희)

1978.12.17. 제735호 옥조근정훈장(대통령 박정희)

1984. 2. 27. 제59752호 대통령표창(대통령 전두환)

1990.12. 3. 제3회 전쟁문학상 수상

1998. 1. 20. 제14호 서울특별시장표창(서울특별시장 직무대리 강덕기)

2006. 10. 3. 제9회 서울 강북구민대상 제1회 문화예술 부문 수상